LA NUIT DES ANGES

Anna Tommasi

LA NUIT DES ANGES

ROMAN

PRÉLUDES

Ce titre est lauréat du concours d'écriture

kobo WRITING LIFE / fnac PUBLIEZ VOTRE LIVRE — PRÉLUDES — Babelio

Couverture : © Studio LGF. © Tracy Collyer / Arcangel / Victoria Davies / Trevillion Images.

Préludes est un département de la Librairie Générale Française.

ISBN : 978-2-253-10521-3

À mes Amours et à ma Vie

Prologue

Retranscription des séances de thérapie,
Dr Schreiber.

Séance 3, jeudi 15 janvier, 11 heures.

Note : Quand j'entre dans la pièce, l'enfant dessine et ne lève pas les yeux.

Note : Lors des deux séances précédentes, l'enfant n'a jamais levé les yeux vers moi.

DR SCHREIBER : Comment vas-tu ce matin ?

L'ENFANT : Bien.

DR SCHREIBER : L'infirmière m'a dit que tu avais fait des cauchemars cette nuit encore ? Elle m'a dit que tu avais mouillé ton lit.

L'ENFANT : Oui.

DR SCHREIBER : Ça arrive, il ne faut pas que tu t'en veuilles. Ces cauchemars, de quoi ils parlaient, tu veux me raconter ?

L'ENFANT : Non.

DR SCHREIBER : Cela te ferait du bien d'en parler, tu sais ?

L'ENFANT : Je veux voir ma mère.

Dr Schreiber : Nous en avons déjà parlé. Il est encore un peu tôt pour voir tes parents. Tu sais pourquoi ?

L'enfant : Parce qu'ils ne veulent pas me voir.

Dr Schreiber : Et pourquoi est-ce qu'ils ne voudraient pas te voir ?

L'enfant : Je ne sais pas.

Dr Schreiber : Réfléchis, je suis sûr que tu as une idée.

L'enfant : Non. Je ne sais pas. Je veux un bonbon.

Dr Schreiber : Tu ne peux pas avoir de bonbon pour le moment, nous n'avons pas terminé. J'aimerais que tu me dises pourquoi, à ton avis, tes parents n'ont pas envie de venir te voir.

Note : L'enfant lève enfin les yeux et sourit.

L'enfant: Parce qu'ils ont peur de moi.

Note : L'enfant ne parle pas davantage et reprend son dessin.

Note : Depuis son arrivée, l'enfant dessine uniquement des personnages décédés de mort violente. Cf. dessins référencés en annexe au dossier.

Note : La séance est arrêtée à 11 h 07.

Chapitre 1

Samedi 22 août

Salut, Alice. Ça fait un bail, j'espère que ce numéro fonctionne toujours. Je voulais te prévenir : Marc est décédé dans un accident de moto, avant-hier. L'enterrement aura lieu lundi à la Clarté. Ce serait bien que tu viennes, il t'aimait beaucoup. J'espère que tu vas bien. Je t'embrasse. Soph.

Cinquante mots. Il aura fallu un message de cinquante mots et l'enterrement d'un vieil ami pour que je me décide à rentrer à Perros-Guirec après des années d'absence.

Des années à voir mes parents le plus brièvement possible, à travers l'œil de Skype ou de WhatsApp. Des années à louper les réunions d'anciens élèves, les mariages, et puis finalement à ne plus être invitée aux baptêmes.

Officiellement, je n'ai pas d'excuse, en dehors d'un fils autiste qu'il me semblait toujours compliqué de sortir de son environnement familier. Officieusement, j'ai déjà une boule d'angoisse qui me plombe le ventre, et elle n'a rien à voir avec Lucas.

En descendant du train à Lannion, je suis saisie par une chaleur étouffante inhabituelle pour la région, et surtout par une odeur âcre de plastique brûlé, caractéristique quand le vent du nord souffle et apporte les effluves d'une des usines phares de la ville. Une odeur d'adolescence, qui me rappelle que je ne suis pas venue ici depuis trop longtemps.

« Lucas, calme-toi, chéri, tout va bien. C'est juste une odeur. Ça va passer. »

Je vois la panique dans ses yeux ; il se pince le nez si fort que ses ongles blanchissent et je suis obligée de lâcher nos valises pour l'empêcher de s'étouffer. Malgré ses neuf ans et une intelligence hors du commun, il ne maîtrise pas toujours des principes aussi basiques que la respiration.

Je lève les yeux et vois avec soulagement mon père venir à notre rencontre. Il porte un blazer marine sur une chemise blanche, un chino crème et une paire de chaussures cirées. Avec son teint hâlé, sa barbe poivre et sel parfaitement taillée et ses cheveux peignés en arrière, il a l'allure d'un capitaine de navire ou d'un homme d'affaires, pas du médecin fatigué qui vient de faire valoir son droit à la retraite.

« Papa ! »

Il me serre dans ses bras et mon humeur s'éclaircit aussitôt. Il sent bon. Je ne lui dirai pas qu'il m'a manqué, car, à cet instant précis, je ne saurais vraiment pas argumenter s'il me demande pourquoi je ne suis pas revenue plus tôt à la maison.

Il desserre son étreinte à contrecœur et s'approche de Lucas, qui est absorbé par l'entrée en gare d'un TER.

« Lucas ? Bonjour, mon grand. Tu me reconnais ? »

Bien sûr, Lucas reconnaît son grand-père. Il l'a vu par Skype des dizaines de fois. Mais Lucas ne parle pas, ou très peu.

« Papa, tu sais bien, Lucas est très tim… »

Au moment où je commence, par réflexe, à justifier son silence, Lucas répond :

« Carl Henri Charles Leroux. Né le 14 février 1958 à Kaiserslautern. Ça s'écrit K-a-i-s-e-r-s-l-a-u-t-e-r-n. Kaiserslautern est en Allemagne, à 117 kilomètres de Strasbourg à vol d'oiseau. »

Mon père sourit.

« C'est exact, mon grand. Bravo ! »

Lucas paraît ne pas réagir. Vu de l'extérieur, il est insensible aux compliments, car l'une des caractéristiques de son autisme est de ne jamais verbaliser ni exprimer sur son visage les émotions positives. Mais j'aperçois son petit poing droit frapper doucement sa cuisse, trois fois, et je fonds.

Lorsqu'il a été diagnostiqué TSA[1] à l'âge de deux ans, son père et moi en avons voulu au monde entier. Une injustice insurmontable, nous semblait-il. J'étais en plein DES[2] de psychiatrie et j'utilisais le peu de temps libre que j'avais pour rédiger ma thèse, Greg bossait déjà dans une société de conseil en

1. Trouble du spectre autistique.

2. Diplôme d'études spécialisées.

informatique et son patron lui avait fait miroiter une belle promotion dans les six mois. Mais la vie telle que nous la connaissions s'est arrêtée brutalement. Pour que Lucas puisse avoir une vie la plus heureuse possible, nous avons investi des centaines d'heures et nos économies dans des ateliers spécialisés et la lecture d'ouvrages sur la compréhension de ce trouble. Je crois que nous espérions tous deux secrètement que cet investissement serait temporaire, que nous pourrions retrouver un équilibre, mais, deux ans plus tard, Greg avait quitté son job pour pouvoir s'occuper de Lucas la journée, et j'avais abandonné la psychiatrie, incapable d'assumer mon impuissance à communiquer avec mon propre fils. Mais nous avons finalement réussi à inventer un langage qui nous est propre, un mélange de langue des signes et de signaux « émotionnels », et, quand je vois Lucas réussir à manifester son contentement, mon cœur déborde de gratitude.

Mon père prend nos valises et nous avançons tous les trois vers la sortie.

Arrivés à la voiture, nous laissons Lucas en faire deux fois le tour, sinon il sera impossible de l'y faire monter.

Je suis impatiente d'arriver à la maison, de défaire nos bagages et de prendre une douche. La chaleur me rend poisseuse, je me sens sale après trois heures et demie de TGV, et je suis à peu près sûre sans avoir regardé que des auréoles humides tachent mon chemisier au niveau des aisselles.

« Alors, Papa, tu profites de ton temps libre ?

— Et comment ! Je progresse au golf et au tennis à vitesse grand V. Plus que quelques mois et j'arriverai à battre George ! Mais je dois dire que mes morts me manquent un peu… »

Je souris. Je n'ai jamais compris son attrait pour les cadavres. Mais il était l'un des rares praticiens formés dans le département, ce qui l'a conduit dès notre emménagement à Perros à exercer davantage ses talents en médecine légale qu'en médecine tout court. Au cours de sa carrière, il aura constaté plus de cinq mille décès et pratiqué un bon millier d'autopsies : c'est en tout cas ce que disait le carton d'invitation à son pot de départ en retraite quelques semaines plus tôt.

« Et comment va Maman ?

— Fragile. »

Le ton de mon père est étonnamment sec.

« Son cœur ? »

Il semble hésiter une seconde.

« Oui, son cœur. Et Greg, comment va-t-il ? »

Je vois qu'il veut changer de sujet, et je comprends parfaitement.

D'aussi loin que je me souvienne, mon père a toujours été fou amoureux de ma mère, et extrêmement protecteur avec elle, séduisante blonde franco-italienne à la santé fluctuante. Quand j'étais petite, elle passait parfois des journées entières enfermée dans sa chambre, mon père lui servant alors de garde-malade. J'avais interdiction d'approcher pour ne pas la fatiguer davantage, et je devais me contenter de faire promettre à mon père qu'il lui répéterait bien toutes les bonnes notes que j'avais eues à l'école. Le reste du temps, elle aimait au contraire sortir et voir du monde : elle apportait aux kermesses ses délicieux gâteaux et tenait volontiers la buvette, participait aux collectes de déchets sur la plage, ou encore enfourchait son vélo et partait pour de longues balades dans la vallée – balades auxquelles j'étais plutôt contente d'échapper, entre nous, leur préférant largement la lecture et les jeux de cartes.

Depuis la naissance de Lucas, elle a parfaitement endossé son rôle de « Mamie Gâteau » et je sais combien elle regrette de ne pas nous voir davantage.

« Greg va bien. Mais tu sais, Papa, depuis qu'on est séparés, il fait sa vie et je fais la mienne. »

Et je ne peux m'empêcher de penser qu'il fait d'ailleurs sa vie plus que je ne fais la mienne, puisqu'il a claqué la porte il y a six mois en m'expliquant qu'il s'était beaucoup plus investi que moi dans l'éducation de Lucas, et que c'était désormais à mon tour.

« Et Lucas, il prend ça comment ?

— Aussi bien que possible, je crois. »

Je me retourne et observe mon fils, nez collé contre la vitre, qui compte les voitures rouges et mémorise les plaques d'immatriculation qui contiennent un nombre impair. Son rituel immuable quand nous roulons.

Autour de nous, dès que nous sortons du centre-ville, le paysage devient instantanément vert. Terrains agricoles, bois, hameaux isolés, je me régale de ce retour à la nature et du contraste que cela représente avec notre vie parisienne. C'est la première fois que Lucas et moi prenons des vacances en famille hors de la région parisienne. Pendant des années, Greg et moi avons passé nos jours de congé dans des établissements d'accueil pour enfants atteints de TSA, pensant que ce serait le mieux pour Lucas. Il y a quelques mois, son éducatrice spécialisée est partie en retraite et sa remplaçante m'a ouvert les yeux sur ces contraintes que finalement nous, parents, nous imposions, pensant faire le bien de nos enfants, alors que nous les privions en réalité d'un paquet d'expériences bénéfiques pour leur développement.

Nous approchons de Perros-Guirec ; quand nous bifurquons vers Ploumanac'h pile devant le cimetière de la Clarté, mon cœur s'emballe.

« Chérie ? Alice ? Alice ! »

Je réalise que j'étais perdue dans mes pensées et me retourne par réflexe pour vérifier que Lucas va bien. Il observe le paysage.

« Pardon, Papa. Je pensais à Vic.

— Vic ? Ça remonte à tellement longtemps… Tu devrais tourner la page une bonne fois pour toutes.

— Bien sûr. Et toi, tu devrais mettre de la crème solaire quand tu pars jouer au golf. »

Je lui souris et lui tire la langue. Il reste concentré sur la route. Nous longeons la chapelle Notre-Dame-de-la-Clarté et, par habitude, je descends la vitre au moment de passer à côté de la biscuiterie du Trégor. Mais mon père m'indique qu'elle a été remplacée depuis au moins cinq ans par une boutique de vêtements. Dépitée, portant le poids de ma désertion, je remonte la vitre et passe les derniers mètres en silence, ma main serrant comme souvent le pendentif autour de mon cou, un demi-cœur gravé d'un *V*.

Chapitre 2

La maison est camouflée derrière un mur végétal, mais on devine encore l'imposante structure en vieilles pierres. Ses volets en bois blanc mériteraient d'être repeints – je me note de proposer à mes parents de m'en occuper pendant mon séjour chez eux – et le toit est en ardoises typiques du coin. Au-delà du jardin, plus petit que dans mes souvenirs, la vue est belle à couper le souffle, le port est rempli de bateaux de plaisance qui viennent s'amarrer pour la saison et la vallée des Traouïero est presque à sec. Classique. Rien n'a changé et, pourtant, quelque chose semble différent. Comme fané. Je remarque à côté de la porte d'entrée un petit robot-tondeuse, le genre de gadget dont mes parents raffolent pour se donner un air moderne. Il se déclenche d'ailleurs tandis que nous remontons l'allée et je sens Lucas s'agripper un peu plus à ma manche.

Je me penche vers lui.

« Mon courageux petit garçon, je suis très, très fière de toi. Tu te débrouilles comme un chef. Tu vas voir, je suis sûre que tu vas adorer cette maison. »

Il tapote sa cuisse.

Ma mère nous attend sur le perron, sourire aux lèvres et tablier de pâtissière noué autour de la taille. Elle a effectivement l'air fatiguée, je la trouve plus petite et plus mince que dans mes souvenirs. Son dos est légèrement voûté. Elle me fait un clin d'œil complice puis, en voyant mon fils émerger de derrière mes jambes, s'écrie :

« Lucas ! Lucas, mon petit chéri ! Viens voir Mamie ! »

Elle tend les bras pour l'embrasser, mais mon père l'interrompt.

« Laisse-le, mon amour, tu vas lui faire peur ! Tu l'embrasseras plus tard, allez, zou ! Qu'on ferme vite la porte pour éviter de laisser entrer la chaleur. »

Et il lui bloque le passage, une valise dans chaque main, pour la faire retourner dans la maison.

Une fois à l'intérieur, Lucas lâche ma main et, sans un mot, part explorer sa nouvelle aire de jeux. Il a besoin de visiter – seul – chaque pièce, d'ouvrir les tiroirs et les armoires, de contourner chaque meuble, de toucher les objets, d'évaluer les distances entre deux portes ou deux escaliers et de chercher des cachettes potentielles où il passera des heures à se réciter des suites de mots auxquels lui seul peut accorder un sens. J'ai secrètement honte de ce rite qui va à l'encontre de la bonne éducation, mais je suis si fatiguée de lutter depuis six mois que je n'essaie même pas de l'en empêcher. Et puis mes parents sont prévenus et le laissent déambuler de bonne grâce.

« Et moi, j'ai le droit à un câlin ou c'est réservé aux enfants ? » je demande à ma mère en faisant mine de bouder.

En levant les yeux au ciel, elle m'embrasse et je respire à plein nez un mélange de parfum Chanel, de banane et de noix de coco. J'en déduis qu'elle a passé l'après-midi dans la cuisine à préparer mon gâteau préféré.

« Tu devrais aller te rafraîchir, ma fille. Le dîner ne sera pas prêt avant une bonne demi-heure.

— Ça tombe bien, je comptais justement aller passer le prochain quart d'heure sous un jet d'eau froide. Depuis quand il fait aussi chaud dans cette région ?

— Ne m'en parle pas. » Elle prend un air affligé. « Mes tomates et mes fleurs sont déjà touchées. Et il paraît que la vague de canicule va durer encore une bonne semaine.

— Super. On quitte la pollution parisienne pour l'air frais breton et on se retrouve sous la même chape de plomb... »

Je soupire bruyamment et ma mère me frotte les joues.

« Arrête de te plaindre, ma fille. Je suis tellement, tellement contente que vous soyez là ! Je vais pouvoir prendre soin de mon petit Lucas chéri qui a absolument besoin de sa *Nonna* ! »

Je m'apprête à répliquer qu'elle risque d'être déçue, mais je me ravise. Après tout, je suis aussi venue pour qu'ils s'occupent un peu de lui. Mon père, resté en retrait, attrape les valises qu'il venait de poser en pestant qu'elles pèsent un âne mort, et je profite de la distraction pour filer à sa suite dans l'escalier.

À l'étage, je pars à la recherche de Lucas et le trouve, sans surprise, dans l'une des chambres d'amis, aménagée en bibliothèque. Je sais déjà qu'il voudra y dormir, tant il aime les livres. Les étagères, qui occupent trois pans de mur, courent jusqu'au plafond et sont remplies d'ouvrages de tous formats. Mes parents ont installé un canapé gris perle près de la fenêtre, sur lequel est soigneusement plié un plaid en polaire de la même couleur. Une lampe banquier verte, la même qu'on peut trouver dans les bibliothèques publiques américaines, est posée sur un guéridon en manguier sculpté. Le quatrième pan de mur est orné d'un des tableaux peints par ma mère, qui représente en couleurs pastel une série de bateaux à l'ancre sur une plage à marée basse. Le tout est très chic, mais manque un peu de vie à mon goût. Ou peut-être me suis-je trop habituée au bazar permanent qui règne dans mon appartement parisien.

« Je vais classer tous les livres », affirme Lucas, qui a déjà sorti plusieurs ouvrages, dont quelques livres pour enfants qui m'ont sans doute appartenu.

Chez nous, tous ses livres sont rangés par ordre de taille et, au sein de chaque groupe, par année de publication.

« Chéri, je préférerais que tu ne touches pas à tous ces livres. C'est dangereux, regarde la hauteur de ces étagères, je ne peux pas te laisser grimper. Va plutôt rejoindre Mamie dans la cuisine, tu veux bien ? Si tu me cherches, je vais prendre une douche dans la chambre qui est au fond du couloir à droite. »

Il attrape ma main pour me signifier qu'il vient avec moi, et je n'insiste pas.

La chambre au fond à droite est celle de ma jeunesse. Murs rose pâle ornés d'étoiles et de fleurs peintes, meubles en rotin blanc dont un lit à baldaquin – deux places, le luxe ultime pour un enfant – et salle de bains privative en zellige bleu-vert, tout a été conservé en l'état. Sur mon bureau, des photos de stars de l'époque sont toujours figées dans un sous-main en plastique transparent. J'ai dessiné des cœurs sur certaines d'entre elles – Leonardo di Caprio, Johnny Depp... Mes médailles d'équitation pendent à une lampe dont j'utilisais la tige flexible pour éclairer le plafond la nuit.

Je ferme les yeux quelques secondes, m'imprégnant de l'atmosphère si spéciale de cette pièce.

Quand nous avons emménagé à Perros-Guirec, j'avais six ans. J'étais horrifiée de quitter Sète, mon école, mes amis, ma prof de danse, tout ça pour habiter dans une vieille maison à retaper qui faisait de l'œil à mon père quand on venait voir sa famille en Bretagne. Juste avant ma rentrée au CE1, Papa nous a annoncé qu'il avait trouvé un nouveau job vers Saint-Brieuc, qu'il commençait tout de suite, qu'on partait à l'autre bout de la France et qu'on allait vivre dans les travaux pendant quelques mois. Je l'ai haï pendant des semaines. Je détestais la campagne, je détestais devoir aller en bus à l'école et je détestais vivre en mode camping dans la maison le temps que tout soit désinfecté, consolidé et repeint.

Et puis un jour, au retour de l'école, mon père a accueilli avec un grand sourire mon air maussade, m'a demandé de fermer les yeux et m'a conduite, pas à pas, jusque dans cette chambre qu'il venait de terminer.

« À ton avis, ma princesse, elle est comment cette chambre ? » m'a-t-il demandé.

Je me souviens d'avoir répondu, bras croisés sur la poitrine et menton relevé :

« La seule chambre que je veux, c'est une chambre avec des murs roses, des fleurs et un ciel étoilé au plafond, et aussi un lit de princesse. »

Je pensais sincèrement trouver une chambre aux murs blancs, mobilier Ikea et tapis gris, et j'espérais déverser sur mon père la colère que je ressentais à ce moment-là.

« Mmh… Je vois. Bon… Tu sais, ma chérie, quand on est parents, on fait ce qu'on peut pour faire plaisir à ses enfants, mais parfois il faut faire des compromis et… »

Il m'a fait mariner une bonne minute. J'avais envie de pleurer. Je voulais rentrer à Sète et je n'avais surtout pas envie d'écouter mon père m'expliquer qu'il n'y était pour rien.

Puis il m'a dit d'ouvrir les yeux.

Le contact de l'eau fraîche est une bénédiction.

J'ai tout à coup le sentiment de relâcher neuf ans de tension nerveuse ; neuf ans de stress, de colère, d'échec ; neuf ans d'incapacité à penser à autre chose qu'au bien-être de Lucas ; neuf ans qui ont érodé irrémédiablement notre amour à Greg et à moi. Mes larmes se mêlent à l'eau savonneuse et je me sens lasse. Lucas est assis en tailleur au pied de la baignoire. Ses yeux sont rivés au sol et ses lèvres bougent silencieusement. Il compte les carreaux de mosaïque. Je suis soulagée de le voir paisible et rassurée sur la perspective de le laisser seul. Je me suis promis d'aller rendre visite à Victoire demain, avant tout le reste.

Chapitre 3

Dimanche 23 août

Tout est silencieux quand j'enfile mes baskets.

Ma nuit a été courte, peuplée de fantômes du passé, Victoire en tête. J'ai rêvé que nous étions sœurs, de vraies sœurs de sang, que Maman nous habillait de la même manière et nous couvrait de baisers. Puis le décor changeait, Vic se mettait tout à coup à hurler, se débattait contre une ombre qui la dévorait petit à petit, et nos camarades de classe – arrivés sur la scène entre-temps – la poussaient vers l'ombre en ricanant, tandis que j'essayais de l'en extraire, en vain.

Je me suis réveillée à 4 heures du matin en nage, yeux écarquillés d'effroi, cheveux collés sur la nuque et drap en boule au sol. Après une heure à écouter le bruit apaisant des vagues par la fenêtre ouverte, je me suis décidée à aller courir.

Avant de sortir, je jette un œil attendri au cadre posé sur ma commode. Papa, Maman et moi à la plage. Sans doute à Sète vu mon âge. Je souris à pleines dents, juchée sur les épaules de mon père. Il est en bermuda et polo, plus décontracté que d'habitude. Ma mère en robe légère à côté de nous sourit également, mais son regard semble absorbé par quelque chose hors du champ. La photo est légèrement penchée et je décide de la remettre en place – par réflexe pour Lucas qui déteste l'asymétrie. En tapotant le cadre pour la faire glisser, je remarque, coincé derrière, un morceau de papier rose.

J'ouvre le cadre. Le papier à lettres est décoré de fleurs multicolores et des lignes y sont tracées au crayon à papier.

Entre les lignes, une écriture enfantine – maladroite – en lettres capitales :

Alice Malice, protège-moi
Avant que le Monstre m'attrape.
Quand il sent qu'on ne l'aime pas,
Il ne veut pas qu'on lui échappe.

La feuille est déchirée juste au-dessous de la dernière ligne, comme s'il manquait la fin du poème. La page n'est pas signée, il n'y a aucune date, et je n'ai pas souvenir de l'avoir déjà eue entre les mains. Je reste perplexe quelques secondes, mais ma réflexion est interrompue par mon portable dont la fonction réveil se met à pousser des cris stridents. Je me précipite dessus pour l'éteindre avant qu'il n'alerte toute la maison, fourre le papier dans le tiroir de mon bureau et pars courir avant que la température ne grimpe.

Le lever de soleil sur le port de Ploumanac'h est enchanteur. Je longe les quais puis le chemin de la

Pointe avant de passer devant l'oratoire de Saint-Guirec. Les rochers de granit sont plus roses que d'habitude dans la lumière du petit matin et l'eau n'a rien à envier à celle d'un lagon exotique. J'ai hâte de faire découvrir tous ces paysages incroyables à Lucas.

Saint Guirec possède selon les légendes locales deux pouvoirs : celui d'exaucer les vœux de mariage des jeunes filles célibataires, et celui d'aider les jeunes enfants qui viennent baiser ses pieds taillés dans la roche à marcher tôt. Je tiens de mon père que ses parents et lui sont venus prier ici des dizaines de fois pour que son petit frère Gildas, né avec un lourd handicap mental et physique, finisse par devenir un enfant comme les autres. « C'était un petit garçon merveilleux, me racontait mon père. Il souriait du matin au soir et ne se lassait jamais des jeux que je proposais. Il aimait tout et tout le monde, indifféremment, les fleurs, les animaux, les objets, les gens. Je l'emmenais à l'école en le tenant par la main ; ma mère m'avait bien prévenu que je ne devais pas le lâcher, car il ne trouvait pas son équilibre seul. Il portait d'ailleurs une espèce de casque pour éviter de se faire mal en tombant, ce qui se produisait souvent. Quand on approchait de la classe, il arrivait régulièrement que le maître l'attrape et le porte jusqu'à sa chaise. À la récréation, je le défendais contre les enfants qui se moquaient de lui et, en échange, il me donnait la moitié de son goûter. C'était mon meilleur ami. » Quand Gildas a eu huit ans, ses parents ont décidé de le placer dans une institution spécialisée à Paimpol, et mon père s'est retrouvé brutalement privé de ce petit frère qu'il aimait tant. Quelques mois plus tard, Gildas y est décédé, seul, sans que mon père ait pu lui faire ses adieux. Je sais qu'il y pense encore tous les jours, et que c'est ce qui l'a décidé à devenir médecin.

J'accélère la cadence sur le chemin des Roches, jusqu'à l'entrée du phare de Men Ruz, encore fermé à cette heure. Je dérange au passage un couple d'amoureux qui ne se sont visiblement pas encore couchés. Ils s'embrassent, appuyés contre la barrière, et partagent entre deux baisers une bouteille de ce qui pourrait être de la vodka. Je ne peux m'empêcher de ressentir un peu de jalousie pour la tendresse qu'ils manifestent l'un envers l'autre. Je me sens seule.

Au bout du sentier des Douaniers, je m'arrête une minute, essoufflée. Cinq kilomètres. Je me promets de profiter des vacances pour reprendre plus sérieusement le jogging.

Arrivée à la plage de Trestraou, la plus connue de la ville, je m'assois sur un banc face à la mer. La plage n'est pas tout à fait déserte malgré l'heure matinale, quelques âmes isolées laissent des traces de pas dans le sable mouillé et un courageux est même déjà dans l'eau. Je serre mon demi-cœur en or. Moins de deux kilomètres me séparent de Victoire.

Le cimetière de la Clarté est paisible. Les tombes sont presque toutes en granit rose, parfois décorées de croix celtiques qui dénotent avec les symboles religieux plus « classiques ». Peu de tombes sont fleuries. Celle de Thierry Le Luron, à n'en pas douter, mais je n'ai aucune envie de parcourir les allées pour aller vérifier. Je me dirige directement vers le columbarium et le jardin du Souvenir.

J'ai neuf ans. Maman m'a habillée en noir des pieds à la tête, et a recouvert son visage d'une voilette de la même couleur. Je refuse d'avancer, mes jambes me portent à peine, mais Maman me force en tirant sur mon bras, au risque de me faire mal. Il me semble d'ailleurs avoir eu un bleu le lendemain. Elle a préparé pendant la nuit des paniers de pâtisseries et des plats chauds qui attendent dans la voiture d'être offerts après la cérémonie. Un groupe d'une vingtaine de personnes, principalement des adultes, également vêtus de noir, discutent un peu plus loin entre deux allées de tombes fleuries. Papa est parmi eux. J'ai froid et je voudrais ne pas être là. Je voudrais être à la maison, avec Victoire, à jouer à nos jeux favoris : la crapette et le Cluedo, même si elle gagne neuf fois sur dix, ce qui a le don de m'agacer. Je voudrais regarder Maman coiffer les longs cheveux blonds de mon amie en des tresses féeriques qu'elle lui défait juste avant de la renvoyer chez elle. Je voudrais qu'on aille fouiller dans la cuisine pour essayer de piquer des gâteaux et du chocolat, même si nos parents nous répètent à longueur de journée qu'il vaut mieux manger des fruits quand on a faim. Victoire m'a confié qu'elle était régulièrement mise au régime par sa mère. Je ne la trouve pourtant pas grosse. En fait, je la trouve parfaite. Nous nous sommes promis de rester meilleures amies à la vie à la mort. Je ne pensais sincèrement pas que j'aurais à éprouver la seconde partie de la promesse.

Je ne veux pas rejoindre le groupe.

Le père de Victoire, George Sérac, tient bien serrée la main de son fils Théodore, le grand frère de Vic. Tout le monde l'appelle Teddy. Il est plutôt mignon, avec ses baskets montantes et son bombers Schott, mais, à onze ans, il est beaucoup trop vieux pour moi et, de toute façon, je suis dans la phase où je rejette en bloc tout ce qui est masculin. Il n'y a que mon père qui trouve grâce à mes yeux.

La mère de Victoire, que je déteste, renifle et use mouchoir sur mouchoir en regardant tout autour d'elle pour être sûre qu'on la regarde. Mme de Bonneil, la nourrice des enfants Sérac, fait office de poubelle et fourre tous les mouchoirs détrempés dans son sac à main. Elle ne pleure pas, mais je vois à ses yeux rouges qu'elle est très triste. Ça se sent. C'est d'elle que je voudrais un câlin à cet instant précis.

Papa m'a expliqué ce qui est arrivé à ma meilleure amie.

Je sais qu'elle ne reviendra plus jamais et que, dans quelques minutes, je vais devoir aller saluer une plaque de marbre sur laquelle son petit visage est gravé pour l'éternité dans un sourire où il manque deux dents.

La photo a jauni, mais son sourire est toujours contagieux.

« Salut, Vicky. Je sais, je sais, j'en ai mis du temps à revenir. Je n'ai pas vraiment d'excuses. En même temps, ça n'est pas comme si tu étais pressée, si ? OK, blague pourrie. Désolée. Je suis un peu nerveuse. Pourquoi ? Parce que ça fait vingt-cinq ans, parce que j'ai toujours autant mal au cœur quand je pense à toi, et parce que j'avais peur qu'on soit encore fâchées. C'est con, hein. Il s'est passé tellement de choses depuis, je ne sais même pas par où commencer. J'ai un fils, figure-toi. Tu y aurais cru, toi, que je deviendrais mère ? Il s'appelle Lucas. Il a neuf ans. Il est différent des autres enfants. Ah, je suis séparée aussi. Célibataire, à trente-quatre ans. Il faut tout recommencer. Autant te dire que je manque un peu de motivation. »

Je souris faiblement et pose la main sur la plaque.

« Tu ne boudes plus, n'est-ce pas, Vic ?

— Pourquoi est-ce qu'elle bouderait ? »

Je sursaute et me retourne en poussant un cri. L'homme qui se tient juste derrière moi est visiblement content de son effet.

« Teddy ? Pour l'amour du ciel, j'ai failli avoir un infarctus ! – et, sans réfléchir, je lui frappe le bras de toutes mes forces, ce qui n'a pour seul effet que de le faire éclater de rire.

— Je t'ai connue plus vaillante !

— Qu'est-ce que tu fais là ?

— La même chose que toi, je suppose. Je viens ici tous les dimanches.

— Oh ! »

Voilà tout ce que je trouve à répondre. Il m'observe sans gêne, son regard bleu acier assombri par la visière de sa casquette de base-ball. La même casquette qu'il y a dix ans. Il est encore plus beau que dans mes souvenirs, la trentaine lui va bien. Il n'est pas rasé, porte un short et un T-shirt de sport mouillé et de la transpiration perle sur ses tempes.

« Quinze kilomètres », me dit-il comme pour se justifier.

Je n'étais pas prête à le revoir. Pas comme ça, pas dans un cimetière, pas sans avoir réfléchi à ce que j'allais lui dire. Je baisse les yeux.

« Comment vas-tu ? » me demande-t-il doucement.

J'ai envie de lui dire que ça ne va pas, que je suis en permanence au bord de la crise de nerfs, que j'en ai marre de résoudre les problèmes des autres sans jamais avoir le temps de m'occuper des miens, que sa sœur continue de me hanter en rêve, et qu'accessoirement j'ai les hormones en ébullition, car je n'ai pas fait l'amour depuis des mois. Mais rien de tout ça ne sort de ma bouche.

« Bien, je te remercie. »

Je le fixe d'un air de défi.

Il a l'air sceptique. Il me connaît mieux que ça. J'embraie, ne sachant pas si je veux écourter cette conversation ou au contraire que le temps s'arrête.

« Toi ? Mes parents m'ont dit que tu étais gendarme ? »

Je prononce ce dernier mot en grimaçant. J'ai du mal à imaginer Teddy, le rebelle du collège et du lycée, le vilain petit canard de sa famille, qui a dû cumuler pendant sa jeunesse le plus gros casier de la Bretagne, en uniforme militaire.

« Je l'ai été quelque temps. Je ne le suis plus.

— Oh ! »

Décidément, je suis abonnée à cette réplique. Cette conversation est pesante.

« Je n'en reviens toujours pas que mes parents aient réussi à négocier d'avoir cette plaque, dit Teddy, et je lui suis reconnaissante de ce changement de sujet.

— C'est vrai ! Mais ça leur a permis d'avancer dans leur deuil, et… »

Il me coupe.

« Je sais, madame la psy. Mais perso, je n'y arrive toujours pas. Tant qu'on n'aura pas retrouvé son corps, je n'arrêterai pas de me demander ce qui s'est vraiment passé.

— Je… je ne suis pas psy. »

Il me regarde d'un air surpris. La dernière fois que nous nous sommes parlé, je terminais médecine et je n'avais qu'une ambition, celle de devenir pédopsychiatre. J'avais vu Teddy ravagé par la disparition de sa sœur, et j'avais tant souffert de ne pas avoir de boîte à outils pour le comprendre et le guérir que j'avais décidé d'en faire mon métier.

« Mais c'était ton rêve, non ?

— Ça l'était, oui, et j'ai étudié la psychiatrie ! Mais j'ai eu un fils il y a neuf ans (je le vois compter dans sa tête). Il est autiste. Il a tout bouleversé dans nos vies, celle de son père, la mienne, et… j'ai tout arrêté.

— Je ne suis pas sûr de comprendre », dit-il d'un ton doux.

Les larmes me viennent aux yeux.

« Lucas – mon fils –, il est différent. Il est parfait, attention ! Et je l'aime de tout mon cœur, mais il ne se comporte pas comme un enfant classique, et je n'ai pas réussi à admettre que j'allais passer ma vie à aider d'autres enfants sans être sûre que le mien serait heureux. C'est con, je sais. Et résultat, je suis restée fâchée des années avec mes parents qui trouvaient que je gâchais mon potentiel, je bosse douze heures par jour comme généraliste, Lucas ne parle toujours pas, mon mari s'est barré et je ne sais parfois pas ce qui me retient de tout foutre en l'air pour aller vendre des bracelets sur une plage à Cancún ! »

Je sanglote en tournant le dos à Teddy et en me cachant le visage dans les mains.

« Tu dois me trouver complètement nulle. »

Il se replace face à moi, tout près, et attrape mon menton dans sa main pour m'obliger à soutenir son regard dans un geste familier.

« Jamais je ne t'ai trouvée nulle et jamais je ne te trouverai nulle. T'es toujours aussi sûre de toi, on dirait. Et ton psy à toi, il en dit quoi ? »

Je réfléchis une seconde à ma réponse.

« Ah ! lui, il se régale. Je finance sa piscine ET les travaux d'aménagement de son extension ! »

Nous éclatons de rire simultanément et, soudain, les tensions et la nervosité s'envolent, et nous redevenons les meilleurs amis d'adolescence que nous avons été. Après avoir déposé un baiser sur la plaque commémorative, Teddy me propose de me raccompagner sur une partie du chemin.

Il me parle de son nouveau job de responsable de la sécurité chez un fabricant de matériel électronique, qui lui convient bien. Je n'en demande pas plus. Mes parents me raconteront sûrement les circonstances de ce changement de carrière. J'attends qu'il me parle d'une fiancée ou d'une femme – même si j'ai remarqué qu'il ne portait pas d'alliance –, mais il n'évoque ni l'une ni l'autre. Ce qui n'est pas pour me déplaire, même si je sais que c'est une très mauvaise idée. Nous n'évoquons pas nos souvenirs communs : si nous ouvrons cette boîte de Pandore, il faudra évoquer notre séparation et je crois pouvoir affirmer que ni lui ni moi ne sommes prêts à cela.

Je suis contente de faire le trajet à ses côtés. Il me donne, comme quand nous étions ensemble, un sentiment d'invulnérabilité, parce qu'il est là pour me protéger quoi qu'il arrive. Je sais que c'est insensé, mais, l'espace de quelques minutes, je me laisse envelopper par ce bien-être plus que bienvenu.

Quand nous arrivons au niveau du moulin à marée, juste en face de chez mes parents, Teddy fait volte-face et s'arrête à quelques centimètres de moi. Je peux sentir son parfum et suis tentée de caresser sa joue.

« Merci de m'avoir raccompagnée.

— Merci pour ce bon moment. On se voit demain, même endroit… »

Il dit ça d'un air triste. Marc était son ami, aussi. Puis il me caresse la joue avec une tendresse qui me touche plus qu'elle ne devrait et, au moment de repartir, un éclair étrange traverse ses yeux.

« Au fait, pourquoi vous vous étiez disputées, Victoire et toi ?

— Eh bien… J'ai honte de l'avouer. Mais j'étais jalouse, parce que j'avais l'impression que ma mère la préférait à moi. Faut dire que je n'étais pas toujours facile avec mes parents à cette époque, et Vic faisait tellement petite fille modèle, malgré son caractère ! Bref, un peu avant sa disparition, peut-être la veille ou l'avant-veille, on s'est embrouillées et je lui ai dit, pour l'énerver, que ma mère la trouvait moche. Maman n'avait jamais dit cela, bien sûr, au contraire. On a enchaîné les "non, c'est pas vrai" et les "si, c'est vrai" pendant cinq bonnes minutes avant qu'elle me dise qu'elle s'en fichait de ma mère et de moi, de toute façon, et que ça faisait un moment qu'elle ne voulait plus venir chez nous, et on s'est quittées fâchées. Je ne lui ai plus jamais reparlé ensuite. Et je m'en suis voulu des années entières – je crois que je m'en veux encore d'ailleurs – d'avoir été aussi immature et méchante. Elle ne méritait pas ça. »

Teddy me fixe encore quelques instants, me salue d'un bref mouvement de tête et repart en trottinant.

Chapitre 4

Je retrouve Lucas dans le jardin, assis sagement sur le petit banc du kiosque que mon père a construit pour ma mère il y a bien longtemps, afin qu'elle puisse s'y installer pour lire et admirer la vue sans souffrir du vent. L'abri hexagonal est en pin massif, de l'armature au plancher en passant par la balustrade, le toit en shingle rouge pour imiter une toiture de tuiles, et quatre des côtés sont parés de baies vitrées. D'énormes pots de fleurs colorées, qui souffrent de la chaleur, sont installés tout autour du kiosque. L'œuvre de ma mère, sans aucun doute.

Lucas boit une tasse de chocolat chaud – sa boisson favorite – et une assiette de biscuits sablés est posée à côté de lui.

« Salut, mon trésor. Tu as bien dormi ? »

Il ne répond pas, mais je lui trouve un air reposé et serein, ce qui me suffit.

« Ça fait longtemps que tu es dehors ?

— C'est en 1883 qu'un nouveau moulin comportant deux roues a remplacé le moulin à marée du XVIe siècle. Ça s'écrit X-V-I. En breton, ça s'appelle le “milin ru”. M-i-l-i-n-espace-r-u. Le moulin servait à fabriquer de la glace pour la conservation des poissons. »

Il me montre du doigt le vieux moulin devant lequel je viens de discuter avec Teddy.

« Eh ben, tu es allé visiter cette vieille maison ? Avec Papi ? »

Il fait non de la tête.

« Avec Mamie ? »

Il acquiesce cette fois.

Je ne sais pas bien ce qu'ils ont pu voir dans cette ruine désaffectée, mais, s'il est content de sa balade, alors je le suis aussi.

« Où sont Papi et Mamie ?

— Mamie est partie faire le marché pour rapporter de quoi nourrir tout un régiment. »

Je souris. Même s'il parle peu, cela arrive souvent qu'il répète les expressions utilisées par les adultes et je suis certaine que cette phrase est de mon père.

« D'accord. Je rentre me changer. Tu as tout ce qu'il te faut ?

— Il y a vingt-sept bateaux dans le port. Un seul bateau rouge. »

J'en conclus que oui et prends le chemin de la maison.

« Papa ?

— Je suis dans mon bureau ! »

Je m'engage dans le couloir, d'où provient sa voix. Aux murs sont accrochées des photos encadrées qui représentent mes parents, mes grands-parents paternels – les seuls que j'aie connus – et moi, bien sûr. Toute une série de clichés d'adolescente timide, d'étudiante épanouie, de jeune diplômée qui arbore fièrement son DE, sûre à ce moment-là d'avoir la vie devant elle pour conquérir le monde. Une bonne douzaine de sourires – plus ou moins forcés.

Je m'attarde sur la photo de mes grands-parents. Mon grand-père et ma grand-mère sont debout, l'un à côté de l'autre, dans une salle de classe vide, mains le long du corps et visage fermé. Les deux portent une blouse longue. Sur leur gauche, pas tout à fait au centre de la pièce, un poêle à bois dont mon grand-père m'a raconté qu'il ne suffisait pas à chauffer l'immense salle ; pour gagner quelques sous, certains élèves plus habitués que leurs camarades à la rigueur de l'hiver échangeaient leur place près de la source de chaleur contre cinq ou dix centimes. Sur les pupitres, des encriers. Et sur le mur de droite, un immense tableau noir où l'on peut lire en écriture cursive parfaite : *mercredi 1er septembre 1965*. C'était le jour de la dernière rentrée qu'ils ont faite dans cette école – je crois qu'elle était route de Kergomar, quelque part vers la grotte du Lépreux –, avant que le nombre d'élèves soit vraiment trop faible pour justifier son maintien. À la suite de la fermeture de ce bâtiment – mon grand-père a fini par admettre qu'il était probablement insalubre, ce qui ne l'a pas empêché de le racheter à la mairie dans les années 1970 par attachement à la période heureuse qu'il y avait vécue avec son épouse –, ils ont tous les deux été mutés dans une école du centre de Perros, dont mon grand-père est devenu directeur juste avant ma naissance.

Mes deux grands-parents sont décédés dans un accident de voiture en 1998, je venais d'avoir douze ans. C'est mon père qui a signé leur certificat de décès et qui a conclu à un AVC du conducteur.

« Tu regardes quoi ? »

Mon père me fait sursauter. Je ne l'avais pas vu sortir de son bureau.

« Grand-père et Grand-mère. J'essaie de me rappeler nos conversations sur cette vieille école.

— Belles coupes de cheveux, n'est-ce pas ?

— C'est toi qui dis ça, avec ta tignasse d'acteur de cinéma ? »

Je le provoque du regard en passant la main dans ses cheveux et il me sourit.

« Depuis quand tu es insolente avec ton vieux père, toi ? Décidément, tu n'es pas encore sortie de l'adolescence !

— Le secret de la jeunesse éternelle, Papa : continuer à se comporter comme un ado, quel que soit son âge…

— C'est ça que tu conseilles à tes patients ? Ah non, c'est vrai que tu n'as pas *ce genre* de patients… »

Je fais mine de le frapper dans le ventre.

« Papa ! »

Ce sujet a longtemps été tabou entre nous. Juste après mon abandon du DESC[1], nous ne nous sommes plus adressé la parole pendant de longs mois, avant que mon père ne prenne sa voiture et ne vienne me voir à Paris pour s'excuser de son

1. Diplôme d'études spécialisées complémentaires.

jugement et me dire que Maman et lui étaient fiers de moi.

— Tu veux un café ?

— Oh oui, s'il te plaît ! Je me changerai après. »

Nous repartons vers la cuisine et je me laisse tomber sur une chaise tandis qu'il remplit le bac de la machine à café de grains dont je sens l'odeur prometteuse.

« Maman est au marché ?

— Oui, elle va nous rapporter trois fois trop de nourriture, mais elle n'a pas voulu que j'y aille à sa place.

— Je l'ai trouvée en forme hier.

— Oui, ça dépend des jours. »

Son visage se rembrunit. Je le sens inquiet.

« Tiens, tu ne devineras jamais qui j'ai croisé ce matin en faisant mon footing. »

Vu sa remarque d'hier, je préfère ne pas préciser que c'était au cimetière ni ce que j'allais y faire.

« Puisque je ne devinerai jamais, je propose que tu rompes ce suspense insoutenable et que tu me le dises.

— Mmh, monsieur est de bonne humeur. C'est la remarque sur tes cheveux qui te rend bougon ? »

Il sourit.

« Allez, insolente, qui est-ce que tu as croisé ?

— Teddy ! »

Mon père se fige une seconde, puis continue à disposer les tasses sur la table.

« Ah oui ? Je ne l'ai pas vu depuis un moment, mais j'ai eu des nouvelles par son père. Il a l'air d'avoir un emploi stable depuis quelques mois, ce qui n'était pas arrivé depuis… bien longtemps.

— Attends, attends, il me l'a dit, mais j'ai loupé trois trains à son sujet : j'en étais restée à son admission à la gendarmerie. Qu'est-ce qui s'est passé ensuite ?

— Eh bien, Théodore a fait son Théodore. »

Mes parents et les siens, comme beaucoup des adultes de leur génération, s'entêtent à l'appeler Théodore. Je sais qu'il déteste ça. Quand on se disputait, je l'appelais Théodore, juste pour l'énerver encore plus.

« C'est-à-dire ? Papa, raconte !

— Instable, colérique, bagarreur, tu le connais. Il a réussi à se faire virer au bout de trois ans, alors qu'il avait une carrière solide qui l'attendait ! Il est resté quelque temps au chômage. Je te laisse imaginer la détresse de George. Puis il a enchaîné des petits boulots, il transportait des marchandises, ou était manutentionnaire, ce genre de travaux. Et il y a quelques mois, George a fait jouer ses relations pour lui trouver ce travail de responsable de la sécurité chez un de ses clients. Heureusement qu'il a son père, celui-là. »

Je préfère ne rien dire. Mon père n'a jamais vraiment aimé Teddy, et ça ne s'est pas arrangé quand nous nous sommes mis ensemble. Il le considérait comme un bon à rien, et je constate que c'est encore le cas.

Le café fumant nous permet de rester quelques secondes dans un silence confortable.

« Et George, comment va-t-il ?

— Bien, il n'a pas encore pris sa retraite, lui, et n'est pas près de la prendre. Trop peur de rester chez lui toute la journée avec la vieille folle ! »

Je manque m'étouffer avec ma boisson en éclatant de rire. Catherine Sérac est une harpie notoire et personne autour d'elle ne la supporte, pas même ses amies de bridge qui restent par obligation puisqu'elle sponsorise grassement le club de Perros. Elle a hérité une fortune de sa mère et n'oublie jamais de faire mention de son héritage autour d'elle. Quand on était petits, Victoire et Teddy en avaient honte, et je sais que si Victoire était si souvent chez nous et que Teddy traînait dehors avec ses copains dès qu'il le pouvait, c'était notamment pour éviter de rester près d'elle. Une Folcoche, et j'admets avoir quelquefois pensé que, heureusement, il ne lui restait plus d'enfants à tyranniser.

À ce moment précis, ma mère entre dans la cuisine, les bras remplis de courses. L'air se charge instantanément de son parfum. Mon père se précipite pour la débarrasser de ses paquets.

« *Ciao, bambini !* Je peux savoir pourquoi vous riez si fort ?

— On parlait de Catherine Sérac, je lui précise.

— Ah, je comprends mieux ! »

Elle se lave les mains puis s'approche de moi pour me frotter les joues. Je n'ai jamais osé lui dire que ça n'était pas super agréable, surtout quand j'étais jeune et que je passais une heure dans la salle de bains à tamponner un pot de blush sur lesdites joues pour leur donner un air plus délicat.

« Ma chérie… Où est Lucas ?

— Il est dehors, sous le kiosque.

— Fabuleux. Je vais aller le voir. Il faut bien que quelqu'un s'occupe de lui, il est sans arrêt tout seul ! Chéri, tu veux bien ranger les courses ? Il y a quelques produits à mettre absolument au frais, ils ont déjà passé beaucoup trop de temps au soleil. »

Mon père fronce les sourcils, mais acquiesce et entreprend de vider les cabas pleins de légumes, pommes de terre, agrumes, herbes aromatiques, pain et poisson frais. Effectivement, il y en a pour dix.

« En bonne adolescente que je suis, je ne propose pas de t'aider, hein ! Je vais me doucher. »

Et je file avant qu'il ne puisse répliquer.

Chapitre 5

Ma première rencontre avec Folcoche a eu lieu le 26 novembre 1992. Je m'en souviens car c'était le septième anniversaire de Victoire, avec qui à l'époque je n'avais pas encore scellé de pacte d'amitié. Elle avait invité toute sa classe de CE1 sans exception – c'est-à-dire y compris moi qui n'avais débarqué à Perros que quelques jours auparavant – à passer un samedi entier dans l'immense propriété de ses parents.

Je n'avais aucune envie d'y aller ; je ne m'étais pas encore liée ni avec les autres élèves en général ni avec Victoire en particulier, il pleuvait à verse et j'aurais préféré passer quelques heures de plus à faire la tête à mes parents, planquée quelque part entre chez moi et le moulin à marée. Mais ma mère avait insisté pour m'y emmener, mon père en avait rajouté une couche sur le thème de l'importance de m'intégrer à ma nouvelle classe et je m'étais retrouvée affublée de ma plus belle robe chasuble et d'un nœud en velours dans mes cheveux trop courts à jouer dans un château gonflable qui prenait l'eau et à fermer les yeux devant un clown affreux qui fabriquait des animaux en ballons de baudruche.

Nous étions encadrés par une dame un peu ronde, pas vieille mais plus toute jeune, qui m'a tout de suite plu ; elle respirait la bienveillance et, malgré sa petite voix, elle réussissait à se faire respecter de la vingtaine d'enfants présents, ce que je reconnais d'autant mieux aujourd'hui comme une prouesse. Mme de Bonneil – je l'ai appris plus tard – était la nourrice de Victoire et de Teddy depuis neuf ans et résidait quasiment à temps plein chez les Sérac. Elle servait de cuisinière, d'aide-ménagère, de confidente, de complice, de pharmacienne, de prof particulière, bref, c'était clairement elle qui tenait la maison. Ladite Mme de Bonneil nous avait interdit formellement d'entrer dans la maison, pour éviter je pense de promener partout nos chaussures boueuses et nos manteaux dégoulinants de pluie. La terrasse aménagée en aire de jeux était chauffée et partiellement couverte, et des montagnes de bonbons et autres gâteaux s'amoncelaient sur des tables protégées par des nappes en plastique, aucune raison donc de quitter ce petit paradis pour enfants.

Tout le monde s'amusait d'ailleurs plutôt bien, sauf moi. Au bout de ce qui m'a semblé un temps infini, trempée et franchement lasse de cet anniversaire, je me suis éloignée discrètement et suis rentrée en catimini dans l'impressionnante maison des Sérac.

Il faut imaginer que je vivais alors dans les travaux d'une vieille maison infestée de mérule, et je me retrouve soudain dans un luxueux palace : meubles imposants en bois massif, grands espaces, sculptures et toiles mises en valeur par des jeux de lumière, doubles portes entre les différentes pièces. Il faisait chaud, ça sentait le feu de bois et le gâteau au chocolat, et je pouvais déambuler en silence sans personne pour m'ennuyer. Ce moment précis était, je pense, le pic de mon sentiment d'injustice envers la vie et de jalousie envers Victoire, qui avait la chance de résider ici.

Au premier étage, je lorgne avec envie une salle de jeux dans laquelle sont installés un flipper et des étagères entières de jeux de société.

Au deuxième, je crois entendre le jappement d'un chiot ; évidemment, je file vers l'endroit d'où provient le son. Et je me fige tout à coup au milieu du couloir en réalisant que je me suis trompée et qu'il s'agit en réalité d'un humain qui pleure.

Catherine Sérac, belle, blonde, mince, habillée avec élégance, très maquillée, bijoux clinquants des oreilles au bout des doigts, est en train de pleurer. Je la vois nettement de là où je me tiens immobile.

Elle sanglote devant un miroir rond dont le tour est éclairé ; je m'apprête à m'approcher d'elle, mais je la vois d'un coup sourire en s'observant et se repoudrer les joues, avant de se mettre à pleurer à nouveau.

« Si vous saviez, docteur… C'est tellement, tellement difficile pour moi. Elle est ingérable, je n'en peux plus. Un vrai diable ! Alors qu'on lui donnerait le bon Dieu sans confession, je sais. Quelle cruauté. Il fallait que je fasse quelque chose, vous comprenez ? Je sais que vous comprenez. »

Je suis fascinée. Je ne comprends pas ce qu'elle raconte, mais je ne peux quitter des yeux son visage qui se déforme de manière exagérée au fur et à mesure de ces mots qu'elle répète en essayant différentes poses. Ses grimaces deviennent effrayantes.

Elle finit par arrêter son jeu et entreprend de se brosser les cheveux.

Je suis très mal à l'aise, au milieu de ce couloir. J'ai envie de faire pipi, je veux faire demi-tour et retourner dehors avec les autres enfants, et je prie pour qu'elle ne s'aperçoive pas de ma présence.

Jusqu'à ce que le parquet grince sous mes pieds et que, dans le miroir, deux yeux de serpent se fixent sur moi.

Je ne me rappelle pour le coup plus du tout ni comment j'ai fui ni comment s'est terminé l'anniversaire.

Tout ce dont je me souviens de cette journée-là s'arrête aux yeux de vipère de Catherine Sérac.

Folcoche.

Retranscription des séances de thérapie,
Dr Schreiber.

Séance 5, jeudi 29 janvier, 11 heures.

DR SCHREIBER : Est-ce que tu aimes l'école ?

L'ENFANT : Oui.

DR SCHREIBER : Et comment se passe l'école pour toi ?

L'ENFANT : Bien.

DR SCHREIBER : Tu peux m'en dire plus ?

L'ENFANT : J'aime apprendre des nouvelles choses, j'aime la maîtresse et j'aime mes copains.

DR SCHREIBER : Tu sais ce que ta maîtresse m'a dit ? Elle m'a dit que tu étais d'une intelligence remarquable, mais que tu ne respectais pas les règles de vie dans la classe. Est-ce que tu peux me dire de quelles règles elle parle ?

L'ENFANT : On doit se respecter, respecter les autres et respecter le matériel. On doit être poli. On doit lever le doigt pour demander la parole. On ne doit pas bavarder en classe. On ne doit pas se bagarrer.

On doit s'appliquer et faire de son mieux dans son travail.

Note : L'enfant a récité ces règles comme un pensum avec un air d'ennui profond.

DR SCHREIBER : Je te remercie. Et dirais-tu que tu suis ces règles ?

L'ENFANT : Oui.

DR SCHREIBER : Vraiment ?

L'ENFANT : Non. Pas toutes.

DR SCHREIBER : Ah oui ? Lesquelles ne respectes-tu pas ?

L'ENFANT : La maîtresse dit que je manque de politesse.

DR SCHREIBER : Et tu es d'accord avec elle ?

L'ENFANT : Je ne sais pas.

DR SCHREIBER : Je vais te donner mon avis. Quand tu t'adresses à un adulte, à moi par exemple, sans me regarder et en disant juste « oui », « non », je ne trouve pas cela très poli. Je préférerais que tu me regardes dans les yeux, et que tu me dises « oui, docteur » ou « non, docteur ». C'est comme ça que mes parents m'ont appris à respecter les adultes, en les appelant « monsieur », « madame », « docteur » et cætera. Tu comprends ?

L'ENFANT : Oui, docteur.

DR SCHREIBER : Bien ! Je vois que tu apprends vite. C'est un conseil que je te donne ; tout sera plus facile pour toi si tu t'exprimes avec respect et politesse. Les adultes remarquent la bonne éducation et ça peut faire une vraie différence dans tes interactions avec eux. Tu as compris ?

L'ENFANT : Oui, docteur.

DR SCHREIBER : Bien. Y a-t-il d'autres règles que tu n'as pas suivies en classe ?

L'ENFANT : J'ai cassé des jouets.

DR SCHREIBER : Pourquoi as-tu cassé ces jouets ?

L'ENFANT : Je ne sais pas.

DR SCHREIBER : Réfléchis, s'il te plaît. Tu devais bien avoir une raison ?

Note : L'enfant regarde en haut à droite à nouveau et ne fouille donc pas ses souvenirs mais son imagination.

DR SCHREIBER : Je ne veux pas que tu inventes une raison, d'accord ? Si tu ne t'en souviens pas, ça n'est pas très grave. L'essentiel, c'est que tu aies compris qu'on doit respecter les règles à l'école, sinon, ta maîtresse ne pourra pas te garder en classe avec les autres enfants. Alors, tu as retrouvé la raison pour laquelle tu as cassé les jouets ?

L'ENFANT : Parce que Théo s'amusait avec. Moi aussi, je voulais m'amuser avec, mais il n'a pas voulu me les donner.

DR SCHREIBER : Et tu considères que c'est une raison suffisante pour casser des jouets ?

L'ENFANT : Si je ne peux pas les avoir, je préfère que personne ne les ait.

Note : L'enfant hausse les épaules.

Note : la séance est arrêtée à 11 h 27.

Chapitre 6

Le déjeuner pris sur la terrasse est trop long et trop copieux pour cette chaleur. Lucas, très agité et relativement pénible, a refusé de manger sans avoir trié ses aliments selon un système inhabituel que je n'arrive pas à saisir. Pour couronner le tout, impossible ensuite de lui faire quitter la maison pour aller visiter Perros, alors que j'ai tant de lieux à lui faire découvrir. Je pars donc marcher seule, ni très longtemps ni très loin : mes pas me guident vers la plage de Tourony, à seulement un kilomètre de chez mes parents. Je l'espérais déserte, mais de nombreuses familles se sont installées entre les amas rocheux qui confèrent un semblant d'intimité à chaque petit groupe. Les enfants pataugent dans l'eau, indifférents à sa couleur verte qui, personnellement, ne m'inspire pas beaucoup.

Je finis par repérer un banc de pierre un peu en retrait et m'y installe pour contempler le château de Costaérès. Il n'a de château que le nom, mais la bâtisse entièrement construite en granit rose n'en est pas moins imposante et donne l'impression de dominer la baie. Je venais souvent ici, quand ma mère m'agaçait, que mon père ne comprenait pas mon amour pour Teddy ou pour fumer en cachette, tout simplement.

Mon téléphone vibre. Message d'un numéro inconnu.

C'était vraiment bien de te revoir tout à l'heure – T

Mon cœur se met à battre légèrement plus vite.

Plaisir partagé... J'espérais presque te recroiser cet après-midi. Suis à Tourony ;–)

Je vois qu'il compose un nouveau message.

On pourrait se voir demain soir ?

Je réfléchis à toute vitesse pour évaluer le poids de ma culpabilité. Je laisserai déjà Lucas à mes parents le temps des funérailles demain matin, mais, si je passe l'après-midi avec lui, je devrais pouvoir sortir dîner. Après tout, l'adaptation se passe bien et son éducatrice a insisté pour qu'il gagne en autonomie – il faudra juste que je donne à ses grands-parents quelques conseils sur les repas pour éviter qu'ils ne subissent à nouveau l'enfer du déjeuner.

J'ai terriblement envie de voir Teddy.

OK. Je ne pourrai pas rester très tard / Lucas. Où ?

Endroit habituel. 19 h. Je t'embrasse.

Je ferme les yeux.

« Alice ? Incroyable ! »

La voix qui m'appelle n'est pas celle de Teddy, mais son timbre nasillard m'est familier. Je plisse les yeux pour lutter contre le soleil et vois s'avancer vers moi un homme de taille moyenne, rougeaud, légèrement bedonnant, vêtu d'une chemise et d'un bermuda trop serrés et chaussé d'une paire de baskets hors d'âge. Ses tempes et le haut de son crâne sont dégarnis et ses cheveux fins sont peignés sur le côté dans une tentative, je suppose, de dissimuler ce début de calvitie.

Quand il n'est plus qu'à deux mètres de moi, je remets enfin un nom sur le visage. Charlie Rousseau. La terreur de ma classe de primaire. Une espèce de brute épaisse que je détestais, et qui terrorisait toute l'école, instituteurs inclus. Je ne l'avais plus vu depuis la fin du collège, je crois.

« Charlie ? Waouh ! Comment vas-tu ? »

Tout en prononçant ces mots d'un ton faussement enjoué, je prie pour qu'il soit pressé et passe son chemin. Je me fiche éperdument de savoir ce qu'il est devenu, et n'ai ni oublié ni digéré les années d'intimidation et de brutalité.

« Pas mal, pas mal, et toi, Alice Malice ?

— Plus personne ne m'appelle par ce surnom depuis la puberté, tu sais !

— Aïe, désolé, je sens que je n'ai pas marqué un point là, pas vrai ? »

Il me lance un clin d'œil appuyé. À l'inverse de son allure négligée et pataude, son regard est perçant et vif.

« Tu habites toujours à Perros ? » je demande, pour changer de sujet.

Prenant ça pour une invitation, il s'assoit sur le banc à côté de moi. Il dégage une odeur de déodorant bon marché, et je me fais la remarque qu'il est bien moins impressionnant physiquement que quand nous avions dix ans.

« Toujours. Perros, à la vie à la mort ! » Il rit nerveusement, et je ne dis rien. « Ça me fait plaisir de te voir, Alice.

— Moi aussi.

— Tu as appris pour Marc ?

— Oui, c'est pour ça que je suis là.

— Ah, donc en fait, quand j'organise un barbecue pour les vingt ans de notre promo de CM2, tu ne réponds pas, en revanche, quand quelqu'un se tue à moto, là, tu débarques. Bon, ben… je sais désormais ce qu'il faut faire pour que tu viennes ! »

Nouveau petit rire nerveux de sa part. Je n'ose pas lui dire que je trouve ses propos complètement déplacés, mais je me décale légèrement sur le banc pour m'éloigner de lui, et il se rapproche d'autant.

« Ne pars pas, je plaisante, enchaîne-t-il. Marc était mon pote, tu sais.

— Je suis désolée. »

Je tente la stratégie du nombre minimal de mots.

« Et toi, au fait, Sophie m'a dit que tu vivais à Paris, et que tu avais un enfant ? Tu bosses dans quoi ?

— Je suis médecin.

— Ouh, là, là ! ça ne rigole pas. J'ai toujours su que tu avais un énorme cerveau, docteur ! Bravo ! »

Il me fixe droit dans les yeux. Je voudrais couper court, mais une sourde colère commence à me gagner et je ne peux résister à la tentation :

« En fait, Charlie, à la base, je voulais soigner des enfants. Ceux qui ont subi des traumatismes comme du harcèlement scolaire ou toute autre forme d'abus, soit par des adultes, soit par d'autres enfants. »

J'espérais le déstabiliser, mais tout ce qu'il répond, c'est :

« Ah oui, ce doit être vraiment intéressant de bosser avec des enfants… Mon job à moi est un peu ennuyeux, et je ne parle jamais à personne. »

Je ne dis rien mais hausse un sourcil. Ce qu'il prend pour un encouragement à continuer.

« Je travaille dans une résidence pour personnes âgées. Responsable de l'entretien. Ça ne paie pas super, mais je peux aller bosser à pied, m'éclipser si j'ai besoin, car les vieux ne remarquent jamais mon absence, et j'ai le temps de profiter un peu de mes loisirs.

— Ah, OK. »

Je ne veux pas savoir à quoi il consacre son temps libre, aussi je fouille dans mon sac pour attraper mon téléphone. Avant que j'aie pu invoquer le message imaginaire d'un correspondant que je dois rappeler de toute urgence, il se lève et me dit en s'éloignant :

« C'était vraiment sympa de te voir, Alice Malice ! »

Classe de CM2, octobre 1995.

Victoire aurait dû fêter son dixième anniversaire.

J'ai apporté en classe un dessin d'elle, que j'ai réalisé avec l'aide de ma mère. Pour être plus précise, ma mère a pris mon croquis et l'a transformé d'un coup de pastel en un portrait vaguement ressemblant d'une Victoire à l'air mélancolique, qui se tient assise bien droite sur un banc de pierre, au milieu d'une forêt vert brillant.

La maîtresse a accepté de l'accrocher au mur, et a proposé que les élèves qui le souhaitent écrivent un petit mot sur une grande feuille blanche au-dessous du dessin. J'ai inscrit un « Tu me manques » qui n'exprime pas le début du commencement de ce que je ressens. Quelques-uns de nos camarades de classe ont écrit des phrases gentilles et bienveillantes, allant de « J'espère qu'on va te retrouver » à « Maman dit que tu es au paradis, ça doit être bien ». Des mots d'enfant.

Pendant une récréation, Charlie Rousseau est entré sans permission dans la salle de classe. Il a griffonné un pénis entre les jambes de Victoire et a écrit en lettres capitales sur la feuille : ON EST MIEUX SANS TOI SALE GOUINE.

Le directeur de l'école a conclu que Charlie ne savait pas ce qu'était une gouine et l'a condamné à balayer la cour de récré tous les lundis soir pendant un trimestre, avant de lever la punition après à peine deux séances quand la pluie a commencé à battre les pavés et que le froid s'est installé pour la saison.

Chapitre 7

En rentrant, je trouve mon père dans la salle télé avec Lucas ; ils sont installés chacun à un bout de l'immense canapé en cuir beige et regardent ensemble un documentaire – ce dont Lucas est friand – sur des survivalistes en Antarctique.

Je m'assois sur l'accoudoir à côté de mon père.

« Papa, tu te souviens de Charlie ? je lui demande à voix basse.

— Charlie… Rousseau ? Le fils de Gérard ?

— Oui, lui-même. Je l'ai croisé à Tourony. Il m'a filé la chair de poule.

— Cela fait un moment que je ne l'ai pas vu, mais son père dit de lui que c'est un bon garçon.

— Un bon garçon ? » Je bondis de mon siège avant de m'y rasseoir pour pouvoir continuer à chuchoter. « Papa, tu ne te souviens pas combien il était affreux quand on était enfants ?

— Si, bien sûr, mais ça fait vingt ans ! Il est peut-être un peu bizarre, mais c'est tout.

— Tu sais s'il a une famille ?

— Non, aux dernières nouvelles, il était toujours vieux garçon, il vit chez ses parents, figure-toi, dans un appartement aménagé au-dessus de leur garage... Ah, mais attends, à tous les coups, il t'a fait les yeux doux, c'est ça ? »

Je réfléchis un instant. Serait-ce possible qu'il ait été simplement nerveux et que je lui aie fait un procès d'intention ?

Mon père me sourit.

« Ma princesse, tu es belle comme un cœur, c'est normal que les hommes veuillent te séduire – même si, soyons très clairs, ça me fera toujours râler ! » enchaîne-t-il en faisant mine de faire les gros yeux.

Lucas, incommodé sans doute par notre conversation, a quitté la pièce silencieusement et, après avoir convenu de l'heure du dîner, je laisse mon père profiter d'un moment de calme.

Je décide de m'installer sous le kiosque un petit moment, histoire de lire les news sur mon téléphone, de passer un ou deux coups de fil dont je m'étais pourtant promis de me débarrasser avant de partir et surtout de repenser à Teddy.

Quand je finis par remonter, je retrouve Lucas assis en tailleur sur mon lit, plongé dans la lecture d'un carnet qu'il tient soigneusement entre les mains. Il lit des pages manuscrites, dont je réalise immédiatement que l'écriture très fine est celle de ma mère.

« Lucas ! je crie. Où est-ce que tu as pris ce carnet ? Il n'est pas à toi ! Tu n'as pas le droit de lire le journal de quelqu'un d'autre sans son autorisation, tu comprends ? On s'était mis d'accord en arrivant ici qu'on ne touchait à rien sans l'accord d'un adulte, tu le sais bien, pourtant ! Maman est fâchée ! »

Je le lui prends des mains sans attendre sa réponse, et traverse à grandes enjambées le couloir qui sépare ma chambre de celle de mes parents. Je frappe doucement à la porte, mais ne perçois aucun bruit à l'intérieur. Comme quand j'étais enfant et que je voulais rendre à ma mère un collier ou un foulard que je lui avais « emprunté » pour une soirée, j'entre sur la pointe des pieds, ouvre la porte de son dressing et glisse le carnet dans le troisième tiroir, en espérant qu'elle n'a pas changé de stratégie de rangement de ses journaux intimes depuis mon adolescence. Je ressors aussi discrètement que je suis entrée et retourne terminer mon explication avec Lucas que je retrouve en pleurs, roulé en boule entre mes draps.

Chapitre 8

Lundi 24 août

Je me réveille à nouveau très tôt le lendemain, effet combiné de la chaleur qui règne sous les toits de la maison et de mon angoisse des funérailles.

J'essaie d'être simplement triste pour Marc, pour son épouse Rosemarie – la sœur de Sophie, qui était une classe au-dessous de la nôtre et a commencé à fréquenter Marc au collège –, pour leurs familles, mais en réalité c'est le principe même des convenances à suivre lors d'un enterrement qui me met mal à l'aise : présenter des condoléances, sourire mais pas trop, serrer des mains, embrasser des joues humides, s'attacher à replacer toutes ces têtes du passé comme dans un jeu de *Qui est-ce ?* version glauque. Je regrette d'être venue.

Et puis je repense à Victoire, héroïne malgré elle de ce ballet dérangeant il y a vingt-cinq ans, et je me dis que je peux bien faire cet effort.

Je choisis une robe noire sans manches qui conviendrait sans doute mieux à un afterwork de banquiers qu'à un enterrement en province, mais qui a le mérite d'être de la couleur de circonstance, je maquille mes yeux verts d'un trait d'eye-liner bien noir, et je tente de coiffer en chignon la masse de cheveux châtains mi-longs qui, d'habitude, sont laissés libres et sans artifice sur mes épaules.

Je réussis à franchir les lourdes portes de la chapelle pile au début de la cérémonie, comme je l'ai planifié. Je ne veux surtout pas avoir à discuter avec qui que ce soit. La nef est pleine, et je peine à trouver une place ; un couple que je ne connais pas et qui pleure déjà à chaudes larmes finit par avoir pitié de mes allers-retours dans l'allée centrale et demande d'un geste à leurs voisins de me faire un peu de place sur leur rangée.

La messe est on ne peut plus classique. Entrée du cercueil fermé au son d'un prélude de Bach, lecture de la Bible, quelques discours ponctués de larmes. Sophie a l'honnêteté de commencer son éloge par une description réaliste de notre ami : « Il était soupe au lait, il complexait sur la tonsure qui ornait le haut de son crâne, il avait une addiction aux jeux payants sur son téléphone, et il n'a sans doute jamais touché une casserole de sa vie, mais je n'aurais pas pu rêver meilleur beau-frère, et meilleur pote de collège. » Après la bénédiction du corps, une procession se met en route en direction du cimetière. Les haut-parleurs diffusent *What a Wonderful World* de Louis Armstrong, et je me demande qui a pu choisir ce titre.

« Tu es ravissante », me souffle Teddy dans l'oreille, tandis que nous suivons le cortège sous un soleil déjà lourd.

Je rougis jusqu'aux oreilles, contente de l'effet de ma robe cocktail, mais parfaitement consciente du caractère inconvenant de notre discussion.

« Tu n'es pas mal non plus. Le costume te va bien.

— J'en mets tous les jours au boulot désormais, figure-toi. Obligatoire ! »

Pile à cet instant, nous sommes rejoints par trois « anciens » : Brice, Samuel et Charlie, ce dernier me gratifiant d'un grand sourire aux dents abîmées.

À l'époque où Teddy et moi étions ensemble, nous formions tous les cinq – avec Marc, mais sans Charlie, dont j'ignore de qui il s'est rapproché ces dernières années pour être intégré au groupe – une petite bande assez soudée ; nous aimions aller nager, faire de la voile et du surf, fumer sur la plage en mangeant et en buvant tout ce que nos parents nous interdisaient.

« Alice ! Tu es venue ! clame Brice en me prenant par les épaules.

— Eh oui !

— C'est dingue, tu n'as pas vieilli d'un iota. Toujours aussi jolie ! »

Samuel intervient en poussant Brice du coude et en montrant Teddy du menton :

« Pas touche, obsédé, chasse gardée ! »

Je ris de bon cœur, plaquant une main sur ma bouche pour camoufler au mieux cette expression de joie à quelques mètres de la famille de Marc. Eux non plus n'ont pas changé. Samuel est plus petit que mon mètre soixante-cinq, brun, trapu, avec une pilosité d'ours, mais la bonhomie et la gentillesse d'un agneau. Il a toujours été le maillon bienveillant de la bande, celui qui nous ramène dans le droit chemin, celui qui conseille de bien réfléchir avant de faire une bêtise, mais qui aide une fois qu'elle est faite, et il est surtout celui qui nous a réconciliés un demi-million de fois quand un quiproquo, une mauvaise blague ou encore une histoire de garçon ou de fille nous avait fâchés. Brice est son exact opposé : grand, svelte, cheveux blond platine, sûr de lui et de son charme. Le pousse-au-crime, le provocateur, le leader du groupe. Aussi agaçant qu'attachant. Je sais qu'il avait un faible pour moi, mais je ne l'ai jamais regardé autrement que comme un ami, voire un frère.

« Bon, Alice, une fois qu'on aura terminé – Brice désigne de la main le rassemblement qui commence à se former autour du caveau familial des Amarante –, on a prévu de se retrouver au café pour refaire le monde. Tu en es, j'espère ?

— Je suis navrée, mais je vais devoir faire l'impasse. J'ai promis à mon fils de passer l'après-midi avec lui. Mais une autre fois, avec plaisir ! »

Et je pense : sans Charlie.

Teddy s'est éloigné de nous pour rejoindre sa mère, venue soutenir celles de Marc et Rosemarie. Folcoche a trouvé le moyen de porter un tailleur beige et une voilette qui ne masque en rien ses lèvres fardées de rouge, le tout formant un ensemble que je trouve inapproprié au possible. Elle ne cherche, comme d'habitude, qu'à attirer l'attention.

Teddy et elle ont l'air de se disputer ; je ne les entends pas, mais je vois clairement Catherine gesticuler en fronçant les sourcils et Teddy lever les yeux au ciel en réponse, avant de tourner le dos à sa mère et de partir d'un pas décidé en direction de la sortie. Folcoche semble particulièrement agacée de s'être fait planter là par son fils, mais se ressaisit rapidement et, après une seconde d'observation des proies alentour, fond sur un groupe de femmes en pleurs.

« Je les ai volés ! »

Teddy, l'air triomphant, vient d'ouvrir ses mains qu'il tenait fermées devant moi depuis de longues minutes. À l'intérieur, des bagues serties de pierres précieuses qui brillent, mais dont je n'arrive pas à deviner les couleurs sous l'éclairage sépia du lampadaire, une chaîne en or et un épais bracelet en diamants.

« Mais tu es fou ? Pourquoi tu as fait ça ?

— Parce que je la déteste. Et pour notre anniversaire. »

Nous venons de fêter nos deux ans ensemble. J'ai seize ans, lui presque dix-neuf. C'est l'homme de ma vie, je le sais, je n'aimerai jamais personne d'autre, et d'ici quelques années, nous aurons trois beaux enfants que nous traînerons à travers la planète au fil de nos missions pour des ONG. Avec Teddy, nous comptons changer le monde.

Pour le moment, nos plans doivent absolument rester secrets ; lui est majeur mais pas moi, et aucun de nos parents ne comprend notre histoire d'amour. Pourtant, ils devraient tous voir à quel point nous nous aimons et à quel point ce qui nous lie est puissant. Mais tout ce qu'ils voient dans leur étroitesse d'esprit d'adultes ennuyeux s'arrête à notre différence d'âge.

« Teddy, elle va devenir cinglée cette fois !

— Elle l'est déjà, je te rappelle… » me glisse-t-il avec des yeux rieurs.

Je ne peux m'empêcher de rire en retour. Folcoche est folle, c'est vrai. Et cela nous amuse beaucoup, aidés parfois par Brice et Samuel, de la faire sortir de ses gonds. Pas très sympa pour George qui subit de plein fouet les accès de colère noire de sa femme, mais très drôle vu de loin. De toute façon, nous ne pouvons pas arrêter : l'enjeu, au-delà d'assister à des crises d'hystérie qui prêtent à rire, est de faire perdurer une tradition entamée quelques années plus tôt par Victoire elle-même. Quand Teddy et elle ont compris – très tôt – que leur mère était « spéciale » et n'avait d'affection que pour sa propre image, ils se sont lancés dans une guerre froide contre elle, entre le très à propos Vipère au poing *et* La Guerre des boutons, *en perpétuelle recherche d'un coup pendable à lui faire. Du gros sel dans sa crème de jour au découpage discret de petits trous dans ses vêtements de marque, ils lui ont rendu chaque remarque acerbe, chaque critique sur leur physique – le poids de l'une ou la courbe de croissance de l'autre –, chaque reniflement de mépris. Victoire se faisait souvent attraper à la place de son frère, mais ne le balançait jamais et subissait dans un silence insolent les punitions de sa mère. Depuis sa disparition, Teddy lui a promis de ne jamais laisser tomber.*

« Tu sais ce qu'on pourrait faire ? »

Je viens d'avoir une très mauvaise idée.

« Dis ?

— On lui rend certains des trucs qu'on lui a piqués.

— Tu délires !

— Attends, écoute-moi un peu : qu'est-ce qu'on a dans le coffre qui soit suffisamment vieux pour dater d'avant, mais suffisamment significatif pour que ta mère s'en souvienne ? »

« Avant », sans précision, est le terme que nous utilisons pudiquement pour parler de la période avant le 19 avril 1995.

« J'en sais rien, faudrait que je regarde. Pourquoi ?

— Ta mère croit aux fantômes ?

— … Mon bébé, tu es la plus machiavélique et la plus brillante de mes petites copines ! »

Je lui frappe le bras, l'air faussement outrée, pendant qu'il range les bijoux dans la poche de son Bombers. Il me soulève du sol, j'entoure ses hanches de mes jambes et nous nous embrassons longuement.

En rentrant chez lui ce soir-là, Teddy a ressorti du compartiment secret dans le coffre à jouets de Victoire une grosse boucle d'oreille en émeraude qu'il a glissée sous l'oreiller de sa mère.

Une boucle d'oreille, avons-nous appris le lendemain, qui ne lui appartenait pas, et qui l'a convaincue que son mari avait une maîtresse.

Tu t'en vas ? Teddy, ne me laisse pas seule au milieu de la fosse aux lions, pitié…

Suis désolé, je ne pouvais pas rester de toute façon, je dois retourner bosser. Tu vas te débrouiller comme un chef. Évite juste ma mère et les avances de Brice. On se voit toujours ce soir ? Je t'embrasse, bon courage.

Je réprime une bouffée de déception à l'idée de passer la prochaine heure sans son soutien.

Bien sûr. À ce soir !

Heureusement, Sophie me rejoint et nous restons côte à côte durant la mise en terre. Elle serre ma main pendant la bénédiction finale du prêtre et ne peut retenir quelques larmes ; elle était dans mes souvenirs très proche de son beau-frère et, pour la première fois depuis le début de la matinée, je ressens une compassion sincère pour son chagrin.

Elle aussi me mentionne le rendez-vous de l'après-midi.

« On va à Trestraou, dans une brasserie qui s'appelle La Suite. Je connais le propriétaire, elle ouvre spécialement pour nous. Vraiment, ça me ferait plaisir de t'y voir.

— J'essaierai de passer, Soph, promis. Mais je serai avec Lucas et ça n'est pas toujours évident de faire des plans et de s'y tenir.

— Je comprends. Fais de ton mieux. Et merci d'être venue, ça me touche vraiment. »

Sophie connaît la singularité de mon fils et j'apprécie qu'elle n'insiste pas davantage. Je l'enlace et nous restons longuement collées l'une à l'autre malgré la chaleur, jusqu'à ce que sa mère lui signale discrètement qu'un petit groupe attend pour la saluer avant de partir.

Je m'arrange pour éviter un maximum de monde en restant en retrait, embrasse tout de même les parents, les beaux-parents et, en m'éclipsant, je salue de loin Brice et Samuel – dont je jurerais qu'ils sont en train de faire les beaux yeux à deux demoiselles bien trop jeunes pour eux.

Chapitre 9

Il est midi passé quand j'enlève enfin mes escarpins à l'entrée du jardin pour soulager mes pieds endoloris. L'air est brûlant, je dégouline sous ma robe noire et je ne rêve que d'une boisson glacée à siroter devant un ventilateur.

J'ai reçu sur le trajet du retour un message de Brice :

Beauté, viens cet après-midi. Sinon dis-moi quand on peut se voir avant ton départ ! Bises

Et j'ai repensé en souriant bêtement au « chasse gardée ! » de Sam.

Mes parents et Lucas sont affairés dans la cuisine, occupés tous les trois à terminer les préparatifs du déjeuner. Une chanson des années 1980 sort d'un petit poste de radio à antenne posé sur la table, que j'ai toujours connu et qui, à ma grande surprise, fonctionne encore. L'évier déborde de plats sales, le plan de travail central est recouvert de farine et quelques petits morceaux de coquille d'œuf craquent sous mes pieds nus tandis que je me dirige vers le réfrigérateur. Lucas, à genoux sur une chaise, ne sourit pas, concentré sur le dosage d'un liquide à la couleur étonnante, sous l'œil attentif de mon père. Ma mère essaie tant bien que mal de nettoyer l'ouragan qui vient de dévaster la pièce, et personne de ce petit monde ne prête attention à moi.

Après le déjeuner, mon père propose de nous emmener tous faire une promenade dans Perros, et Lucas n'oppose cette fois aucune résistance. La perspective me ravit, d'abord parce que je suis heureuse de partager avec mon fils tous ces lieux que j'aime, mais également parce que j'espère pouvoir faire d'une pierre deux coups en passant devant le bistrot dont Sophie m'a parlé et en saluant tout le monde sans pour autant y passer deux heures.

« Je vais rester à la maison, je voudrais répéter mes cours de piano de la semaine prochaine, annonce ma mère d'une voix légère. Et puis je vous laisse imaginer le temps qu'il va me falloir pour nettoyer et ranger tout ce désastre ! »

Elle insiste sur ce dernier mot avec son accent italien.

« Tu es sûre, mon amour ? On pourra ranger ça à notre retour.

— Allez, Maman, viens avec nous !

— Ta fille a raison. Tu pourrais venir te promener un peu, on ne marchera pas longtemps s'il fait trop chaud et on s'arrêtera chez ton glacier préfér…

— Non, vraiment. Je reste là.

— Bon, bon. Tu veux que je reste avec toi ?

— Non, *amori miei*, allez-y et amusez-vous ! »

Je sens ma mère soulagée de ne pas nous avoir sur le dos l'espace de quelques heures, et je peux la comprendre. Mon père franchit la porte en premier, mais se retourne sur le seuil, sourcils froncés.

« Tu as pris tes cachets ?

— Bien sûr, mon chéri ! » répond ma mère et, en se tournant vers moi, elle me lance un clin d'œil discret.

Je me surprends à regretter que Lucas ne puisse pas tenter de la convaincre, cette balade en famille me faisait bien envie.

Nous partons donc à trois, casquette vissée sur la tête pour éviter l'insolation, et nous arrêtons au bout de quelques centaines de mètres seulement au parc des Sculptures. Lucas entreprend de contourner, toucher et mémoriser mentalement chacune des dix-huit œuvres en granit, et mon père en profite pour lui décrire les plus symboliques.

« Cette sculpture s'appelle l'Ankou. Est-ce que tu sais ce qu'est l'Ankou, ici, en Bretagne ? C'est un personnage de la mythologie bretonne, qui représente la mort. »

Il se tourne vers moi, l'air penaud, pour me demander l'autorisation de continuer. J'acquiesce. Lucas sait ce qu'est la mort, et je ne pense pas qu'un squelette en pierre soit plus effrayant que les histoires du Moyen Âge ou les mythes grecs dont il raffole cette année. Mais avant que mon père ne reprenne son récit, Lucas se lance :

« L'Ankou ne représente pas la mort. C'est un psychopompe. Il collecte les âmes des morts et les emmène dans l'autre monde. L'Ankou est comme Charon ou Hermès dans la mythologie grecque.

— Waouh, je suis bluffée, mon chéri. Comment tu connais ça, toi ?

— Je l'ai lu dans un livre.

— À la maison ? Je ne me souviens pas qu'on ait des livres sur les légendes bretonnes…

— Chez Papi et Mamie. Dans la bibliothèque. Première étagère, deuxième rangée à partir du bas ou quatrième rangée à partir du haut. Douzième livre à partir de la gauche ou vingt-troisième livre à partir de la droite. *La Légende de la Mort*, Anatole Le Braz. Ça s'écrit L-E-espace-B-R-A-Z. Chapitre 2.

— OK, OK. Lucas, qu'est-ce que je t'avais dit à propos des livres dans la bibliothèque de Papi et Mamie ? »

Lucas baisse les yeux et ne répond rien.

« Tu ne dois pas les attraper seul. C'est dangereux, c'est pour ça que je t'ai demandé de ne pas les déplacer. Pas pour te priver de lecture, mon chéri. Je suis très fière de toi pour toutes ces informations que tu retiens, et je suis très fière que tu aimes autant lire. Mais je ne veux pas que tu te fasses mal, et je veux aussi pouvoir choisir si tu n'es pas trop jeune pour lire les livres qui sont rangés là-bas. À partir de maintenant, je compte sur toi pour me demander la permission avant, d'accord ? »

Sans prêter davantage attention à nous, il file vers la sculpture suivante. Le soleil est caché derrière un épais nuage débarqué de nulle part, et j'enlève ma casquette pour éviter que mes cheveux ne restent définitivement collés sur mon front.

Je me tourne vers mon père qui a visiblement observé la scène d'un air amusé.

« Mon petit-fils est un génie, et toi, tu me fais rire. Comment tu m'as dit que ça s'appelait, ta méthode ? La psychologie positive ?

— Ne te moque pas… C'est parfois tellement compliqué de savoir quand lui parler comme à un enfant de neuf ans "classique", et quand lui parler comme à un enfant TSA. Par exemple, figure-toi qu'il a développé il y a quelques années une forme de kleptomanie. Il vole de petits objets, des broutilles sans valeur, qu'il a trouvés intéressants, et les conserve dans une boîte qu'il traîne partout avec lui – tu as dû la voir, c'est cette ancienne boîte à biscuits en métal… Bref, dedans il y a un porte-clefs, des pièces de monnaie, une carte postale, des livres, une boule à neige… J'ai rendu le reste à leurs propriétaires respectifs, mes amis parisiens et ses éducateurs pour la plupart, mais je ne sais pas comment traiter le sujet. Il ne réagit pas quand je le gronde, ne réagit pas non plus quand j'essaie de le culpabiliser sur le vol, rien. Je suis démunie. Et autant te dire que je suis incapable d'appliquer le moindre outil théorique. Je voulais m'occuper d'enfants à problèmes, mais je suis à l'ouest avec le mien. »

Je sens les larmes me monter aux yeux, et mon père me prend dans ses bras.

« Allons, ma princesse, il n'y a rien de très grave dans ce que tu me racontes. Tu t'en sors très bien avec mon petit-fils, crois bien que, sinon, j'aurais tapé du poing sur la table depuis longtemps ! C'est la prunelle de mes yeux, ce petit ! Si tu savais… »

Je ne peux pas m'empêcher de sourire, mais mon cœur se pince aussitôt.

« Alors, pourquoi vous n'êtes pas venus nous voir plus souvent à Paris, Maman et toi ? Vous savez que c'est compliqué pour moi de rentrer ici, c'est toute une organisation, et puis, chaque fois, je pense à elle… »

Je ne sais pas pourquoi je me permets de lui formuler ce reproche et je m'attends à recevoir une réplique cinglante, mais c'est d'une voix plutôt douce que mon père répond.

« Ta mère. Elle ne se ménage pas, tu sais, et elle finit par s'épuiser. Elle est si vite fatiguée en ce moment. Il faut que je fasse très attention à elle.

— Tu me caches quelque chose sur l'état de Maman ? Tu m'inquiètes !

— Non, non. C'est juste… compliqué de partir loin. Comme pour toi, tu vois ? »

Il m'embrasse sur le front. Et je comprends que cette discussion est terminée.

Je sèche mes larmes et accepte le bras de mon père tandis que nous avançons sur les pas de Lucas et parvenons à le rattraper devant l'Anishnabe de Biscornet. Cette fois-ci, Lucas n'a pas déjà lu toute une thèse sur les symboles constellaires de ce totem et je vois qu'il enregistre les informations que son grand-père lui transmet avec solennité.

Nous nous engageons ensuite sur le sentier des Douaniers et je me repais des chaos rocheux, de la mer, des prairies en fleurs et même des touristes insouciants qui nous bousculent en ce lundi de la fin août. Parler m'a fait du bien. Nous atteignons rapidement Trestraou, dont la plage de sable est désormais bondée. Lucas, qui n'a jamais vu la mer en vrai, serre ma main plus fort que d'habitude tandis qu'il observe avec circonspection un moniteur de paddle mimer devant une bande de jeunes, tous debout sur leur planche, les mouvements qu'il faudra effectuer une fois sur l'eau. Une dizaine de Hobie Cat voguent en direction de l'archipel des Sept-Îles et je me remémore mes nombreux étés passés à faire de la voile avec Teddy.

« Chéri, est-ce que tu veux aller mettre les pieds dans l'eau ? »

Il secoue la tête.

« Tu es sûr ? Moi, je vais le faire. Si tu préfères ne pas y aller, je te laisse avec ton grand-père. »

Lucas hésite. Il n'est pas du genre craintif, tant s'en faut, mais il analyse chaque situation en détail avant de tenter quelque chose de nouveau. Il me prend la main et nous commençons à marcher vers la mer.

« Alors, je viens aussi ! » dit mon père, et nous voilà tous les trois pieds nus, pantalon retroussé sur les mollets pour mon père qui n'a pas eu l'idée de porter un bermuda malgré la météo, à avancer vers l'eau turquoise. Lucas est surpris par le reflux et l'écume, mais je vois à ses doigts qui pianotent contre sa cuisse qu'il profite du moment. Je finis par aller m'asseoir sur le sable chaud, pendant que le grand-père et le petit-fils s'amusent au bord de l'eau. Mon père me rejoint au bout de quelques minutes, en sueur.

« Détends-toi, ton fils ramasse juste des coquillages, regarde ! »

Et il pointe son doigt en direction de l'eau. Lucas nous voit lui faire un signe de la main, mais ne répond pas, et reprend son activité.

Je ferme les yeux et profite de la sensation de bien-être apportée par le soleil sur ma peau. Ordre du médecin, après tout. Je somnole d'un œil pendant un petit quart d'heure, vérifiant régulièrement ce que fait Lucas. Il reste un moment auprès de tout-petits qui bâtissent un château de sable, mais je sais qu'il n'interagira pas avec eux.

« Papa, je peux te laisser Lucas quelques minutes ? Je vais aller dire bonjour à d'anciens camarades qui sont dans un restau juste là-derrière, et je reviens.

— C'est vrai, je ne t'ai même pas demandé comment ça s'est passé ce matin ? Pas trop dur ?

— Non, ça allait. J'ai revu quelques têtes connues qui ont pris un sacré coup de vieux, d'autres qui n'ont pas changé. Et le soleil a aidé à adoucir les peines aussi, je suppose. Marc était un garçon gentil.

— Oui, je connais ses parents. Des gens charmants.

— Toi et ta théorie que les chiens ne font jamais des chats ! Bon, je file. Ce qui serait idéal, c'est que Lucas et toi me rejoigniez devant la brasserie La Suite dans dix minutes ; ça me donnera une excuse pour partir, OK ?

— Dix minutes top chrono. File. »

Il s'avère que le rendez-vous était un peu plus tard dans l'après-midi et je ne retrouve, devant une menthe à l'eau, que deux amies de Sophie dont les prénoms m'échappent. Nous échangeons des bises maladroites, je leur parle une minute de ma vie à Paris et elles me répondent par le nombre d'enfants que chacune a, photos à l'appui – j'en conclus qu'elles font partie de ces femmes qui se définissent uniquement via la maternité –, après quoi je leur fais promettre de passer mon bonjour à tout le monde et je repars soulagée à la rencontre de mon père, qui n'a pas encore quitté son poste d'observation sur le sable.

Je lui propose d'aller déambuler dans les rues derrière le casino, plus ombragées. Lucas nous suit à contrecœur, les poches pleines de coquillages que je refuse fermement de garder dans mon sac à main.

Je lui montre la petite librairie tenue par la sœur de Mme de Bonneil et qui regorgeait, à l'époque, de recueils de poésie que je dévorais gratuitement en y passant des heures entières ; nous y entrons une minute pour prendre le frais, avant de reprendre notre promenade et de passer devant le cinéma Les Baladins qui, je le découvre, vient d'être rénové. Le cinéma de mon premier baiser avec Teddy, ce que je me garde de préciser à mon père et à mon fils.

« J'ai soif. J'ai soif. J'ai soif.

— Bien sûr, chéri. On va s'arrêter dans un café boire quelque chose de frais. OK, Papa ? » je demande en me retournant vers lui.

Je le vois raccrocher d'un coup de téléphone que je ne l'ai pas entendu passer. Il a l'air très pâle.

« Excuse-moi, Princesse, je n'ai pas entendu ce que tu disais.

— Je te demandais si tu étais OK pour qu'on aille boire un coup, on a soif tous les deux !

— Parfait, parfait. Vous faites bien. Mais je dois vous laisser un petit moment. Je vous retrouve plus tard, d'accord ?

— Tout va bien, Papa ?

— Bien sûr, ma chérie, tout va bien. Ne t'inquiète pas.

— Où vas-tu ?

— Voir un vieil ami qui a besoin de conseils médicaux. Je reviens. Ou mieux, on se retrouve à la maison. »

Et il file dans les ruelles en direction du quartier de la Clarté.

Un Coca-Cola et un thé glacé plus tard, puisque nous ne sommes plus très loin, je demande à Lucas s'il accepte que nous poussions la balade jusqu'à mon ancien collège, Notre-Dame-de-la-Clarté. Les bâtiments ont été refaits à neuf, et je réalise que j'avais des souvenirs tout à fait déformés de sa configuration. Je lui montre le foyer des religieuses à côté du collège et m'amuse de son expression dubitative à la vue de leur tenue vestimentaire, j'entre avec lui dans le bar PMU où Teddy et moi allions jouer au flipper. Mes pas nous conduisent devant l'église Saint-Jacques et son étonnante structure asymétrique. Je n'entre pas, mais je sais qu'à l'intérieur, un ex-voto portant le nom de Gildas Leroux est vissé au mur depuis 1963.

Le vœu de mes grands-parents n'a malheureusement jamais été exaucé.

Dès que je sens que mon fils se lasse de ce pèlerinage, nous reprenons tous les deux à pas lents le chemin de Ploumanac'h en quête du moindre centimètre d'ombre.

Chapitre 10

Quand nous arrivons à la maison, les voitures sont garées dans l'allée, mais tout est fermé et semble plongé dans le noir. Je frappe à la porte, je sonne et nous vérifions dans le jardin. J'appelle sur les deux portables : ni mon père ni ma mère ne répondent. Il n'y a personne.

Je récupère les clefs de secours, habilement cachées sous un pot de fleurs à côté de la porte d'entrée, et je fais rentrer Lucas. Il faudra que je fasse la leçon à mes parents sur les règles de sécurité élémentaires.

Je regarde dans l'entrée si ma mère aurait laissé un mot en sortant. Rien. J'installe Lucas dans la salle télé pour pouvoir faire le tour de la maison en vitesse.

Au salon, des partitions sont étalées sur le piano ouvert. Le *Canon* de Pachelbel, Peer Gynt, et la *Toccata et fugue* de Bach : de quoi nourrir débutants et experts à qui ma mère enseigne via l'association de quartier de Ploumanac'h.

La cuisine est impeccable, les plats sèchent à côté de l'évier et les restes sont rangés dans des Tupperware au réfrigérateur.

Je ne suis tout de même pas tranquille et réessaie d'appeler mes parents tout en allant ouvrir machinalement les chambres du couloir, sans vraiment savoir comment cela pourrait aider à les localiser. Mon père décroche à la quatrième sonnerie, clairement essoufflé.

« Papa ! Ça va ? Tu es où ? Maman est avec toi ?

— Du calme, Alice ! Bien sûr que ça va. Je suis dans le garage et ta mère doit dormir. Et toi, où es-tu, vous êtes rentrés ? »

Je soupire de soulagement. Je ne sais pas pourquoi je m'étais imaginé qu'il leur était arrivé quelque chose. Je suis sur les nerfs depuis mon arrivée.

« Oui, on vient de rentrer, tout était fermé et dans le noir ! Je suis désolée, j'ai paniqué. Tu nous rejoins ?

— Je finis de ranger et j'arrive, chérie. »

Au moment où il raccroche, j'ai terminé mon inspection des chambres d'amis et je suis devant la porte de son bureau, dont je tourne la poignée, sans succès. La pièce est fermée à clef.

Je passe prévenir Lucas que tout va bien, que je vais prendre une douche et que j'aimerais qu'il en prenne une aussi. Il remarque à peine ma présence, totalement absorbé par un film d'animation qu'il a déjà vu trois fois, mettant en scène des robots dans un décor postapocalyptique.

Après ma douche, enfin calmée, rafraîchie et impatiente de retrouver Teddy, j'entends mon père jurer dans sa barbe en bricolant quelque chose dans l'entrée. Il lève les yeux vers moi tandis que je descends les marches et pose bruyamment contre le mur le tableau sur lequel nous accrochons les clefs ainsi qu'un tournevis.

« C'est pour nous que tu t'es faite belle comme ça ? » me demande-t-il d'un ton joyeux.

Il s'est changé et paraît plus vieux dans ce pantalon gris et cette chemisette à carreaux jaunes et blancs.

« Je sors ce soir ! Enfin, si tu es d'accord pour garder Lucas, bien sûr.

— J'en serais ravi ! Tu vas retrouver tes anciens amis finalement ?

— Euh… Je vais voir Teddy. Mais ne te fâche pas, on va juste dîner rapidement et puis je n'ai plus seize ans !

— Je n'ai rien dit, Princesse. »

Mais son langage corporel n'aurait pas pu être plus clair sur ce qu'il pense de mon ancien fiancé.

« Papa, Teddy n'est pas un mauvais gars, tu sais.

— Je trouve seulement bizarre qu'il se mette toujours dans de sales draps, tu m'excuseras, mais je n'ai pas envie de te retrouver mêlée à des affaires louches, c'est tout.

— Papa, enfin, n'exagérons rien. Je vais juste manger un morceau.

— OK, OK. Je m'occupe de mon petit-fils. Allez, va ! »

Je repasse voir Lucas avant de partir. Il a préféré migrer sous le kiosque avec sa boîte à trésors. Assis par terre, il a étalé devant lui une myriade de breloques, morceaux de papier, pièces de monnaie et autres petits objets inutiles, ainsi qu'un minuscule livre illustré qui raconte les aventures passionnantes d'une chenille et que je l'ai vu prendre la veille dans la bibliothèque de sa chambre.

« Mon chéri, Maman ne sera pas là ce soir, d'accord ? Je vais aller dîner avec un ami, mais je reviens vite.

— À quelle heure ? demande Lucas d'une voix monotone en me tendant son poignet, auquel est accrochée une montre à affichage digital.

— Avant 22 heures, c'est promis.

— À quelle heure ?

— Eh bien, à 22 heures, dans ce cas. Mais tu dormiras sûrement. Je passerai te faire un gros bisou dans ton lit.

— À 22 heures.

— Oui, chéri. À 22 heures. Sois sage avec Papi et Mamie. Je t'aime. »

Je l'embrasse sur le front et attends quelques instants pour m'assurer qu'il ne manifeste pas de signes d'inquiétude de me voir partir, mais il reprend le classement de ses trouvailles et ne me prête plus aucune attention. J'en ressens un petit pincement au cœur, mais cela me permet de partir plus sereine à ma soirée.

Chapitre 11

Lorsque j'arrive au restaurant (une sombre crêperie que nous avions l'habitude de fréquenter, car elle était souvent vide et nous permettait de passer la moitié du repas à nous enlacer sans crainte de croiser des amis de nos parents), Teddy a déjà siroté la moitié d'une pinte de bière. Il a échangé son costume contre un jean et un polo qui met en valeur son torse musclé. Mon cœur bat plus vite qu'après un dix kilomètres et je ne peux m'empêcher de vérifier d'un coup d'œil discret dans la vitrine que mon chignon a tenu le coup.

« Salut, Alice.

— Salut, Teddy Bear.

— Oh, déjà les petits surnoms ? »

Je rougis, et il éclate de rire.

« Ça va, Lissy, détends-toi, je te promets de ne pas te manger. En tout cas, pas si tu n'en as pas envie… »

Mes hormones et mon cerveau se livrent une lutte intérieure sans merci et je dois me concentrer pour reprendre un air assuré.

Il fait signe au serveur qui nous scrute sans gêne depuis mon arrivée, étant donné que nous sommes les seuls clients.

« Tu veux boire quoi ? Attends, laisse-moi deviner. Tu vas prendre un pichet de cidre, en boire le quart d'un verre, et c'est moi qui terminerai tout. Si c'est ça, j'aime autant qu'on prenne du vin blanc, je ne peux plus voir le cidre en peinture. »

À mon tour de rire. Il marque un point.

Nous commandons une bouteille de chardonnay et attendons qu'elle nous soit servie dans un silence lourd de promesses.

« Tu es allé au pot cet après-midi ?

— Oui, et c'était hor-ri-ble.

— Ah oui ? J'y suis passée vers 15 heures, mais il n'y avait que deux filles dont j'ai oublié les prénoms et qui n'avaient que leurs enfants à la bouche, donc je me suis échappée au bout de cinq minutes.

— Eh bien, tu as eu de la chance. Finalement, Brice est passé en coup de vent seulement, Charlie – qui a le mérite de mettre l'ambiance – ne s'est pas pointé du tout et je suis resté coincé entre tes deux copines. Elles ont parlé d'accouchement, d'épisiotomie et de ce qu'un accident de moto peut faire aux organes. Tu imagines ? Horrible, je te dis.

— Je suis désolée, lancé-je en grimaçant.

— Menteuse ! »

Après le premier verre, nous faisons un rapide tour d'horizon de nos amis communs et de la santé de nos parents – mentale dans le cas de Folcoche : Teddy m'apprend que sa mère le tançait au cimetière parce qu'elle était convaincue qu'il lui cachait des choses, et qu'elle ferait bientôt « éclater la vérité au grand jour ». Elle a refusé de lui dire à quel sujet exactement il lui aurait camouflé quoi que ce soit, ce qui a conduit Teddy à penser qu'elle prêchait le faux pour savoir le vrai. Une méthode qu'elle a souvent utilisée au fil des années, sans que jamais rien éclate du tout.

Une fois le second verre servi, je lance la première vraie question de la soirée.

« Pourquoi tu t'es fait virer de la gendarmerie ?

— Longue histoire.

— J'ai le temps. Enfin, jusqu'à 21 h 30. »

Il sourit.

« Je crois que je n'étais pas fait pour être militaire. La discipline, tout ça…

— Ça, je le sais, mais tu le savais aussi avant d'y entrer. Cherche mieux. »

Il me lance un regard perçant.

« Tu m'agaces, Alice Leroux.

— Ça aussi, tu le savais avant de m'inviter à dîner ! Alors, la gendarmerie ? »

Il baisse la tête et, soudain, je comprends.

« Victoire ? »

Il hoche la tête. Quand il la relève, ses yeux sont baignés de larmes. Je ne m'attendais pas à une telle réaction de sa part et, par réflexe, je pose la main sur sa joue. Il appuie son visage contre ma paume quelques secondes, puis se ressaisit.

« Excuse-moi, tu sais que je ne suis pas vraiment un sentimental d'habitude.

— À d'autres, Teddy Bear… Tu as intégré la gendarmerie pour enquêter sur la disparition de Vic, c'est ça ?

— Oui, enfin, en quelque sorte. Je me suis dit qu'en entrant soit à la PJ, soit au pôle judiciaire de la gendarmerie, j'aurais des moyens pour reprendre l'enquête et, en tout cas, que je pourrais sauver d'autres petites filles, tu vois le genre ?

— Je vois parfaitement. Et qu'est-ce qui a mal tourné ? »

Il soupire, nos plats arrivent, et nous attendons que le serveur soit reparti en cuisine pour reprendre.

« Un de mes collègues était d'accord avec ma théorie que ce pauvre mec qu'on a accusé ne pouvait pas être le seul coupable, on a passé quelques soirées et quelques week-ends à chercher et à fouiner dans le passé, mais on a fini par se faire choper. C'est remonté au général de brigade, un copain de ton père, tiens, qui a été mis au courant et qui s'est senti en devoir d'alerter le mien. J'ai tout pris sur moi pour que mon collègue n'ait pas de problèmes. Évidemment, je suis devenu un peu gênant, le militaire qui ne respecte pas les règles, et ils ont décidé que c'était mieux qu'on se sépare bons amis.

— C'est débile, tu ne faisais de mal à personne avec tes recherches, c'est un peu disproportionné comme réaction ! Je ne peux pas croire qu'ils t'aient viré seulement pour ça.

— Tu n'as pas tort, il n'y a pas que ça. Ça faisait un moment qu'on n'était plus en phase eux et moi. » Il fixe son assiette. « Un jour, on a chopé un mec qui tabassait sa femme et ses gosses. Un bourgeois bien comme il faut qui s'exprimait à coups de ceinture. Le dossier était solide, on avait quatre dépôts de plainte de la femme et du fils aîné, et les témoignages des voisins. Le mec partait pour cinq ans de prison… et un matin, mon chef m'annonce, sans aucune explication, que le prévenu doit être relâché. Ce salaud devait avoir des relations haut placées… J'étais furieux, tu imagines, et, ce soir-là, je suis allé faire un tour en voiture devant chez le type. Quand j'ai entendu ses enfants hurler, j'ai pété un plomb. » Il relève les yeux vers moi et son regard est chargé de haine et de colère. « Ils l'avaient laissé récupérer ses gosses, putain… »

Je ne sais pas quoi répondre. J'ignore s'il souhaite que j'approuve, ou que je le blâme. Il doit sentir ma gêne, car il me sourit pour détendre l'atmosphère, et reprend d'un ton plus léger :

« Donc, tu vois, c'est pas vraiment pour l'utilisation du matos pour une cause "personnelle" que je suis sorti. Mais c'était la goutte d'eau… »

Je ne lui demande rien de plus sur cet épisode de sa carrière. Il me rappelle trop celui de notre séparation, et je n'ai pas du tout envie de lancer ce sujet. En revanche, je ne peux m'empêcher de rebondir sur ce qu'il a mentionné quant à la disparition de Victoire.

« Tu as l'air si sûr de toi, pour Victoire, après toutes ces années… Mais tout le monde était convaincu que ce marginal dont le nom m'échappe…

— Jean-Marc Daraud.

— … Merci, que ce Daraud était bien responsable de sa disparition et de sa mort, non ? Ils devaient bien avoir des preuves tangibles pour le condamner ? Et toi le premier, c'est toi qui l'as vu kidnapper ta sœur ! Tu penses qu'il l'aurait enlevée mais pas tuée, c'est ça ? »

Il reste silencieux un instant, sourcils froncés, semblant hésiter à me répondre.

« Je… je… Tout ce que je dis, c'est qu'ils avaient des preuves circonstancielles, rien de plus. On était en 1995, les analyses ADN en étaient seulement à leurs débuts et puis merde, on n'a jamais retrouvé son corps ! Il en aurait fait quoi, Daraud, du corps ?

— Excuse-moi, je ne voulais pas te mettre en colère.

— Non, c'est moi. J'y pense encore tous les jours, mais je ne sais plus par où prendre cette maudite enquête. Ce qui est sûr, c'est que je n'arrêterai jamais de chercher. »

Je pose la main de son côté de la table et, quand il la saisit, mon corps entier est parcouru d'un frisson.

« Bon, Teddy Bear, changeons de sujet. Comment est-ce que tu occupes ton temps libre, dans ce microcosme étouffant ?

— En dehors de la course à pied, du surf et de la muscu, tu veux dire ? J'ai rejoint une association de vigilance citoyenne. »

Je retire ma main, horrifiée.

« Une milice, genre néonazi ?

— Mais non, on est un groupe de gens de tous âges qui s'entraident et qui répondent aux appels des personnes âgées en détresse. On est des gentils, je te promets ! » Il me fait un immense sourire et, d'un geste, me demande de lui rendre ma main. « Allez, parle-moi un peu de toi plutôt.

— J'ai un peu honte, mais en dehors de ce que je t'ai dit ce matin, à savoir un fils qui nécessite une attention particulière et un mariage raté avec un informaticien à lunettes, je n'ai absolument rien d'intéressant à raconter. Ressers-moi plutôt un verre, s'il te plaît.

— Attention, si tu bois trop, tu vas devenir coquine… enfin, je dis ça, je dis rien. »

Nos doigts s'entrelacent et la tension entre nous monte d'un cran.

Je suis encore en train de réfléchir à une réplique intelligente à apporter à ce jeu de séduction quand son téléphone émet trois bips stridents, et je le vois se figer avant de fouiller la poche de son blouson.

« C'est la sonnerie de mon association, me dit-il, même s'il n'a pas besoin de se justifier. Ils n'écrivent jamais sur notre groupe WhatsApp en soirée, sauf s'il s'est passé quelque chose de grave. »

Il fixe son écran et je vois ses yeux aller de gauche à droite à toute vitesse, comme s'il lisait et relisait plusieurs fois les mêmes phrases.

« Putain ! finit-il par lâcher avant de se lever brusquement.

— Qu'est-ce qui se passe ?

— Faut que j'y aille. Suis désolé. Je t'appelle, d'accord ? »

Il se penche vers moi et m'embrasse sur le coin des lèvres avant de se diriger à grands pas vers la sortie du restaurant.

« Attends ! Teddy, dis-moi ce qui se passe, s'il te plaît !

— C'est la merde. Une gosse a disparu. »

Retranscription des séances de thérapie, Dr Schreiber.

Séance 7, mercredi 18 février, 11 heures.

DR SCHREIBER : Bonjour.

L'ENFANT : Bonjour, docteur.

Note : Depuis notre séance sur la meilleure capacité d'intégration dans notre société des enfants bien élevés, l'enfant respecte désormais parfaitement les codes de la politesse, clairement au-delà des standards des enfants de son âge, mais ne lève toujours pas les yeux vers moi pour me dire bonjour. Il me faut encore creuser pour comprendre l'origine de cette aversion pour le contact visuel.

DR SCHREIBER : Aujourd'hui, je voudrais qu'on parle du mensonge et de la vérité. Tu es d'accord ?

L'ENFANT : Oui, docteur.

DR SCHREIBER : Bien. Est-ce que tu peux me dire ce qu'est un mensonge ?

L'ENFANT : C'est quand on dit quelque chose qui n'est pas vrai.

DR SCHREIBER : Tu peux me donner un exemple ?

L'ENFANT : Je ne sais pas.

Note : L'enfant réfléchit.

Si je dis que j'aime le poisson, c'est un mensonge. Je déteste le poisson.

DR SCHREIBER : Exactement. C'est un très bon exemple. Maintenant, je voudrais qu'on réfléchisse ensemble à pourquoi c'est important de ne pas mentir et de dire la vérité. Tu veux bien ?

L'ENFANT : Oui, docteur.

DR SCHREIBER : Si je te dis que j'ai les cheveux blonds, et de la barbe, est-ce que c'est un mensonge ou est-ce que c'est la vérité ?

L'ENFANT : C'est un mensonge.

DR SCHREIBER : C'est exact. Maintenant, si malgré tout je te répète que j'ai les cheveux blonds et de la barbe, qu'est-ce que tu vas penser de moi ?

L'ENFANT : Que vous mentez.

DR SCHREIBER : Effectivement. Et si je te dis que j'habite à New York et que je travaille dans le cinéma : mensonge ou vérité ?

L'ENFANT : Mensonge !

Note : L'enfant a haussé les épaules. Je sens que cette discussion l'agace.

DR SCHREIBER : Bien. Tu as raison. Je dis beaucoup de mensonges. Et c'est très agaçant, car tu sais parfaitement que c'est faux, que je n'habite pas à New York et que je ne suis pas blond. Pourtant, je continue à te répéter tout ça. Et puis je rajoute que j'ai toute une famille d'éléphants d'Afrique qui vivent avec moi dans mon appartement et que je les envoie travailler au cirque tous les matins pour me rapporter un peu d'argent. Encore une fois, c'est clairement un mensonge, tu es d'accord ?

L'ENFANT : Oui. Pardon : oui, docteur.

DR SCHREIBER : Voilà. On a établi que je mentais régulièrement. Si, maintenant, je te dis que j'ai deux enfants, un garçon et une fille, des jumeaux de cinq ans qui sont blonds comme leur mère. À ton avis, mensonge ou vérité ?

L'ENFANT : Mensonge.

DR SCHREIBER : Pourquoi crois-tu que c'est un mensonge ?

L'ENFANT : Parce que vous dites beaucoup de mensonges.

DR SCHREIBER : Précisément. Et pourtant, c'est la stricte vérité, la preuve.

Note : Je sors une photo de mon portefeuille et lui montre mes enfants.

Quand quelqu'un dit beaucoup de mensonges et persiste à en dire alors que les personnes autour savent très bien qu'il ne s'agit pas de la vérité, cela devient très difficile de le croire quand il finit par dire quelque chose de vrai. Tu comprends ?

L'ENFANT : Oui, docteur.

DR SCHREIBER : Je vais te laisser réfléchir quelques minutes sur des mensonges que tu aurais dits et sur lesquels tu voudrais revenir, d'accord ? Tu sais que tu es ici dans un espace de confiance que j'ai promis de ne pas trahir. Tout ce que je souhaite, c'est t'aider. Et en disant la vérité, tu vas pouvoir progresser, et guérir. Tu comprends ? Bon, je reviens.

Note : La séance est temporairement interrompue à 11 h 23. Je laisse l'enfant réfléchir dans la salle.

Note : La séance reprend à 11 h 30.

DR SCHREIBER : Alors, tu as réfléchi ? Il y a des choses dont tu voudrais me parler ?

L'ENFANT : Oui, docteur.

DR SCHREIBER : Je t'écoute…

Note : L'enfant me regarde en souriant.

L'ENFANT : En vérité, j'adore le poisson.

Note : L'enfant reprend un dessin de poisson mort, dont la tête pend au bout d'une arête centrale cassée en deux.

Note : La séance s'arrête à 11 h 34.

Chapitre 12

Toutes les lumières de la maison sont éteintes quand je passe le portail. Je vais m'asseoir sous le kiosque pour profiter de l'air frais et du bruit des vagues. Je n'ai aucune envie de dormir.

J'écris à Teddy.

Tiens-moi au courant stp. Est-ce que je peux faire quelque chose ?

Je repense à cette étrange soirée et, sans la connaître, à cette petite fille qui a peut-être échappé à la vigilance de ses parents… J'espère vraiment qu'elle a pu regagner son foyer saine et sauve.

Victoire n'a pas eu cette chance. Elle a disparu un mardi, au retour de l'école. Son frère et elle prenaient le bus sur quelques arrêts et finissaient le trajet à pied pour rejoindre la propriété des Sérac construite à l'écart du centre-ville, sur un ancien domaine agricole.

Ce mardi-là, Vic et lui ont remarqué qu'une camionnette blanche les suivait. Elle a ralenti à leur hauteur, le conducteur a baissé sa vitre pour demander à Teddy son chemin et, quand celui-ci s'est approché pour lui indiquer où faire demi-tour, l'homme l'a assommé d'un coup sur la tête. Teddy pense avoir perdu connaissance quelques minutes ; quand il a repris ses esprits, sa sœur et la camionnette avaient disparu. Il a cherché partout, refaisant plusieurs fois le trajet depuis l'arrêt de bus, fouillant dans les bois alentour, puis espérant que Victoire lui avait joué un sale tour et l'attendait finalement à la maison. Du haut de ses onze ans, il avait honte de n'avoir pas su protéger sa sœur et n'a pas osé rentrer avant la tombée de la nuit. L'allée devant la maison grouillait de voitures zébrées bleu et blanc aux gyrophares allumés. Ses parents étaient en grande discussion avec des hommes en uniforme.

En le voyant arriver, sa mère a redoublé de pleurs et de cris et son père lui a immédiatement demandé où était sa sœur. Sous le choc et en panique, il a mis plusieurs heures avant de réussir à raconter son histoire.

Une battue a été organisée dès le lendemain matin et une recherche a été lancée sur les propriétaires de camionnettes blanches, sans succès.

L'affaire a eu une couverture médiatique assez importante, les parents de Victoire ont donné des conférences de presse, photos de famille heureuse à l'appui. Je me souviens que quelques parents d'élèves proches des Sérac, dont les miens, se relayaient vingt-quatre heures sur vingt-quatre au Domaine. Avec mes yeux d'adulte, je réalise le paradoxe de ce soutien. Tout en essayant de consoler l'inconsolable Catherine-Folcoche et en compatissant avec la douleur discrète de George, ces parents devaient ressentir un profond soulagement que ce soit l'enfant d'un autre qui ait été enlevée.

Plusieurs jours se sont écoulés sans aucune piste intéressante, malgré des interviews de dizaines de voisins, amis, professeurs, commerçants, et même tous les chauffeurs de bus de la ligne empruntée par les Sérac. Il n'y avait pas de témoins oculaires à part Teddy, qui restait prostré dans sa chambre.

Un coup de fil anonyme à la gendarmerie a finalement fait basculer l'enquête une semaine plus tard, suggérant fortement d'aller rendre une petite visite dans une ferme à une dizaine de kilomètres de Perros, dans laquelle vivait un certain Jean-Marc Daraud, ferrailleur d'une trentaine d'années et propriétaire d'une camionnette blanche. Les gendarmes ont lancé une recherche administrative sur Daraud et découvert qu'il avait été accusé quelques années auparavant d'attouchements sur mineure, avant que la plainte ne soit finalement retirée.

Le temps de récupérer un mandat et de débarquer chez lui, l'homme s'était pendu dans son garage. Dans la maison, au milieu des déjections de ses chiens et de hautes piles de journaux amassés depuis des années, on a retrouvé une page de journal sur laquelle était écrit au feutre : « *Pardon* ».

Trois jours plus tard, lors d'une battue autour de la ferme de Daraud, les gendarmes retrouvaient des vêtements d'enfant sous un tas de feuilles.

Les Sérac ont identifié la robe et le gilet que portait Victoire le jour de son enlèvement, les analyses des prélèvements sur les vêtements ont révélé la présence d'un mélange de sperme, de cheveux et de sang dont les profils correspondaient à ceux de Daraud et Victoire, et les gendarmes ont identifié leur coupable.

Malgré des semaines de recherches supplémentaires organisées par les autorités et les riverains dans tous les bois, les rivières et les grottes autour de la ferme, le corps de Victoire est resté introuvable.

On se parle demain. Merci de ta proposition. Bonne nuit. T.

J'en conclus que la fillette manque toujours à l'appel et je ressens tout à coup le besoin de rentrer pour vérifier que Lucas va bien.

Après l'avoir regardé dormir et avoir caressé ses cheveux blonds un peu plus longtemps que d'habitude, je me couche et finis par sombrer dans un sommeil agité en pensant à ces monstres tueurs d'enfants que j'ai étudiés dans une autre vie, de Barbe-Bleue au tueur d'Atlanta.

Chapitre 13

Mardi 25 août

« Maman. Maman. Maman. Mam… »

Je me réveille à la voix de mon petit garçon qui est assis à côté de moi dans le lit.

Je ne sais pas quelle heure il est, mais le soleil filtre déjà largement derrière les volets fermés, et la température dans la chambre doit frôler les 25 °C. Mes cheveux sont trempés et le dos de mon débardeur aussi. J'émerge avec peine ce matin après une deuxième nuit difficile et le mal de crâne que je sens poindre n'aide pas.

« Tout va bien, mon cœur ?

— Il est 8 h 37. Bientôt 8 h 38.

— Oh, je te demande pardon, chéri. L'heure du lever est déjà passée. Tu as dormi ici avec moi ? »

Il hoche la tête.

« Pourquoi ça ? »

Il ne répond rien, bien sûr. Lucas aime pourtant normalement dormir seul, depuis tout petit déjà. Mais cette maison est nouvelle pour lui et peut-être est-il perturbé par le silence qui y règne, comparé au bruit permanent des rues de Paris.

« Tu es allé voir si Papi et Mamie sont réveillés ? Tu dois avoir faim.

— J'ai mangé trois biscuits au citron et bu un mug de chocolat chaud. M-u-g. C'est un mot anglais.

— Papi et Mamie sont en bas ? »

Lucas en se touchant le front me fait signe qu'ils sont avec un étranger.

« Il a des taches de rousseur. »

Lucas mémorise certaines informations étonnantes quand il rencontre de nouvelles personnes. Je n'ai jamais réussi à lui faire décrire une couleur de cheveux, d'yeux, pas plus que des vêtements ou des chaussures, en revanche, il saura dire si la personne en question a un grain de beauté sur le décolleté ou une cicatrice d'un demi-centimètre dans la paume de la main.

« Ah oui ? Et tu as remarqué quelque chose d'autre ?

— Il a un tatouage sur le bras. T-a-t-o-u-a-g-e. »

Teddy. Qu'est-ce qu'il fait ici ? Je me lève d'un bond, ce qui a le don d'aggraver ma migraine, et me change en vitesse dans la salle de bains.

Avant de descendre, j'autorise Lucas à aller à la bibliothèque tant qu'il ne prend aucun livre au-dessus de la quatrième rangée, et vérifie mon téléphone. Aucun message.

Je les entends parler à voix basse dans la salle télé et me dirige sans bruit vers les voix.

« Vous êtes vraiment sûrs de n'avoir rien vu ? demande Teddy.

— Sûrs et certains, répond mon père avec fermeté. On te l'aurait dit.

— Vous auriez pu la croiser en allant vous balader hier après-midi. Alice m'a dit que vous aviez été jusqu'au centre-ville. »

Ma mère entame une phrase, mais mon père la coupe.

« Écoute, Théodore, Marta était à la maison, moi, j'ai fait un tour avec ma fille et mon petit-fils, puis j'ai filé directement chez Daniel, tu sais qu'il a des soucis de santé. On n'a rien à signaler qui pourrait t'aider, je suis désolé.

— Bon, très bien. La famille est très inquiète, Paloma est une petite plutôt timide et réservée et vraiment pas du genre à suivre un inconnu dans la rue. »

J'entre à ce moment-là. Teddy est vêtu comme la veille au soir ; il n'a probablement pas dormi de la nuit, vu les cernes qu'il a sous les yeux. Mes parents sont encore en robe de chambre, laissant supposer que sa visite les a surpris à cette heure inhabituelle.

« Salut, Alice.

— Salut Teddy. » Je fais un signe de tête à mes parents. « Vous n'avez pas encore retrouvé la petite ? »

Ma mère soupire en lissant machinalement son chignon de cheveux blonds.

« Non, pauvre enfant. Je lui donnais quelques cours de piano à la maison de quartier. Un petit amour. Si on peut aider, Théodore, dis-le-nous surtout. »

Teddy reprend en me regardant :

« Pas de son pas d'image depuis hier après-midi. Elle s'est littéralement évaporée. Je n'ai pas le droit de commenter davantage, mais je vous tiens au courant si vous pouvez être utiles.

— C'est terrible ! »

Je ne peux m'empêcher de frissonner.

« Garde bien Lucas à l'œil, s'il te plaît.

— Merci, Théodore, mais on n'a pas de leçons à recevoir de ta part sur comment protéger notre famille », réplique mon père d'un ton cinglant.

Je lui jette un regard noir, ne comprenant pas la cruauté gratuite de sa remarque. Teddy ne bronche pas.

« Bien sûr qu'on va surveiller notre *bambino* ! Plus question de le laisser seul », renchérit ma mère d'un ton plus léger.

Elle saisit le bras de Teddy, qui remercie mes parents d'avoir répondu à ses questions, et le raccompagne à la porte.

Je passe la matinée avec Lucas, mon père s'étant enfermé dans son bureau et ma mère dans sa chambre après le départ de Teddy. Nous profitons du jardin et de son point de vue parfait pour compter les bateaux, surtout ceux à coque rouge. Au moment du déjeuner, mes parents étant toujours reclus dans leurs abris respectifs, je décide d'emmener Lucas en ville manger une galette, histoire de cocher cette case dans notre liste des figures imposées des vacances en Bretagne. Je préviens mon père à travers la porte de son bureau ; il m'adresse un « OK » laconique, puis nous partons en voiture en direction du casino de Trestraou. À la radio, le flash infos parle déjà de la petite Paloma. « Une disparition inquiétante, pas encore un enlèvement à ce stade, même si la famille reste convaincue qu'elle n'a pas fugué et ne s'est pas perdue », commente un proche de l'enquête.

« Alice ? Mon Alice ? »

Une petite dame toute ronde aux cheveux argentés vient de s'arrêter devant notre table et nous gratifie tous les deux d'un immense sourire. Ses yeux verts sont encadrés de rides, mais elle dégage une énergie que mes trente-quatre ans lui envient.

« Madame de Bonneil ? Quelle surprise ! Je suis super contente de vous voir !

— Allons, Alice, appelle-moi Marie-Louise, combien de fois faudra-t-il que je te le répète ? Mme de Bonneil, c'était ma belle-mère ! »

Je ris.

« Désolée, Marie-Louise, mais les vieilles habitudes ont la peau dure.

— Qui est ce beau jeune homme en face de toi ?

— C'est Lucas, mon fils. Lucas, je te présente Marie-Louise. Marie-Louise n'est pas une étrangère, c'est une de mes amies. Elle connaît également Papi et Mamie. »

Lucas ne réagit pas et reprend le tri dans son assiette. Je jette un regard désolé à l'ancienne nourrice de Victoire et Teddy.

« Lucas est autiste. Il ne parle pas beaucoup, il ne faut pas vous en offusquer.

— Aucun problème, ne t'en fais pas pour ça. Je suis si contente de te croiser. Tu as l'air en forme ! Tu es de passage pour longtemps ?

— Une semaine, normalement. Je suis venue pour Marc, et j'en profite pour prendre avec Lucas nos premières vraies vacances depuis… des années. Ses grands-parents commençaient à s'impatienter de le revoir ! » Je n'ai pas envie de m'étendre, j'ai peur de me mettre à pleurer comme si souvent depuis quelques jours. « Et vous, comment allez-vous ? Je suis passée à la librairie hier. Quel dommage que votre sœur n'y soit plus, j'en ai de si bons souvenirs…

— À qui le dis-tu ! Si tu savais ce qu'ils me pompent l'air, avec leurs bouquins de bien-être : la recette du bien-être, c'est de bien manger, bien boire et bien rire. Le reste, c'est du flan ! »

Je constate avec joie qu'elle n'a rien perdu de sa verve. Je lui propose de s'asseoir avec nous, mais elle décline l'invitation.

« Vous travaillez toujours chez les Sérac ?

— À mon âge ? Tu plaisantes ! Je me suis carapatée loin de cette folle furieuse dès que j'ai pu, et on ne me ferait retourner là-bas pour rien au monde. Tu sais à quel point elle me menait la vie dure. Elle m'a accusée de tous les maux de la terre, alors que tout ce que je voulais, c'est le bonheur de ses deux petits. Rends-toi compte, elle m'a accusée de faire de la magie noire, et elle m'a soupçonnée de lui voler ses bijoux ! Mais qu'est-ce que j'en aurais fait, moi, de ses bijoux ? » Marie-Louise montre ses mains et ses poignets vierges de toute parure féminine, et je rougis légèrement. « J'en ai gardé plein d'autres, des petitous, depuis cette époque. L'autre jour, je disais à Teddy que je garderai d'ailleurs volontiers ses enfants quand il en aura, mais pas au Domaine. Même pas en rêve.

— Ah, vous êtes toujours en contact avec Teddy ? C'est chouette.

— Bien sûr, ma belle. Il est comme mon fils, ce beau garçon. Célibataire, en plus… » Elle me fait un clin d'œil complice, et enchaîne plus doucement. « Et Victoire aussi était comme ma fille. Et toi aussi, tu sais.

— Je sais, Marie-Louise. » J'attrape sa main, qui est noueuse et glacée, comme si la vie n'y circulait plus. « Je ne vous ai jamais remerciée pour tout ce que vous avez fait pour moi quand j'étais gamine, qu'il a fallu surmonter le départ de Vic et essayer de rester sérieuse à l'école. Et pour la poésie, aussi. Je vous dois des heures de lecture et de répétition des plus beaux poèmes que je suis presque sûre de pouvoir encore réciter par cœur ! »

Marie-Louise inspire et déclame en fermant les yeux :

« Dansez, fillettes du village,
Chantez vos doux refrains d'amour :
Trop vite, hélas ! un ciel d'orage
Vient obscurcir le plus beau jour.

— Sophie d'Arbouville, "La grand-mère" ! Mais il finit mieux qu'il ne commence, vous auriez pu choisir un autre extrait ! »

Elle sourit.

« Vous vous souvenez quand on s'échangeait des petits poèmes ? On finissait par se parler en vers, même pour se demander l'heure.

— Bien sûr, et je les ai tous conservés. » Elle prend un air nostalgique. « Je dois aussi avoir trois cartons de tous les dessins, poèmes, petits mots, cendriers, sculptures en pâte à sel et autres magnifiques ouvrages que Victoire et Teddy confectionnaient principalement pour leur mère et qu'elle me tendait systématiquement d'un air dégoûté pour que je m'en débarrasse.

— Folcoche… »

Et nous voilà toutes les deux parties dans un fou rire, à côté d'un Lucas impassible. Elle se ressaisit la première.

« Bon, je dois filer, j'ai rendez-vous. J'attendais Teddy, mais il n'est pas venu boire le café, pourtant, on se donne rendez-vous ici tous les lundis pour qu'il m'accompagne voir mon frère à la maison de repos. Tu imagines, pas un rhume, pas un jour d'arrêt maladie dans toute sa carrière, et le lendemain de son pot de départ en retraite, il fait un AVC. La vie est courte, ma jolie ! Pardon, je digresse avec mes histoires de vieille femme… » Elle regarde sa montre. « Teddy n'a jamais été en retard, pas une seule fois. Je n'ai pas de portable cela dit, donc c'est plus compliqué pour me prévenir !

— Il doit continuer à rechercher cette petite fille qui a disparu hier. »

Le visage au naturel jovial de Marie-Louise affiche en une seconde une expression de pure frayeur. Elle vacille et doit s'accrocher à la table pour ne pas tomber.

« Quoi ? Qu'est-ce que tu racontes ? »

Je n'ai pas le temps de lui en dire davantage, car Charlie fait son apparition dans la crêperie et fonce droit sur nous.

« Salut, Alice Mal… Salut, Alice. Bonjour, Marie-Louise », susurre-t-il d'une voix mielleuse.

Je réponds d'un petit sourire et d'un léger mouvement de tête, trop occupée à surveiller Marie-Louise qui n'a pas repris ses couleurs. Elle-même ne se donne pas la peine de lui répondre ni même de le regarder, et je vois à ses mains agrippées à la nappe qu'elle tremble légèrement.

« Bon, mesdames, je ne vous dérange pas. Je passais simplement par là, je vous ai aperçues à travers la vitre. C'est toujours un plaisir de vous croiser ! » conclut Charlie avant de partir non sans m'avoir accordé un de ses sourires béats.

Dès qu'il a tourné le dos, Marie-Louise relève la tête et lui lance un regard haineux. Tout en le scrutant jusqu'à ce qu'il ait franchi la porte du restaurant, elle se met à se signer plusieurs fois en marmonnant dans sa barbe :

« Ça recommence, mon Dieu, mon Dieu, protégez-nous. » Elle se baisse pour ramasser le sac à main qu'elle a laissé tomber entre-temps, puis elle se tourne vers

Lucas et me lance, juste avant de tourner les talons, sans quitter mon fils du regard : « Protège ton petit, Alice. Ne le quitte pas trop longtemps des yeux. Les loups les plus dangereux sont ceux qui attaquent près de leur tanière. »

Retranscription des séances de thérapie, Dr Schreiber.

Séance 10, jeudi 5 mars, 11 heures.

DR SCHREIBER : Aujourd'hui, si tu le veux bien, nous allons parler du remords. Est-ce que tu sais ce que ça veut dire, avoir des remords ?

Note : L'enfant secoue la tête pour indiquer un « non ».

DR SCHREIBER : Le remords, c'est un sentiment.

L'ENFANT : Comme la peur ?

DR SCHREIBER : Presque. La peur, c'est une émotion. Le sentiment qui pourrait y être associé est l'angoisse. Je vais essayer de t'expliquer la différence, mais je ne veux pas trop compliquer les choses. Peux-tu me citer quelque chose qui te fait peur ?

L'ENFANT : Les serpents ?

Note : L'enfant semble hésiter comme en attente de mon approbation.

Note : Son regard s'est porté en haut à droite avant de répondre.

Dr Schreiber : Bien. Imaginons la scène suivante : tu te promènes dans la forêt, et tu tombes nez à nez avec un serpent qui reste immobile au milieu de la route. À ce moment-là, sans que tu puisses te contrôler, ton cœur bat plus vite, tu as chaud ou froid, et tu es incapable de penser à autre chose, peut-être te mets-tu à courir à toutes jambes pour t'éloigner de ce que tu considères être un danger. Tout ça, c'est la manifestation d'une « émotion » qui est la peur. L'émotion ne dure pas très longtemps, quelques minutes tout au plus. Si le serpent part, ou que tu constates qu'il ne bouge pas, ou que tu as mis de la distance entre vous, ton cœur va finir par battre moins vite et tu vas retrouver ton calme : tu n'auras plus peur. En revanche, si quelques jours après tu repenses à cet incident, tu vas sans doute ressentir de l'angoisse : c'est ton cerveau qui va chercher dans ta mémoire à reproduire de manière factice cette émotion et qui va te mettre mal à l'aise. Est-ce que tu comprends ?

Note : L'enfant opine de la tête.

Dr Schreiber : Parfait. On va donc revenir au remords. Le remords, c'est ce que tu ressens quand tu as conscience d'avoir fait quelque chose de mal, et que tu voudrais revenir en arrière. Par exemple, si tu te disputes avec un petit camarade et que tu lui dis des mots méchants qui lui font de la peine. Après la dispute, tu réfléchis à ce que tu as dit et tu te sens coupable, car les mots étaient vraiment méchants et disproportionnés par rapport à votre dispute. Tu voudrais bien ne les avoir jamais prononcés. C'est ça, le remords. Est-ce que tu comprends ?

Note : L'enfant opine de la tête.

L'ENFANT : C'est quand on regrette parce qu'on aurait voulu faire les choses autrement.

DR SCHREIBER : Très bien. Maintenant, je voudrais que tu réfléchisses et que tu me donnes des exemples de moments et de situations où tu as ressenti du remords. Tu veux bien faire ça ?

L'ENFANT : Oui, docteur.

DR SCHREIBER : Je te laisse réfléchir quelques minutes. Tu peux noter sur un papier si c'est plus facile pour toi. Je vais en profiter pour aller chercher un carnet et je reviens, d'accord ?

L'ENFANT : D'accord, docteur.

Note : J'interromps la séance à 11 h 15 et laisse l'enfant préparer l'exercice.

Note : Je reprends la séance à 11 h 25.

DR SCHREIBER : Peux-tu me dire ce qui est écrit sur ta feuille ?

L'ENFANT : Oiseau. Noël. Infirmière.

DR SCHREIBER : Prenons le premier mot que tu as écrit. Tu peux m'en parler ?

Note : L'enfant dessine des oiseaux tout en parlant.

L'ENFANT : Un jour, j'ai trouvé un oiseau qui avait cassé son aile et qui était par terre dans le jardin. Je l'ai attrapé.

DR SCHREIBER : OK, et que s'est-il passé ensuite ?

L'ENFANT : je l'ai montré à Maman. Elle m'a dit de le reposer tout de suite là où je l'avais trouvé.

DR SCHREIBER : Et tu l'as fait ?

L'ENFANT : Oui. Sinon Maman aurait été fâchée.

DR SCHREIBER : Et ensuite ?

L'ENFANT : Le lendemain, l'oiseau était toujours où je l'avais mis, mais il était mort. Maman m'a dit que peut-être il avait manqué de nourriture, ou bien qu'il était mort de froid pendant la nuit.

Note : L'enfant dessine désormais de grandes traces rouges par-dessus les oiseaux.

DR SCHREIBER : Alors, peux-tu m'expliquer pourquoi tu as ressenti du remords ?

Note : L'enfant lève les yeux vers moi et sourit.

L'ENFANT : J'ai eu du remords parce que j'aurais pu le tuer moi-même.

Note : L'enfant reprend ses dessins et refuse de continuer à parler.

Note : Je préfère ne pas insister et arrêter la séance à 11 h 32. Je dois faire quelques recherches dans le DSM[1] *avant de reprendre.*

---

1. Diagnostic and Statistical Manual of Mental Disorders.

Chapitre 14

Je ne peux m'ôter les paroles de Marie-Louise de la tête. Je comprends qu'elle prenne peur, mais on parle d'une disparition isolée, pas d'un tueur en série.

Lucas a entendu également la remarque sur les loups et agrémente la fin de notre repas, auquel je touche à peine, d'explications détaillées sur leur comportement grégaire et territorial et leur nourriture favorite.

Faut que je te parle. On peut se voir cet aprèm ?

La réponse de Teddy à mon message ne se fait pas attendre.

Passe chez moi. 13 rue de la Horaine. J'y serai à partir de 16 h. T.

Nous rentrons après un passage dans une Maison de la Presse pour acheter quelques magazines de jeux pour enfants, mon idée géniale pour que Lucas n'aille plus fouiner ni dans les livres de mon père ni dans les journaux de ma mère. Mon père nous accueille dehors, en tablier et bottes de jardinier, de bien meilleure humeur que ce matin. Il me prend à part pour s'excuser de son isolement plus tôt, il avait besoin de passer quelques coups de fil importants et accepte bien entendu de garder Lucas pour l'après-midi. Il lui tend d'ailleurs sans tarder une petite pioche et lui propose de lui donner un cours de bêchage, bouturage et repiquage. Voyant Lucas accepter le programme, je les laisse ensemble et monte me rafraîchir. J'entends ma mère fredonner dans sa chambre et suis soulagée de la savoir en meilleure forme que ce que dit mon père.

« Maman, ça va ? Je laisse Lucas avec vous cet après-midi. Je vais aller en ville quelques heures. »

Elle ne me répond pas, mais sort au bout de quelques instants avec, à la main, une série de vieilles photos et de papiers jaunis. Elle est toujours en chemise de nuit ; avec ses cheveux blonds tirant sur le blanc lâchés sur ses épaules et ses yeux cernés, elle m'apparaît encore plus comme une grand-mère frêle et fatiguée.

« Je m'occuperai de Lucas cet après-midi, *cara mia*. En attendant, je fais un peu de ménage dans nos affaires avec ton père. À sa demande, tu sais que si ça ne tenait qu'à moi on garderait toujours tout ! Mais bon, ça ne peut pas nous faire de mal. On conserve parfois des souvenirs totalement inutiles…

— C'est une excellente idée, Maman. Laisse tout ce que tu veux jeter dans le couloir, je m'en occupe quand je rentre.

— On t'attend pour dîner ?

— Je vous tiens au courant. À tout à l'heure. »

La chaleur sur le trajet est insupportable et je me maudis de n'avoir pas pris la voiture pour retourner en ville. J'essaie de chasser de mon esprit l'idée que la petite Paloma, si elle s'est perdue, n'a probablement pas bu ni mangé depuis vingt-quatre heures. Avec cette température, un enfant se déshydrate mortellement en moins de quarante-huit heures.

J'accélère le pas et m'accroche aux propos entendus à la radio, à savoir qu'un dispositif important a été mobilisé pour retrouver la fillette.

Quand j'arrive devant chez Teddy, il est 16 h 02, et je me fiche de savoir que la bonne éducation m'inciterait à attendre quelques minutes. Je sonne trois fois.

« Ça va, ça va, j'arrive… » je l'entends soupirer en s'approchant de la porte. Il m'ouvre et je suis prise de court : il est simplement vêtu d'un caleçon, torse nu, serviette autour du cou et cheveux mouillés. Bien plus séduisant que quand nous avions vingt ans. Je ressens une vive douleur dans le bas du ventre, immédiatement suivie par un sentiment de culpabilité vis-à-vis de Lucas. « Je sors de la douche, je viens juste de rentrer. Je ne pensais pas que tu serais aussi ponctuelle ! dit-il en souriant.

— J'ai hésité, mais je crois que j'ai bien fait, sinon j'aurais loupé ça ! » je réponds en pointant du doigt son torse musclé.

Me voilà flirtant avec lui, oublieuse du reste du monde. Mais ce répit est de courte durée, car, lorsqu'il s'efface de l'encadrement de la porte pour me laisser entrer, je reste interdite devant l'intérieur de son appartement : pire que le bureau d'un détective de la PJ. Aux murs, des panneaux de liège sur lesquels sont punaisés des photos, des articles de journaux, des rapports tapés à l'ordinateur. Sur la table du salon, un dossier épais de plusieurs centimètres est ouvert sur une photo noir et blanc de Victoire. Et sur le bureau placé contre une fenêtre, une série de photos d'enfants dont on voit aux vêtements et aux coupes de cheveux qu'ils appartiennent à plusieurs époques différentes. L'ensemble est oppressant, ces paires d'yeux qui regardent les visiteurs avec espoir – ou désespoir.

« Mais Teddy… c'est quoi tout ça ? »

Je ne sais pas si je dois être admirative de son acharnement ou effrayée de son obsession.

« Je t'avais dit que je n'avais pas lâché l'affaire, Alice. Ma sœur mérite justice. Elle, et les autres aussi… »

Je tique.

« Les autres ? Quels autres ? »

Sans répondre à ma question, il me propose un verre, que j'accepte volontiers malgré l'heure, et m'invite à m'asseoir sur un immense canapé gris chargé de coussins de toutes sortes, dont un que je reconnais comme ayant appartenu à sa sœur.

« Qu'est-ce que tu viens faire ici, Alice ? Tu m'as dit que tu voulais me parler.

— Laisse tomber, rien d'important. Je voudrais aider, surtout. Et que tu m'expliques. »

Je suis trop concentrée sur le décor et le besoin d'aider à retrouver Paloma pour perdre du temps à lui répéter la mise en garde mystérieuse de Marie-Louise, qui n'est probablement qu'une vieille dame apeurée parmi tant d'autres. Teddy avale son whisky d'un trait et paraît réfléchir. Je vois qu'il est épuisé.

« Tu as dormi depuis hier ?

— Pas beaucoup. On a tourné toute la nuit pour essayer de retrouver la petite, et visité un paquet de connaissances ce matin. Ça n'a rien donné. »

Ses doigts se serrent contre le verre vide et je crains qu'il ne finisse par le briser. Je le lui enlève doucement pour le reposer sur la table.

« J'ai entendu à la radio que la police et la gendarmerie étaient sur le pied de guerre. On va la retrouver, j'en suis sûre.

— C'est ce qu'on disait de ma sœur, aussi.

— Les moyens sont différents d'il y a vingt-cinq ans, arrête. Tu sais que tu ne peux pas porter tout ça sur tes seules épaules. »

Il s'approche tout près de moi et me jette un regard noir.

« Alice, si tu es venue pour me servir ce genre de banalités, tu peux partir. »

Mon cœur battant la chamade, je prends son visage dans mes mains et l'attire jusqu'à mes lèvres.

« Pardon, je lui murmure entre deux baisers. Pardon, Teddy. » Et je ne peux m'arrêter de répéter pardon, pour tout le soutien que je ne lui ai pas apporté ces dix dernières années, pour notre séparation, pour l'attitude des adultes envers ce gamin de onze ans qui n'avait rien pu faire, pour l'absence de sa sœur, je lui présente des excuses au nom du monde entier. Des larmes trempent nos deux visages, mais je ne sais pas distinguer si ce sont seulement les miennes, ou s'il pleure aussi. Il se laisse faire, puis me soulève par les épaules pour m'installer sur ses genoux, et je sens son érection contre mes cuisses. J'ai tellement envie de lui que c'en est douloureux. On se débrouille pour retirer nos sous-vêtements dans une série de mouvements brusques et sans que jamais nos bouches se séparent, et j'étouffe un cri de douleur quand il me pénètre.

Nous faisons l'amour longtemps, dans le salon, dans la cuisine où nous sommes juste allés chercher à boire, dans la chambre, et chaque orgasme me semble meilleur que le précédent.

C'est épuisés que nous nous allongeons l'un contre l'autre.

« Tu ne fumes plus ? » je demande.

Il fumait toujours après l'amour.

« J'ai arrêté il y a dix ans. Quand on s'est quittés. »

Touchée.

« Teddy, je…

— Arrête. Pas envie d'en parler, OK ? »

Je caresse son torse et blottis ma tête un peu plus au creux de son cou. Il m'embrasse sur le front, et nous restons un moment dans un silence apaisant.

Je dois m'endormir quelques instants ; quand j'ouvre les yeux, il n'est plus à côté de moi. Je le retrouve au salon, un verre à la main, fixant l'un des panneaux de liège. Je m'approche et entoure sa taille de mes bras. Son dos nu est brûlant.

« Il faut que je retrouve ma sœur. Il le faut, tu comprends ? Sinon, je vais devenir fou.

— Teddy, qu'est-ce que tu ne me dis pas ?

— Pardon ? »

Il s'éloigne brusquement de moi.

« Tu sais que tu peux tout me dire, Teddy. On s'est juré de se soutenir, et je n'ai pas oublié ce serment. Je veux t'aider. Mais j'ai besoin de comprendre pourquoi tu crois qu'il y a… autre chose, une conspiration, des mensonges, je ne sais même pas ce que tu imagines, alors que tu as vu ce type kidnapper ta sœur ! À moins que… »

Je sens sa respiration s'accélérer. Et d'un coup, je réalise.

« Oh ! mon Dieu. Teddy, tu n'as jamais vu ce Daraud kidnapper ta sœur, je me trompe ? Teddy ? »

Je me place face à lui. Il ferme les yeux, mâchoire serrée.

« Teddy, parle-moi. Je t'en prie.

— Non.

— Non quoi ?

— Non. Non, il n'y a jamais eu de camionnette blanche, ni de type qui m'a assommé. Je n'étais pas avec ma sœur quand elle a disparu. Je devais la raccompagner, mais ça me saoulait, j'en avais marre de devoir être son baby-sitter tous les jours et, cet après-midi-là, je l'ai laissée partir seule de l'école. Elle m'a dit qu'elle me dénoncerait aux parents, mais je m'en foutais, j'avais juste envie de rester tranquille. Je suis allé fumer une clope sur les rochers et, après, je n'ai pas osé rentrer à la maison en me disant que Vic ne se serait pas privée de me balancer et que mon père risquait de m'en coller une. C'est pour ça que j'ai traîné jusqu'à la nuit. Quand j'ai vu les voitures de police devant chez nous, j'ai cru que c'était pour moi, alors je me suis planqué dans la haie. Ma mère hurlait, debout sur le perron, et mon père parlait avec les policiers. Je me suis approché pour écouter ce qu'ils se disaient et c'est là que j'ai compris que Victoire non plus n'était pas rentrée. J'allais sortir de ma cachette quand l'un des policiers a parlé de disparition inquiétante ; mon père lui a rétorqué que c'était impossible, que Victoire était sous ma protection et que rien de mal ne pouvait nous arriver... Là, tout s'est mélangé dans ma tête. Je me suis mis à trembler, j'étais paniqué, je me suis effondré par terre et il m'a fallu un paquet de minutes pour trouver la force de me relever. Pendant ce temps, j'entendais les appels radio ne signalant aucune trace de nous et les cris de ma mère. Mon père a fini par me voir, je me suis précipité dans ses bras et j'ai vu ses yeux, il pleurait, putain ! Alors, je n'ai pas eu le cran de lui dire que j'avais lâchement abandonné ma sœur, sa fille... » Sa voix se brise. « J'ai inventé cette histoire de camionnette blanche parce que j'avais un vague souvenir d'en avoir croisé une, mais je ne sais même plus si c'était bien ce jour-là. Et tout s'est enchaîné... »

Je le serre aussi fort que je peux contre moi. Une partie de moi, l'enfant qui a perdu sa meilleure amie, lui en veut instantanément, mais l'autre, le médecin, l'adulte, sait qu'il est une victime collatérale, qu'il a vécu un traumatisme et qu'il mérite seulement de la compassion et du soutien après cet aveu terrible.

« Teddy, tu étais un enfant. Ça n'est pas ta faute, tu m'entends ? On ne peut pas donner à un enfant de onze ans la responsabilité d'un autre enfant, tu comprends ça ? »

Il secoue les épaules en signe de protestation.

« Et puis on a retrouvé les vêtements de ta sœur pas loin de chez lui, et son sang, donc, même si tu ne l'as pas vu, c'est forcément lui.

— Je ne sais pas, je te jure, Alice, je n'y crois pas. Coïncidence, peut-être, mais je trouve ça trop facile. Et qu'est-ce qu'il aurait fait du corps, putain de merde ?

— Tu as le dossier de ta sœur, non ? Je pourrais y jeter un œil et te donner mon avis, si tu veux. Regarder son profil, si ça correspond. Pour une fois que mes études de psy pourraient être utiles ! »

Il sourit et m'embrasse, passe dans sa chambre enfiler un boxer et, au moment d'entrer dans la salle de bains, me lance un « merci, Lissy » de dos.

Une fois rhabillée, je vérifie mon téléphone. Deux appels en absence de mon père, sans message. Inquiète à l'idée qu'il ne s'en sorte pas avec Lucas, je rappelle en faisant signe à Teddy de ne pas faire de bruit.

« Papa ? »

Ma voix trahit clairement mon anxiété, mais ça n'a pas l'air d'alerter mon père qui me répond d'un ton léger.

« Oui, chérie. Ça va ?

— Oui, mais vous, surtout ? Tu as essayé de m'appeler ? Lucas va bien ?

— Tout va bien, chérie. Lucas a juste eu un petit accident comme peuvent avoir les enfants, tu vois…

— Un accident ? » Je réfléchis. « Ah, tu veux dire qu'il a mouillé son short ?

— Oui, voilà. Rien de grave, il était avec sa grand-mère et s'est changé comme un grand, tout va bien. Tu nous rejoins ce soir ?

— J'arrive d'ici une demi-heure.

— Parfait, chérie. À tout à l'heure. »

Lucas n'a plus eu d'« accident » de ce genre depuis ses trois ans. J'ai un mauvais pressentiment et attrape mes affaires pour rentrer.

Teddy me tend un sac en plastique dans lequel il a placé le dossier de Victoire ainsi que d'autres documents qu'il a collectés au fil du temps.

« Si tu n'as pas changé d'avis…

— Bien sûr que non. Je le regarde ce soir.

— Je vais repartir faire des rondes et voir comment je peux aider. On se tient au courant ? »

Je l'embrasse maladroitement. Je ne sais pas ce que nous sommes lui et moi, là, tout de suite, mais ça n'est pas vraiment le moment de poser la question.

Au moment de franchir la porte, je réalise que je n'ai pas eu la réponse à ma première question.

« Teddy, tout à l'heure, tu m'as parlé d'autres enfants qui méritaient justice. De quoi tu parlais ? »

Il regarde un des panneaux de liège accrochés au mur.

« D'autres petites filles qui ont mystérieusement disparu dans les environs depuis vingt-cinq ans. Sarah, Émeline et Camille. »

Camille. J'ai lu ce prénom quelque part récemment, mais impossible de me souvenir où.

Chapitre 15

Je cours presque sur le trajet, en me frappant le front pour soulager mon cerveau assailli de pensées qui se télescopent : Lucas qui s'est fait pipi dessus, Teddy qui a menti il y a vingt-cinq ans, Victoire dont le corps est introuvable, la petite Paloma, Marie-Louise et son ton quasi prophétique, ma mère peut-être gravement malade, et puis ce prénom, Camille.

Quand je passe le portail, tout est calme. Le soleil baigne le jardin d'une lumière dorée, mon père est penché sur un massif de marguerites d'été au bout du terrain et me salue d'un signe de la main. Lucas est installé sous le kiosque et son petit buste est penché en avant. Peut-être lit-il ou remplit-il les jeux de ses cahiers. Submergée par le soulagement, mes jambes se dérobent sous moi et je dois m'asseoir sur le perron pour reprendre mes esprits. Des flashs dansent devant mes yeux, annonciateurs d'une migraine ophtalmique qu'il est trop tard pour soigner. Dans quelques minutes, je devrai m'allonger dans l'obscurité, avaler deux Doliprane et attendre.

Je me relève et rejoins Lucas, dont le visage impassible ne laisse transparaître aucune émotion à ma vue. Je m'assois à côté de lui, la position debout me demandant un trop grand effort.

« Salut, mon grand. Tu as passé un bon après-midi avec Papi ? »

Pas de réponse. Je tente une autre approche.

« Qu'est-ce que vous avez planté, dis-moi ?

— Trois plants de zinnias, ça s'écrit z-i-n-n-i-a, quatre plants de glaïeuls, ça s'écrit g-l-a-ï-e-u-l, trois plants d'anthémis, ça s'écrit a-n-t-h-é-m-i-s.

— Très bien ! Le jardin de Papi et Mamie est très beau avec toutes ces fleurs et, dès que celles-ci auront poussé, on pourra dire que c'est un peu grâce à toi ! »

Lucas pose son stylo et vient tapoter ma main avec ses doigts.

« Oui, mon grand, tu peux être très fier de toi ! Je suis sûre que Papi était aussi très content. »

Aucune réaction.

« Papi m'a dit que tu avais eu un petit problème cet après-midi ? Que tu n'as pas eu le temps de rentrer à la maison et d'aller jusqu'aux toilettes ? »

Il secoue la tête.

« Comment ça, non ? »

J'essaie d'adopter un ton léger pour l'encourager à s'exprimer, mais tout ce que j'obtiens, c'est une série de signes qui représentent un cahier, un ours, la peur, une corbeille, rien que j'arrive à décrypter.

« OK, mon grand. Ça arrive à tout le monde, de toute façon, il n'y a pas de problème. Je vais rentrer, tu veux venir avec moi ? »

Pour toute réponse, il se penche sur son cahier.

« Si tu me cherches, chéri, je serai dans ma chambre. Maman a mal à la tête et va se reposer un peu avant le dîner, d'accord ? »

Je comprends qu'il est inutile de discuter davantage et je me hâte d'aller prendre des antalgiques et m'affaler sur mon lit, volets fermés.

Aucun bruit ne sort de la chambre de ma mère, mais deux cartons débordant de papiers froissés ont été glissés devant sa porte. Incapable de faire le trajet jusqu'aux poubelles, je les prends dans ma chambre pour éviter que quelqu'un ne trébuche dessus et ferme la porte. Je me déshabille, avale deux cachets avec un grand verre d'eau et me glisse entre les draps.

Avant de fermer les yeux, j'envoie un message à Teddy.

Je pense à toi.

Je regrette aussitôt d'avoir écrit cela – et s'il n'était pas du tout sur la même longueur d'onde que moi ? S'il pensait que notre rendez-vous de tout à l'heure était une erreur ? Et si je tombais complètement à côté de la plaque ?

Moi aussi. T.

Pour essayer de distraire mon esprit de la douleur, je rejoue notre scène d'amour et m'accroche au souvenir de son corps contre le mien.

Quand j'ouvre les yeux, le réveil sur la table de nuit indique 21 h 45. Comment ai-je pu dormir quasiment trois heures ? Ma migraine n'est pas tout à fait passée, mais je me sens déjà mieux que tout à l'heure. J'attrape mon téléphone et vois sept nouveaux messages.

Trois sont de mon père :

Tu dors ?

Bon, on ne voulait pas te déranger, on a mangé sans toi. Tu as des restes dans le frigo. Lucas a voulu qu'on fasse un Tupperware par aliment, ne t'étonne pas d'en trouver sept différents. Bisous, Papa.

On va se coucher. Bonne nuit.

Je souris du coup des Tupperware. À Paris, un placard entier de la cuisine leur est consacré. J'en ai de toutes tailles et de toutes formes, avec des couvercles multicolores. Et Lucas décide systématiquement de tout ce qui concerne le rangement alimentaire. Une façon de m'acheter la paix dans un combat perdu d'avance.

Deux sont de Greg :

Alice, ça va ? Les vacances chez tes parents ? Donne-moi des news de mon fils stp.

Et au fait ça en est où les papiers du divorce ? Merci. Bises.

Avec amertume, je réalise en voyant la date de nos derniers échanges s'afficher qu'il n'avait pas demandé de nouvelles de Lucas depuis plus d'une semaine. Lorsqu'il a pris ses affaires il y a quelques mois, Greg m'a clairement indiqué qu'il avait besoin de prendre ses distances pour se « réaliser en tant qu'homme » après avoir consacré ses meilleures années à gérer l'autisme de Lucas. En réalité, il fréquentait déjà depuis un moment une petite informaticienne de vingt-deux ans. Je n'arrive pas vraiment à lui en vouloir, mais j'ai toujours du mal à accepter qu'il puisse passer des jours entiers sans se préoccuper de savoir si son fils va bien.

Les deux derniers sont de Teddy :

Les gendarmes ont trouvé qqchose. Je te raconte demain. J'espère vraiment qu'on va la retrouver en vie... T.

Et quelques minutes après :

J'ai envie de toi.

Revigorée par ma sieste et par les messages de Teddy, mon corps me signale soudain qu'il n'a presque rien mangé depuis la veille et je descends sans bruit en direction de la cuisine.

Assiette de restes et bière fraîche à la main, je décide de transgresser les règles de la maison et d'aller manger dans la salle télé. Je voudrais mettre une chaîne d'infos pour voir si je peux apprendre quelque chose.

Chapitre 16

Mercredi 26 août

« La brigade cynophile a travaillé sans relâche durant les douze dernières heures, explique un journaliste sur BFM. Un enquêteur nous a indiqué que les chiens avaient fini par repérer quelque chose, le long de la vallée des Traouïero, vers l'étang du même nom. Une piste prometteuse qui, nous l'espérons, permettra de retrouver saine et sauve la petite Paloma, 7 ans, disparue, on vous le rappelle, depuis ce lundi après-midi, entre 16 heures et 19 heures selon sa famille. Nous vous tiendrons informés dès que nous en saurons davantage. » Sur l'écran défilent des images aléatoires de Perros, depuis les boutiques du centre-ville jusqu'au château de Trestrignel. Un vieil homme à la peau burinée et habillé en marinière apparaît, micro sous le nez. La banderole en bas de l'écran indique qu'il s'agit de René, retraité, habitant le quartier de la Clarté. « Ça peut pas arriver dans not' quartier, c'genre de malheur. On est un quartier tranquille et les enfants sont censés être en sécurité. Celui qu'a fait ça a intérêt à rendre la p'tite tout de suite, sinon, c'est la peine de mort qu'il mérite. »

Le journaliste demande : « Vous la connaissiez ? » et René de répondre, sans se démonter : « Non, mais j'habite là d'puis 1947, alors, vous voyez, les p'tits du quartier, c'est un peu tous mes p'tits-enfants au fond. » La manie récente de BFM de diffuser des témoignages pas du tout constructifs pour peu qu'ils fassent sensation m'énerve profondément. Cela dit, je ne peux m'empêcher de frissonner à l'évocation de « celui qui a fait ça », s'il existe. Je regarde une carte du coin sur mon téléphone. L'étang de la vallée des Traouïero n'est pas très loin d'ici et à deux kilomètres seulement de la Clarté. Une enfant de sept ans peut les parcourir à pied sans problème. Je pense instantanément au risque de noyade, mais m'accroche à l'espoir qu'elle se soit simplement perdue et que les policiers la retrouvent errant dans le bois.

« Si ça n'est pas notre petite Alice ! »

La voix caverneuse de George Sérac me fait sursauter et, en levant les yeux de mon appareil, je vois débarquer devant moi le Club des Cinq : mon père et ses copains, en parfaite tenue de golfeurs, pantalon à pinces, polo et chaussures bicolores. George Sérac, Gérard Rousseau, Stéphane Berléand, Daniel Racic et lui jouent au golf tous les mercredis matin depuis près de vingt-cinq ans. Sauf urgence liée au travail, mais comme aimait le répéter mon père : « Les morts une fois qu'ils sont morts peuvent faire l'effort d'attendre la fin de mon dix-huit trous ! » Ils se sont connus au fil des années par leur progéniture : Gérard est le père de Charlie, Paul Berléand est un bon copain de Teddy, et Olivia Racic est une de ses anciennes petites amies, des premières années de collège – une de celles qui n'ont pas vraiment compté.

« Messieurs », les salué-je en simulant une courbette. Je suis encore en débardeur et mini-short, cheveux en bataille et yeux mi-clos.

« Elle a bien grandi ! s'exclame Stéphane en me fixant à travers ses grosses lunettes teintées. Tu ne viens pas m'embrasser ? »

Je m'exécute sans aucune envie. À part George pour qui j'ai beaucoup d'affection – et de compassion vu sa femme et son histoire personnelle –, je ne les ai jamais beaucoup aimés. Stéphane Berléand, surtout, me mettait mal à l'aise. Le genre d'homme au regard un peu déviant, photographe de profession. C'est lui qui venait à l'école puis au collège et au lycée nous prendre en photo pour les photos de classe et les portraits, et me retrouver seule dans une pièce avec lui était tout sauf un moment plaisant. Avec des copines, on s'arrangeait pour rester ensemble, malgré ses protestations d'artiste qui clamait que le face-à-face était fondamental « pour capturer l'essence de la beauté », ou quelque chose dans ce goût-là.

Je termine les embrassades par Gérard.

« Alors, ma grande, il paraît que tu as vu notre Charlie ?

— Effectivement ! Mais je n'ai pas vraiment eu le temps de discuter avec lui. Il a l'air… plus posé.

— Oui, il a beaucoup changé. Il vit au-dessus de chez nous, mais avec son entrée privée, comme ça, il a son indépendance tout en continuant de profiter des bons petits plats de Véro !

— C'est bien, c'est bien. »

Je ne sais vraiment pas quoi ajouter.

En sixième, Charlie a été fortement soupçonné d'avoir mis le feu au vestiaire des filles pendant le cours d'EPS. Il a été attrapé par un surveillant à côté du bâtiment, une boîte d'allumettes écrasée sous ses baskets, tandis que les pompiers peinaient à éteindre les flammes qui avaient commencé à consumer l'isolant de façade du collège. Il a tout nié en bloc et, faute de preuves incontestables, il s'en est sorti avec un avertissement. Ses parents ont assuré que jamais il n'aurait pu faire une chose pareille, mais quand il est revenu au collège à la suite de sa maigre sanction, je peux jurer qu'il crânait.

« Je leur ai présenté Lucas, j'étais avec lui sous le kiosque quand ces jeunes hommes sont arrivés, lance mon père pour éviter que le silence ne devienne gênant.

— Il te ressemble ! » enchaîne George gaiement.

Il ment, mais je lui souris néanmoins.

Je suppose que mon père les a briefés sur ma situation personnelle, car aucun d'eux ne me pose de questions, à mon grand soulagement. Gérard embraie sans surprise sur le sujet de la petite disparue. Il est journaliste et avait couvert l'affaire de Victoire à l'époque.

« S'ils ont retrouvé des effets personnels de la petite vers l'étang, c'est mauvais signe. Que ça soit criminel ou pas, il y a 90 % de risques qu'elle soit noyée à l'heure qu'il est.

— Quel malheur, soupire Daniel. On la connaissait, vous saviez ? Enfin, surtout ses parents. Une famille d'Espagnols immigrés ici depuis vingt ans au moins. Elle a fait des ménages chez nous pendant des années et lui a un gros commerce de fruits et légumes pas très loin du Rotary. Une gentille famille, avec des enfants bien élevés.

— Vous avez pu leur parler depuis lundi ? demande Gérard.

— Non, on est rentrés de Maurice hier aprèsmidi seulement et c'est en allumant la télé qu'on a découvert ce drame.

— Je ne veux pas vous presser, mais on va finir par être à la bourre, les amis ! » déclare mon père.

J'en profite pour m'éclipser en leur assurant que j'ai été contente de les croiser et en leur souhaitant un bon parcours.

Je ne suis pas mécontente d'avoir la matinée tranquille avec Lucas ; je sais déjà où je vais l'emmener. Dans le plus bel endroit de Bretagne.

Chapitre 17

« Lucas, chéri, Maman va prendre un sac à dos pour emporter de quoi pique-niquer, tu veux qu'on y glisse un livre ou un jeu ? »

Il me tend sa boîte à trésors.

« Mais, chéri, ta boîte est très grosse et va occuper la moitié du sac. Tu ne veux pas plutôt prendre un petit jeu ? Des cartes, par exemple ? Ou ton cahier de vacances ? »

Il persiste, en plaçant la boîte juste sous mon nez.

En vérité, sa boîte n'est pas si grosse, mais elle pèse un poids certain et je n'ai aucune envie de la trimballer pendant toute la balade.

Après quelques minutes de négociation infructueuse qui usent ma patience, nous trouvons le compromis suivant : Lucas prendra son propre sac à dos, et je garderai le pique-nique dans le mien. Je soupçonne que je finirai par récupérer les deux sacs à un moment donné, mais, en attendant, cela permet d'avancer les préparatifs.

La nourriture est une autre source de pourparlers. Il me faut trouver des aliments correctement emballés pour que Lucas puisse les manger et nous tombons d'accord sur un paquet de chips (jaunes), des tomates cerises (jaunes, pas les rouges) et des bâtonnets de surimi dont je sais qu'il découpera méthodiquement la bande orange avant de les manger. J'ai décidé de ne surtout pas me rajouter la contrainte de l'équilibre alimentaire ce matin, car Lucas est particulièrement pénible. Je n'en suis que moyennement étonnée : il m'a encore rejointe cette nuit et son sommeil a été très agité.

Plus d'une heure après l'épisode du sac à dos, tout est prêt, nous prenons finalement la voiture et arrivons en dix minutes à Trégastel, sur le parking de l'île Renote.

Les décors sont aussi fabuleux que dans mes souvenirs. Une bonne quantité de touristes ont eu la même idée que moi, mais la configuration de l'île avec sa multitude de petites criques permet de ne pas croiser trop de monde. La nature y est encore sauvage et d'un vert émeraude malgré la chaleur, les rochers roses hauts de plusieurs mètres, en équilibre les uns sur les autres, obligent à l'humilité et l'eau est, comme à Trestraou, limpide, d'un bleu pâle.

Nous faisons le tour de l'île au rythme de Lucas, qui touche les arbres, cueille des fleurs, grimpe sur les rochers, et je finis par suggérer que nous nous arrêtions pour nous baigner sur une petite plage ombragée et surtout déserte.

On peut se voir ? T. bipe mon téléphone vers midi.

J'en ai très envie. Je me demande si c'est une bonne idée de le voir en présence de Lucas, mais je me dis que je pourrai toujours le présenter comme un ami.

Suis à Renote avec mon fils. Tu veux nous rejoindre ?

Puis j'ajoute, comme si c'était vendeur :

J'ai des chips et de la limonade.

Quelle idiote. Je pourrais faire figurer cette invitation dans le Top 10 des pires plans de l'année de Dating Magazine.

Contre toute attente, il me répond qu'il sera là dans un quart d'heure. Je me sens nerveuse d'un coup. Lucas patauge dans l'eau, ramassant des coquillages et de petites pierres polies. Je respire. Tout va bien se passer.

Je radioguide Teddy jusqu'à notre abri et souris béatement quand je le vois arriver.

« *Hi there*, Teddy Bear.

— *Hi there*, Lissy. »

C'est comme ça qu'on se saluait quand on se retrouvait en secret, le soir, sur une plage ou quelque part caché le long du sentier des Douaniers. On prétendait être un couple d'étudiants américains expatrié en Bretagne, en mission secrète pour la WWF[1], mais je pense que notre accent ne trompait personne.

Je l'invite à s'asseoir à côté de moi.

« J'ai très envie de t'embrasser, mais avec Lucas…

— Je sais, pas de problème. » Puis il ajoute, le regard coquin : « Moi aussi, j'en ai envie. Et pas qu'un peu.

1. World Wildlife Fund.

— On pourrait se retrouver ce soir ? »

Il frôle ma main.

« Je ne sais pas encore si je serai libre, mais je te préviendrai.

— Ah ! »

Je suis déçue et m'imagine qu'il a une autre femme dans sa vie. Il doit voir ma tête déconfite, car il précise :

« Je vais peut-être participer à une battue ce soir, selon l'avancement de l'enquête. »

Et je me sens idiote, pour la deuxième fois de la journée.

« Alors, raconte-moi, où est-ce qu'ils en sont ?

— Un chien a reniflé sa trace vers l'étang de la vallée des Traouïero. Tu te souviens de cet étang ?

— Je crois : à côté, il y a ces espèces de petites grottes où on déposait des pots de fleurs peints et autres trucs bizarres un peu partout pour faire venir les korrigans, c'est ça ?

— C'est bien ça. Paumé au milieu de la forêt. Ils ont trouvé parmi ces "trucs bizarres" justement quelque chose qui lui appartient ou lui a appartenu. Je ne sais pas ce que c'est, mais le chien était apparemment comme un dingue. Ils sondent l'étang à l'heure où on se parle. Et ils ont fait une descente dans un camp de Roms à Landrellec. Un des mecs était connu des services de police pour pédophilie. Si c'est ça, putain… »

Il serre le poing. Son expression est celle d'un homme capable de tout.

La même expression qui nous a séparés, dix ans plus tôt.

En 2010, j'ai vingt-quatre ans, je termine mon externat à Rennes et Teddy et moi sommes ensemble depuis bientôt dix ans. Il a arrêté ses études de droit à la fac et vit de petits boulots irréguliers, ce qui lui permet de me rejoindre fréquemment dans mon petit appartement d'étudiante. Il consomme pas mal de cannabis et j'essaie en vain de le faire décrocher. Son addiction n'enlève rien à mon amour pour lui, mais plus le moment de fonder une famille approche, plus j'ai besoin de me convaincre qu'il saura affronter ses démons pour devenir un bon père et un bon mari.

Un soir, il arrive chez moi au milieu de la nuit. Il ne vient pas tout de suite dans la chambre, mais les murs épais comme du papier à cigarettes rendent impossible toute tentative de rester discret. Je viens d'enchaîner trois nuits de garde, et c'est dans un demi-sommeil que je me lève et que je le trouve assis contre la baignoire dans la salle de bains. Ses mains et son visage sont couverts de sang, son œil droit est gonflé et laisse présager d'un hématome profond, et ses jambes sont sales, pleines de traces noires comme de l'huile de vidange usagée. Il s'est clairement battu et on peut facilement deviner que l'autre ne s'en est pas aussi bien sorti. Mais ce qui me traumatise le plus en le voyant dans cet état, c'est son visage, dur, fermé, et son expression glaçante qui n'exprime aucun regret.

Il ne prononce pas un mot, je l'aide à se nettoyer, et je le mets au lit avec autant d'analgésiques que son poids permet d'en absorber.

Avant de s'endormir, il me dit : « J'espère que tu me pardonneras. Je l'ai fait pour une bonne raison. Je l'ai fait pour Victoire, entre autres. Et si on te demande où j'étais cette nuit...

— Tu étais avec moi, on a regardé la télé et on s'est couchés. Compris. »

Le lendemain, j'ai lu dans la presse qu'un pédophile qui venait d'être relâché à la suite d'un non-lieu controversé a été retrouvé battu devant le garage dans lequel il travaille à quelques kilomètres de Rennes. Il a fait au final une semaine de coma.

J'ai tenté de faire face, mais chaque fois que je regardais Teddy dans les yeux, je voyais sa soif de sang et de vengeance, et la violence dont il était capable. Je ne supportais ni qu'il me touche ni que nous ayons des conversations anodines. Quelques jours plus tard, il a pris ses affaires et je n'ai plus entendu parler de lui. J'ai mis des mois à me remettre de cette séparation. Je l'ai appelé, je lui ai écrit, sans que jamais il réponde à mes milliers de questions. Et puis j'ai rencontré Greg. Greg était à l'opposé de Teddy : frêle, aussi facile à lire qu'un livre ouvert, timide, pas très à l'aise avec les filles, l'informaticien dans toute sa splendeur. Je me suis accrochée à lui en me disant qu'il panserait mes plaies et qu'il me prouverait que la passion ne vaut pas la stabilité et la simplicité. Et ça a fonctionné. Quelque temps.

« Maman. Maman. Maman. »

Lucas me ramène à la réalité. Teddy s'est allongé contre un arbre et a les yeux fermés. Je me lève et vais rejoindre mon fils qui ne sait pas comment rapporter toutes ses trouvailles jusqu'à nos serviettes. J'en prends une pleine poignée pour l'aider. Je me demande ce qu'il peut voir dans ces coquillages à moitié cassés ou ces galets banals.

« Lucas, je te présente Teddy. Tu te souviens de lui ?

— Il a des taches de rousseur et un tatouage.

— Exactement ! Teddy, je te présente mon fils, Lucas. »

Teddy, qui s'est redressé entre-temps, lui tend la main en souriant, mais Lucas recule d'un pas.

« Lucas préfère attendre de connaître les gens avant de les toucher, je précise.

— Aucun problème, je comprends très bien. Il faut toujours se méfier des étrangers. Bonjour, Lucas. »

Bien sûr, Lucas ne répond rien et s'installe sur sa serviette. Il sort sa boîte en métal de son sac à dos et, avant de l'ouvrir, entreprend un dernier tri de ses coquillages afin de sélectionner ceux qui iront finalement rejoindre les trésors.

Teddy a apporté des bières dans un sac isotherme, et je trouve que c'est une excellente idée. Depuis ce matin, quelque chose me travaille, et je ne saurais pas dire de quoi il s'agit. Ce genre de sensation désagréable que vous avez quand quelque chose cloche mais que vous n'arrivez pas à mettre le doigt dessus. Je me languis donc de l'effet relaxant qu'un peu d'alcool aura sur moi.

Je savoure quelques gorgées bien fraîches, adossée au même arbre que Teddy pour que nos corps soient le plus proche possible ; je m'apprête à poser la tête contre son épaule quand Lucas nous interrompt.

« Maman. Maman. Maman…

— Quoi, chéri ?

— La boîte est fermée.

— Tu veux dire que tu n'arrives pas à l'ouvrir ?

— La boîte est fermée.

— Le métal a dû travailler un peu avec la chaleur, indique Teddy. Tu veux que je t'aide à l'ouvrir ? »

Lucas hésite, puis lui tend sa boîte. Teddy pourrait l'ouvrir en une demi-seconde, mais il fait semblant d'avoir quelques difficultés qu'il décrit à grand renfort d'explications sur la dilatation des métaux et je lui en suis reconnaissante. Je sais que je m'emballe complètement, mais le fait que mon fils et lui s'apprivoisent me remplit de joie.

En rendant la boîte, Teddy ne peut s'empêcher de jeter un œil à l'intérieur. Et d'un coup brusque, il reprend la boîte à Lucas qui se met à crier ; Teddy attrape un objet à l'intérieur, et demande d'une voix sourde :

« Où est-ce que tu as eu ça ? Réponds ! Où est-ce que tu as eu ça ?

— Mais ça ne va pas la tête ? Qu'est-ce que tu fais ? » je hurle à mon tour.

J'attrape immédiatement la boîte de la main de Teddy et la tends à Lucas, avant de l'enlacer et de le balancer doucement d'avant en arrière en lui murmurant : « Chut, chéri, chut, tout va bien, tu as récupéré ta boîte, tout va bien… chut, chéri… »

Quand mon fils est calmé, je me tourne vers Teddy.

« Tu es devenu fou ou quoi ? Tu veux lui faire peur ? C'est quoi ton problème ? »

Il ouvre la main en silence, encore en état de choc. À l'intérieur de sa paume, un petit bracelet doré sur lequel est enfilé un pendentif. Un demi-cœur gravé d'un A.

« Lucas, où est-ce que tu as trouvé ce bracelet, chéri ? Quelqu'un te l'a donné ? Tu l'as ramassé quelque part ? Tu ne seras pas grondé, c'est promis, il faut juste que tu dises à Maman et à son ami où tu as eu ce bracelet. Tu veux bien, chéri ? »

Lucas reste immobile, les yeux perdus dans le vague de la Manche, et vu les cris qu'il vient de pousser, je sais que nous n'aurons aucune réponse à cette question.

« Vous n'êtes allés que dans ces endroits, tu es sûre ? »

C'est la troisième fois que Teddy pose cette question, et je lui confirme pour la troisième fois.

Nous venons de lister tous les lieux dans lesquels Lucas est passé, de la gare de Lannion à l'île Renote (que nous éliminons puisqu'il n'aurait vraisemblablement pas pu déposer le bracelet dans la boîte ce matin) en passant par la crêperie du centre, le cinéma, la librairie et le bar PMU à côté du collège.

« Et si Victoire l'avait perdu avant, ce bracelet, je veux dire quelques jours avant, enfin, tu vois, quoi ? Lucas aurait pu le ramasser n'importe où, sans que ça ait un lien avec… »

Il me coupe la parole.

« Alice, je t'en prie. Tu arrives vraiment à l'imaginer avoir perdu votre pendentif et garder ça pour elle ? En plus, le fermoir est cassé. Quelqu'un lui a forcément arraché du poignet.

— Il faut prévenir la police, non ? Ils pourront analyser l'ADN, je ne sais pas ? »

Il renifle d'un air de mépris.

« La police va le récupérer, le mettre dans un joli petit sachet transparent et l'ajouter à la liste des pièces qui ne quitteront jamais la salle des archives. La police a clôturé l'affaire il y a vingt-cinq ans. Je ne leur fais plus confiance.

— Et on va faire quoi alors ?

— Toi, je ne sais pas, mais moi, je vais aller visiter chacun des endroits que tu m'as énumérés et regarder ce qui m'a échappé.

— Arrête, Teddy. Je veux aider, tu le sais.

— Retrouvons-nous ce soir chez moi. On verra d'ici là s'il y a quelque chose qui bouge. »

À notre retour à la maison, Lucas file directement dans sa chambre en serrant sa boîte contre lui. Je ne suis pas sûre qu'il ait compris pourquoi on lui a retiré le bracelet, mais je n'ai pas la force de le lui expliquer.

Je me prépare une tisane à la cuisine quand mon père revient du golf.

« Ma chérie ! J'ai fait ma meilleure performance de l'année ! Un jeu incroyable, les copains n'en revenaient pas ! Et toi, ta matinée ?

— Bof.

— Mais vous n'étiez pas sur l'île Renote ? Depuis quand c'est bof, ce petit paradis ? »

J'entreprends de lui expliquer Teddy, la boîte, le bracelet, les cris, l'incompréhension. Au fur et à mesure que les larmes montent, son visage change et devient rouge de colère.

« Mais enfin, c'est pas vrai ! Vous devriez avoir honte de traumatiser mon petit-fils avec vos conneries ! C'est insupportable ! Le passé, c'est le passé et il faut apprendre à le laisser là où il est ! Merde à la fin ! La police a fait son boulot, j'ai fait mon boulot et le coupable est mort, qu'est-ce qu'il vous faut de plus ? Ça vous avance à quoi de remuer la merde comme ça, à part à faire du mal à tout le monde autour de vous et à mettre en danger les gens que vous aimez, hein ? » Il baisse la voix pour ajouter : « J'espère que ça n'a pas réveillé ta mère ! »

Et il ressort de la cuisine en claquant la porte.

Chapitre 18

Sonnée par la réaction de mon père, je monte vérifier si Lucas va bien, puis m'enferme dans ma chambre. Je n'ai aucune envie de croiser ni mes parents ni mon fils cet après-midi. Je m'allonge sur mon lit et pianote sur mon téléphone.

Je viens de raconter à Papa pour le bracelet : figure-toi qu'il m'a passé le savon du siècle. L'angoisse. Des news de ton côté ?

Je ne laisse finalement que la dernière phrase de mon message, honteuse à l'idée de passer pour une adolescente soumise à ses parents.

En attendant que Teddy me réponde, j'attrape l'un des cartons laissés par ma mère et entreprends de trier ce qui peut aller au recyclage. Ce sont essentiellement des albums photo qui s'étalent de 1990 à aujourd'hui, mais je saisis également au fond du carton des bougies, des boîtes en métal, de vieux foulards, une série de barrettes et autres élastiques colorés, du maquillage, et deux maillots de bain que je suis sûre de ne jamais lui avoir vue porter.

Les accessoires de coiffure et le maquillage me ramènent à nos séances « pomponnage » avec Victoire, comme nous appelions cela. Nous jouions les grandes, empruntions à ma mère ses chaussures à talons et ses foulards qu'elle acceptait de nouer avec élégance autour de notre cou, puis comme j'avais les cheveux plutôt courts et Victoire très longs, ma mère la prenait pour modèle et entreprenait tantôt de les lui boucler, tantôt de les natter, tantôt de les réunir en chignon de princesse. Victoire adorait cette attention que nous lui portions et qui contrastait avec celle de sa propre mère. Quand nous étions prêtes, ma mère nous regardait défiler dans le couloir du rez-de-chaussée – nous descendions pieds nus et rechaussions nos escarpins une fois en bas – et elle nous applaudissait.

Je retrouve d'ailleurs parmi les photos une bonne dizaine représentant Victoire et moi grimées ainsi, souriant de toutes nos dents, et mon cœur se serre.

Un album attire mon attention ; il date de 1992, l'année où nous avons quitté Sète pour venir à Perros. En le feuilletant, je retrouve des lieux familiers, qui me semblent pourtant appartenir à une autre vie. Les canaux du centre-ville, le Môle, le Théâtre de la Mer. J'y suis retournée une ou deux fois en week-end avec Greg, avant d'avoir Lucas.

Une double page représente la fête d'anniversaire de mes six ans. Je reconnais certains visages et quelques prénoms. Sur l'une des photos, mon père tient devant moi un gâteau gigantesque en forme de sirène, sur lequel je m'apprête visiblement à souffler les bougies ; mes camarades de classe et de danse sont réunis autour de moi et sourient – ou grimacent pour les plus rebelles. Avec nous, une petite fille blonde : je m'en souviens, il s'agit, je crois, d'une petite voisine, Denise Quelque Chose, et qui traînait souvent chez nous pour fuir les disputes incessantes de ses parents. Ma mère, au fond de la photo, s'approche avec un cadeau.

Sur le cliché suivant, j'ouvre mes cadeaux. Je compte sur l'image trois emballages Barbie, deux jeux de société et une peluche. Les souvenirs, on apprend ça en psychiatrie, sont des éléments fascinants. Ils sont partiels et partiaux, évoluent avec le temps, et il est difficile de savoir pourquoi on se souvient d'un point plutôt que d'un autre. Je me souviens d'avoir adoré cet anniversaire, je me souviens de la paire de collants à pois que je portais sur les photos, mais je n'aurais pu citer ni la forme du gâteau pourtant très travaillé ni aucun des cadeaux que j'avais reçus. Je souris.

Le reste de l'album est une série de vues de Sète et de photos de famille classiques. Mes grands-parents paternels sont présents sur certaines d'entre elles, moustache pour lui, longue robe austère pour elle. Ils me tiennent dans leurs bras, m'accompagnent au manège. Je ressens un peu de nostalgie de les avoir finalement peu connus. J'aurais aimé avoir plus de temps pour les questionner sur leur vie.

Je m'apprête à le refermer quand je constate qu'un paquet de petites feuilles volantes a été glissé sous le protège-album en plastique de la troisième de couverture.

Des articles de journaux, découpés ou déchirés : ma mère pixellisée souriant à l'objectif tandis qu'elle offre une de ses aquarelles à une vente aux enchères associative en 1997, mon père interviewé au titre de médecin légiste « de province » affilié à l'institut médico-légal de Saint-Brieuc, quelques hommages posthumes à Victoire à l'occasion des anniversaires de sa disparition et précisant qu'aucun corps n'a été retrouvé, et à nouveau ma mère expliquant dans un encart de quelques lignes l'importance d'enseigner la musique et l'art aux enfants.

La dernière feuille est une page entière pliée en quatre. Il s'agit d'une page de une d'un *Midi libre* de septembre 1992 dont je ne comprends pas l'intérêt ; le gros titre porte sur les tempêtes et inondations meurtrières qui ont frappé l'Aude et le Vaucluse. En bas à droite de la page, un petit encadré : « La mer, mangeuse d'enfants : la petite disparue a été retrouvée noyée au large de Sète, une huitième victime à déplorer autour de l'île singulière. »

Un autre article mentionne l'inauguration d'un centre culturel à Frontignan, et une colonne sur la gauche liste les astuces pour une rentrée scolaire réussie quand on est une famille nombreuse.

Je froisse la page jusqu'à en faire une toute petite boule que je jette sur la pile à recycler.

Mon téléphone bipe.

Pédophile manouche hors de cause, il a un alibi béton. Sans commentaire. On se voit ce soir ? L'association abandonne l'idée de la battue, les gendarmes vont faire réintervenir les chiens. T.

Je tape instantanément une réponse :

Je peux être là à 19 h. Tu veux que j'apporte à manger ?

Ça va, je sais encore faire cuire des pâtes. Rappelons qu'à midi tu m'as proposé des chips !

Je rougis derrière mon clavier. La perspective de voir Teddy me fait oublier le malaise que je viens de ressentir, et je prends le parti de ne plus étudier le contenu des affaires de mes parents. Je range mécaniquement les plastiques et les papiers à recycler dans un des cartons, les objets à donner dans le second carton et le reste, à jeter, atterrit dans ma poubelle de bureau.

La poubelle jaune est déjà sortie à l'extérieur du jardin ; elle sera probablement ramassée demain matin. En l'ouvrant, je suis saisie par une odeur de brûlé. Je vérifie que rien ne se consume, ayant déjà assisté à des incendies de poubelles à Paris, et, en déplaçant avec précaution quelques emballages, je découvre quelques morceaux de papier à moitié calcinés mélangés aux briques de lait et autres cartons. Le premier morceau est en fait une enveloppe, dont il ne reste que la partie droite. Le courrier, manuscrit, est adressé par une certaine Adriana Barberini au Dr Christian Samuel Hahnemann. L'écriture est élégante, ronde, féminine. Il n'y a aucune trace du contenu de l'enveloppe, peut-être changé en un amas de cendres.

Je suis perplexe. Je ne connais pas d'Adriana Barberini, mais je connais très bien le destinataire de la lettre. C'est un médecin allemand, fondateur de l'homéopathie, qui a vécu entre les XVIIIe et XIXe siècles.

Je glisse le morceau de papier dans ma poche et retourne dans la maison. Je suis perturbée par cette découverte, qui vient s'accumuler à ma sensation de malaise de ce matin.

C'est seulement arrivée dans ma chambre que je réalise que j'ai toujours le carton sous le bras. Tant pis. Je le pose et vais vérifier quelque chose dans la bibliothèque, où je retrouve Lucas et ma mère qui font défiler à toute allure les pages d'une encyclopédie de la nature, en s'arrêtant seulement sur les photos pour en décrypter ensemble les légendes.

« Mon amour, tu t'amuses bien ? » je demande en souriant.

Lucas reste droit, silencieux, et ma mère répond gaiement :

« On se régale, ma chérie, regarde comme on avance bien, déjà page 875 ! On est les meilleurs, n'est-ce pas, *tesoro mio* ? »

Elle lève une main en direction de Lucas, mais il ne la tope pas et elle finit par la rabaisser, l'air peinée. Je compatis.

« Je ne vous dérange pas plus, je cherchais juste un vieux bouquin. Faites comme si je n'étais pas là ! »

L'ouvrage que je cherche est de format A4, relié en cuir rouge. Je finis par le trouver parmi une pile de documents entassés sous les étagères.

L'homéopathie, vecteur préventif de conservation
des organes dans le cas de morts naturelles.
Fondé sur les travaux
du Dr Christian Friedrich Samuel Hahnemann.
Thèse pour le Diplôme d'État de docteur en Médecine
Spécialité Médecine légale
Carl Leroux
1984

Je tombe assise sur le canapé et Lucas tourne la tête vers moi. Il prend ma main et y trace un cercle barré du doigt.

« Oui, chéri, ça va. Merci. Maman est un peu fatiguée, c'est tout. »

Et je passe mon bras autour de ses épaules pour le serrer un peu contre moi, tandis que ma mère me lance un regard interrogatif.

Pourquoi mon père utiliserait-il un faux nom pour échanger des lettres avec une Adriana Quelque Chose ?

Retranscription des séances de thérapie,
Dr Schreiber.

Séance 12, mercredi 18 mars, 11 heures.

Dr Schreiber : Je dois te dire que je ne suis pas content.

L'enfant : Pourquoi, docteur ?

Dr Schreiber : J'ai appris que tu avais tué le poisson rouge de ta classe. Pourquoi est-ce que tu as fait ça ?

L'enfant : Je ne sais pas, docteur.

Dr Schreiber : Écoute, pour que nos séances fonctionnent, il faut que tu me dises la vérité. Tu te souviens de notre séance sur les mensonges et la vérité ?

L'enfant : La maîtresse dit que je ne suis pas une bonne personne.

Dr Schreiber : Eh bien, je ne suis pas d'accord avec la maîtresse ; moi, je crois que tu es une bonne personne, à l'intérieur. Et je vais t'aider à la faire ressortir, cette bonne personne. Tu es d'accord ?

L'enfant : Oui, docteur.

Dr Schreiber : Je voudrais que tu t'imagines être dans la classe. Ferme les yeux. Voilà, c'est bien. Tu es dans la classe, il n'y a personne. Qu'est-ce que tu vois ?

L'enfant : Le tableau.

Dr Schreiber : Y a-t-il quelque chose d'écrit sur ce tableau ?

L'enfant : Juste la date.

Dr Schreiber : Bien, bien. Que vois-tu d'autre ?

L'enfant : Les bureaux et les chaises.

Dr Schreiber : Quoi d'autre ?

L'enfant : La cage du hamster. Et l'aquarium.

Dr Schreiber : C'est très bien. Imagine maintenant que tu t'approches de l'aquarium. Il y a des poissons dedans ?

L'enfant : Juste un.

Dr Schreiber : Et ce poisson, il a un nom ?

L'enfant : Galilée.

Dr Schreiber : Galilée est quel type de poisson ?

L'enfant : Un poisson rouge.

Dr Schreiber : Et que fait-il, ce Galilée ?

L'enfant : Il tourne dans son bocal.

Dr Schreiber : Très bien. Tu as étudié les poissons avec la maîtresse, et Galilée est dans la classe depuis un moment. Tu sais comment les poissons respirent ?

L'enfant : Oui, docteur. Ils respirent dans l'eau. Avec des branchies.

Dr Schreiber : Tout à fait. Alors, dis-moi, si tu enlèves Galilée de son bocal, est-ce que tu sais maintenant ce qui va se passer ?

L'ENFANT : Oui, docteur.

DR SCHREIBER : Je voudrais que tu me le dises, s'il te plaît.

L'ENFANT : Galilée ne pourra plus respirer. Et il sera mort.

DR SCHREIBER : Bon. Dis-moi, maintenant qu'on a mis ça au clair : est-ce que tu avais bien réfléchi à tout ça avant de sortir Galilée de son bocal ?

L'ENFANT : Oui, docteur.

DR SCHREIBER : Et qu'est-ce que tu as fait une fois que Galilée était hors de l'eau ?

L'ENFANT : J'ai compté les minutes jusqu'à ce qu'il arrête de gigoter.

Note : L'enfant a parlé d'une voix parfaitement neutre sur l'ensemble de la séance.

Note : La séance est arrêtée à 11 h 38.

Chapitre 19

Après avoir recraché à Teddy tout ce que je viens de découvrir, l'explication lui paraît évidente et le fait même sourire. Mon père a une maîtresse, elle s'appelle Adriana – quel cliché – et, pour ne pas se faire attraper, il utilise un pseudo, façon site de rencontre. Je n'arrive pas à le croire, même si, effectivement, tout cela tient la route.

« Mais mon père adore ma mère ! Tu devrais le voir avec elle, toujours pendu à ses basques, inquiet dès qu'elle a cinq minutes de retard en rentrant des courses, à la mettre au lit avec des cachets pour un oui ou pour un non. Ça ne colle pas avec le profil d'un mec qui trompe sa femme, si ?

— Bah, franchement, Alice, t'es bien placée pour le savoir, parfois on ne pourrait rien suspecter de l'extérieur. »

Je lui ai raconté comment j'avais découvert l'infidélité de Greg, et comment j'étais tombée des nues en apprenant qu'il avait été capable d'entretenir une relation adultère pendant des mois, lui qui était jusque-là incapable ne serait-ce que de flatter une femme sur sa tenue ou son maquillage s'il ne le pensait pas sincèrement.

« Il me déçoit, mais, vraiment, y a un truc qui cloche. Depuis que je suis arrivée, je le trouve bizarre. Il est super irritable, et figure-toi qu'il ferme son bureau à clef maintenant !

— Mais, enfin, Alice, c'est évident ! Faudrait pas que ta mère tombe sur leurs lettres d'amour en allant épousseter son clavier d'ordinateur ! Et puis pour l'irritabilité, s'il a brûlé les courriers, c'est peut-être qu'il y a de l'eau dans le gaz avec son Adriana Karembeu et on peut comprendre que ça le rende un peu chafouin, non ? D'ailleurs, tu as regardé sur Internet si tu trouvais cette fille ?

— J'ai regardé, mais je ne suis tombée que sur deux starlettes de télé-réalité qui vivent à Miami, une religieuse retraitée au fin fond d'un couvent et un transsexuel cubain. »

Il rit, m'enlace et m'embrasse tendrement.

« Allez, Lissy, lâche-lui la grappe un peu. Ton père est un homme bien. Il a toujours été là pour le mien et Dieu sait qu'il en a eu besoin ce dernier quart de siècle. S'il avait fauté avec une petite jeunette de vingt ans de moins que lui, qui serions-nous pour juger, hein ? Viens là. »

Il m'entraîne à sa suite vers la chambre et entreprend de me déshabiller. Je me laisse faire, mais continue à cogiter. Il s'en rend compte, s'arrête et me fait asseoir sur le lit.

« Alice, allez, arrête ! C'est un peu lourd, là, non ? Qu'est-ce qu'il y a, tu crois qu'on va découvrir que ton père est un dangereux psychopathe façon Dr Jekyll et Mr Hyde, qui sort la nuit sous le pseudonyme d'un vieil homéopathe allemand pour terroriser les vieilles dames ? »

Il rit, et je reconnais que c'est absurde.

« Non, non, ce n'est pas ça… »

Je me lève et pars m'enfermer dans sa salle de bains, où je me mets à sangloter sans pouvoir m'arrêter. Je sais qu'il a raison et qu'une partie de moi a besoin de faire son deuil du père idéal que j'avais gardé dans mon imaginaire, mais je n'arrive plus à me défaire de la sensation que quelque chose m'échappe.

Teddy me rejoint, essaie d'ouvrir, puis me parle doucement à travers la porte :

« Bon, tu sais ce que tu pourrais faire pour te tranquilliser un bon coup ? Tu n'as qu'à aller fouiller dans son bureau. Tu verras bien ce que tu trouveras. Faudra assumer s'il y a des phrases coquines dans son courrier, mais au moins tu seras rassurée. Qu'est-ce que t'en dis ? Je peux même monter la garde dans le couloir pendant que tu forceras la serrure, Arsène Lupin ! »

Je souris malgré moi, déverrouille la porte, et il me rejoint.

« On peut reprendre là où on s'était arrêtés ? » murmure-t-il d'un air joueur.

J'acquiesce et, sans prononcer un mot de plus, il achève de me déshabiller, ôte son T-shirt et son caleçon et m'entraîne dans la douche. Le jet est glacé et m'arrache un petit cri.

« Pardon ! me dit-il en riant. Au moins, ça remet les idées en place ! », et me voilà souriant à nouveau.

Et nous faisons l'amour sous l'eau, moi appuyée contre la paroi de la cabine et lui debout derrière moi, puis il prend le temps de me savonner de la tête aux pieds et je trouve cette scène intensément érotique. Et j'oublie l'espace d'un moment le Dr Hahnemann et Adriana Barberini.

Une fois dans son lit, sous un drap qui sent bon son parfum, Teddy et moi glissons rapidement dans le sommeil. J'ai prévenu mon père – laconiquement – que je rentrerais sans doute tard, et il a promis de veiller sur Lucas.

Je suis réveillée en pleine nuit par un cri rauque de Teddy que je découvre, une fois la lampe de chevet allumée, trempé de sueur, les yeux écarquillés et le cœur battant à tout rompre.

« Teddy ! ça va ? »

Il acquiesce et ferme les yeux le temps de reprendre son souffle. Je caresse doucement ses cheveux.

« Tu fais souvent des cauchemars ?

— Tu me crois si je te dis que non ? » répond-il en souriant faiblement.

Je lui rends son sourire et dépose un baiser au coin de ses lèvres.

« Je vais surtout croire que c'est moi qui te fais peur ! »

J'éteins la lampe et nous tentons, sans succès, de nous rendormir.

« Parle-moi des autres enfants, s'il te plaît.

— Quels autres ?

— Ceux des tableaux. »

Teddy inspire profondément.

« Sarah Ohayon. Disparue en 2001. Elle avait 6 ans. Elle est partie acheter des bonbons à la boulangerie un samedi en fin d'après-midi, à 200 mètres de chez elle. Elle n'est jamais rentrée. Ses parents n'ont signalé sa disparition que le lendemain : ils recevaient une flopée de cousins chez eux, avaient picolé non-stop depuis le déjeuner et étaient convaincus que la petite était en train de jouer quelque part. »

Je mets la main sur ma bouche, horrifiée, et Teddy continue sa récitation.

« Émeline Ducasse, 8 ans cette fois, disparue en 2005. Au retour de l'école, comme ma sœur. Tu imagines l'angoisse dans le coin. Tu ne te souviens pas de cette histoire ? On en avait parlé ensemble.

— Si, possible. »

Je n'ose pas lui dire qu'en 2005, je bossais comme une dingue pour réussir mon année de médecine et que les faits divers me passaient un peu au-dessus de la tête.

« Et enfin, Camille Leblet, 5 ans, disparue en 2011 pendant une sortie organisée avec son centre aéré. Ils allaient visiter la grotte du Lépreux.

— Merde, tu veux dire au même endroit que Paloma ?

— Exactement. Et dans ces trois affaires, aucune trace, aucun indice, rien. Et pourtant, la police s'est bougé le cul, tu peux me croire. Comment est-ce qu'on peut sérieusement imaginer qu'un enfant s'évapore au XXIe siècle sans que personne ait rien vu, sans qu'il y ait aucune preuve nulle part ?

— Tu as participé à certaines de ces enquêtes ? En tant que gendarme, je veux dire.

— Je débutais tout juste quand la petite Camille a disparu. J'ai essayé d'aider, mais on m'a cantonné à des missions de prévention routière… J'ai épluché les dossiers, en revanche. Petites filles sociables, inscrites à plein d'activités dans leur maison de quartier, donc en contact avec pas mal de monde. Situations familiales compliquées pour la plupart.

— Qu'est-ce que tu veux dire ?

— Les Ohayon, malgré leur goût pour la fête, étaient en instance de divorce et se battaient pour savoir qui n'aurait pas la garde des enfants. Le père Ducasse venait de sortir de prison pour escroquerie et abus de confiance, et avait retrouvé sa femme au lit avec son meilleur ami. L'ambiance dans la maison n'était donc pas ce qu'on pouvait appeler sereine.

— Et Camille ?

— Camille était élevée par ses grands-parents, avec son frère et sa sœur plus âgés. Ses parents sont morts dans un accident quand elle avait deux ans. Les grands-parents ont l'air très bien, hein, mais évidemment un peu dépassés par la situation. Ils avaient eu la mère de Camille sur le tard après cinq autres enfants et, en 2011, ils avaient déjà plus de soixante-dix ans.

— Mon Dieu… »

Je ne sais pas quoi ajouter, honnêtement. Je repense bizarrement au poème que j'ai trouvé derrière le cadre et hésite à en parler à Teddy. Je voudrais lui raconter, mais, après ma crise de nerfs au sujet de mon père et sa potentielle maîtresse, j'ai moyennement envie de subir d'autres moqueries quant à ma paranoïa. Je ferme les yeux et réfléchis quelques instants. Teddy en profite pour se lever et revient avec une grande bouteille d'eau fraîche dont il avale la moitié avant de me la tendre en souriant.

Je lui raconterai plutôt demain.

Chapitre 20

C'est presque devenu une habitude de rentrer à Ploumanac'h à des heures tardives, quand tout le monde est couché. Comme quand j'étais ado et que j'essayais de me faufiler en douce sans réveiller mes parents, ce qui, bien sûr, ne fonctionnait que dans la mesure où mon père acceptait de prétendre ne pas m'entendre faire tomber les clefs sur le carrelage ou faire chauffer un morceau de pizza dans le micro-ondes avant de le monter dans ma chambre.

Ce soir-là, je profite à nouveau du calme de la nuit sous le kiosque. La température a baissé légèrement et je suis contente d'avoir pris un gilet. Je cogite tant et plus sur les événements de ces derniers jours. Tout est tellement étrange, les époques se mélangent dans ma tête et le manque de sommeil n'aide en rien. Teddy a raison sur un point, j'ai besoin de me rassurer sur mon père.

J'appelle Greg.

« Allô ? »

Sa voix est endormie. À cette heure-ci pourtant, il joue habituellement à des jeux en ligne, micro-casque vissé sur la tête, bouteille de soda et montagne de gâteaux bien sucrés savamment installés à portée de main.

« Greg, c'est moi.

— Alice ? Tu m'as fait peur, tout va bien ?

— Je te réveille ?

— Euh, nan, nan, enfin si, un peu, mais c'est pas grave, vas-y, qu'est-ce qu'il y a ?

— J'ai un service à te demander.

— OK, on pourrait peut-être échanger trois politesses avant, non ? Tu ne m'as pas répondu hier.

— Désolée, Greg, les vacances sont un peu plus chaotiques que prévu. Je ne voulais pas t'ignorer, promis.

— Raconte ? »

Je le débriefe sur les gros sujets : l'enfant disparue, dont il avait entendu parler à la télé, mon père au comportement étrange, Lucas qui a trouvé sans le savoir le bracelet de mon amie d'enfance enlevée il y a vingt-cinq ans. Je me garde de lui parler de Teddy, précaution inutile sachant que sa copine à lunettes est probablement à côté de lui dans le lit au moment où on se parle.

« Waouh, on se croirait dans un mauvais film.

— Mouais, je me passerais bien de tout ça, crois-moi. J'étais super contente de voir que Lucas s'acclimatait bien à la vie ici et chaque jour on se fait un tour de montagnes russes émotionnelles.

— Je vois ça, désolé.

— Et toi, Greg, ça va ?

— Pas mal, je termine un gros projet pour le boulot, donc je suis un peu sur les rotules, mais sinon, ça va bien. Je vais prendre une semaine fin août. Je pourrais essayer de prendre Lucas, au moins quelques jours ? »

J'hésite. L'irresponsabilité dont il a fait preuve quand il a abandonné son fils pour aller vivre son amour ailleurs m'a fait enrager, mais je sais au fond de moi qu'il s'en occupera bien, si ce n'est mieux que moi.

« Oui, bien sûr. Il sera content.

— Bon, et ton service alors, c'est quoi ?

— Tu peux me trouver des infos sur une femme, si je te donne son nom ? »

Il souffle.

« Ben, ça dépend du nom. Si elle s'appelle Marie Dupond, évidemment, c'est plus compliqué que si elle s'appelle Marguerite-Georgette de la Croix de mes Fesses… Et puis tu veux quoi comme données, parce que, franchement, ça peut aller chercher loin tout ça ! »

Il entreprend de me réciter tout un charabia de réglementation européenne de protection des données personnelles, de serveurs en Irlande, d'arrestation de hackers aux États-Unis, de protocoles de sécurité, jusqu'à ce que je l'interrompe.

« Bon, tu peux le faire, oui ou non ?

— Oui, enfin je peux essayer.

— Je t'envoie son nom par texto. Merci.

— Attends, Alice. Pourquoi tu veux des infos sur cette bonne femme ?

— C'est mon père. Je… je crois qu'il a une maîtresse.

— Tu crois ou tu es sûre ? »

Et puis, finalement, il s'interrompt, réalisant la maladresse de sa question. Il n'ose plus rien dire et promet de m'envoyer tout ce qu'il pourra trouver, sans garantie que ça soit dans les prochaines vingt-quatre heures puisqu'il me répète qu'il doit absolument finir son projet en priorité.

Je le remercie et nous raccrochons.

Notre entente cordiale en plein milieu d'un divorce est un souci de moins sur ma liste qui s'allonge de jour en jour.

Chapitre 21

Jeudi 27 août

« Flash infos BFM, il est 6 h 30. Des analyses ADN sont en cours sur l'objet personnel de la petite Paloma Lanchas retrouvé près de l'étang de la vallée des Traouïero, et seront comparées au fichier national des empreintes génétiques, qu'on appelle officiellement le FNAEG. Ce fichier, mis en place on vous le rappelle en 1998 à la suite de l'affaire du tueur de l'Est parisien, le tristement célèbre Guy Georges, dénombre désormais plus de trois millions de profils génétiques dont quelque cinq cent mille non identifiés. » Le reporter en chemise impeccablement repassée et pantalon de costume est planté devant un laboratoire d'analyses médicales fermé qui pourrait être n'importe où en France et n'est vraisemblablement pas celui dans lequel les analyses criminelles sont faites.

En buvant ma deuxième tasse de café de la matinée, lovée dans un des confortables canapés en cuir de la salle télé, je profite que tout le monde dorme encore.

Le reporter cède sa place aux présentateurs de la matinale. « Comme vous le voyez, l'enquête progresse dans la disparition de cette petite fille de six ans et, en exclusivité, nous avons pu recueillir le témoignage de ses parents. » Un couple dans la quarantaine apparaît à l'écran, peau mate, yeux gonflés d'avoir pleuré. On devine qu'elle est belle malgré l'absence de maquillage et le pull noir qui camoufle ses formes. Lui paraît solide et soutient sa femme au sens propre comme au sens figuré. Elle s'exprime en premier, avec un fort accent espagnol : « Palomita est une petite fille très gentille, elle n'a jamais fait de mal à une mouche. Tout le monde l'aime chez nous et dans sa famille et dans la maison de quartier et au poney-club et je voudrais qu'elle rentre à la maison. Sa place est avec son papa et sa maman et ses frères et sœurs. Je ne comprends pas comment elle a pu partir et je voudrais la retrouver. S'il vous plaît, s'il vous plaît. » Puis elle se met à sangloter et quitte le champ. La caméra se recentre sur le père qui ajoute : « On n'a pas beaucoup d'argent, mais on est prêts à donner tout ce qu'on a pour qu'on nous rende notre petite fille. Elle est heureuse avec nous, et elle manque beaucoup à tout le monde. » L'image se fige sur son regard désespéré avant de revenir sur le plateau.

Je remarque qu'ils parlent encore d'elle au présent, et cela me brise le cœur. L'espace d'un instant, je me souviens de ma panique un jour où Lucas s'était caché dans un supermarché ; j'ai mis seulement quelques minutes à le retrouver, mais durant ces quelques minutes, malgré l'excès d'adrénaline qui me poussait à fouiller frénétiquement chaque allée, chaque caisse, chaque recoin, la terre s'est ouverte sous mes pieds. Alors, je pense à ces parents, à ceux de Victoire et à ceux des cinquante mille enfants qui disparaissent chaque année en France, vient-on de m'expliquer sur BFM à l'aide d'un synoptique.

« Bonjour, ma chérie.

— Papa. »

Je suis fâchée contre lui, contre sa façon de me parler, contre sa maîtresse, contre ses mensonges, et je sens qu'il va m'être compliqué de faire bonne figure.

« Tu as bien dormi ?

— Pas top, non. Nuit courte. Et toi ?

— Ça allait. Écoute, chérie, je suis désolé pour hier. Je ne sais pas ce qui m'a pris, je suis sur les nerfs en ce moment, le traitement de ta mère ne fonctionne pas aussi bien qu'avant et je suis inquiet pour elle. Je n'aurais pas dû m'en prendre à toi.

— Je comprends. C'est oublié. »

Ça n'est évidemment pas du tout oublié, et je ne suis pas sûre de comprendre, mais je veux que cette conversation se termine au plus vite.

« Je dois aller faire quelques courses ce matin. Tu peux rester à la maison, si jamais ta mère avait un problème ? Elle est couchée, elle se repose.

— Bien entendu.

— Merci, chérie. Ne la dérange pas, surtout. Je serai rentré pour le déjeuner. »

Il repart et je souffle un grand coup.

Quelques minutes plus tard, une série de coups de klaxon stridents me conduit à me précipiter vers la fenêtre, intriguée qu'il puisse se passer quelque chose de pas ordinaire au bout de notre rue si calme.

Dans l'allée qui mène au garage, Catherine Sérac au volant de sa Mini rouge et noir bloque le 4 × 4 de mon père. Je n'ai pas le temps de me demander ce qu'elle peut bien faire là qu'elle sort en furie et colle son visage contre la vitre du conducteur. Quand mon père la baisse, elle se met à crier : « Je sais tout, Carl, je sais tout ! Et tu vas finir par le payer, je te préviens ! Avoue ! Avoue ! » en pointant un doigt accusateur sur son front. Sans attendre sa réponse, elle donne un coup de pied dans la portière, jure et retourne à sa voiture en claudiquant, puis démarre en trombe dans un crissement de pneus, effectuant un demi-tour sur la pelouse et arrachant au passage deux jeunes rosiers remontants qui venaient de fleurir.

Mon père, voyant que je suis à la fenêtre, me fait un signe de la main indiquant que tout va bien, puis un autre que je traduis par « Elle est folle », avant de partir à son tour.

Lucas, réveillé par les cris de Folcoche, refuse de petit-déjeuner et ne me quitte pas d'une semelle. Quand je l'accompagne dans sa chambre-bibliothèque et qu'il attrape un deuxième ouvrage sur les légendes et traditions bretonnes, je repense au carton de photos que je devais jeter hier et qui attend dans ma chambre, et lui propose à la place qu'on en regarde quelques-unes ensemble. Je voudrais en particulier lui montrer ses arrière-grands-parents, dont je n'ai à Paris qu'un seul cliché pas très net.

L'exercice se révèle fastidieux. Lucas me questionne soit sur l'histoire ou l'architecture de tous les bâtiments en arrière-plan, soit sur un arbre généalogique que j'ai bien du mal à lui constituer, étant donné que les seules personnes que je connaisse dans ma famille sont mes parents et ceux de mon père. Je sais que mon grand-père était breton pure souche, sa femme franco-allemande, qu'ils se sont rencontrés dans un contexte de Seconde Guerre mondiale un peu flou et qu'ils ont vécu quelque temps en Allemagne avant de revenir définitivement sur les terres familiales à Perros quand mon père était adolescent. Je raconte à Lucas ce que je sais de Gildas, mon oncle qui n'a pas eu la chance de devenir adulte. Ma grand-mère portait un tout petit portrait de son fils décédé en médaillon autour du cou et a été enterrée avec.

Du côté de ma mère, j'ai encore moins d'infos. Elle est née en Italie – Lucas, je le sens, note mentalement toutes les recherches qu'il effectuera dans l'encyclopédie, dès que nous aurons fini, sur l'Allemagne, sur l'Italie, sur la Seconde Guerre mondiale et même sur le handicap de mon oncle. Je devrais lui dire qu'il est trop jeune pour se renseigner sur tout cela, mais j'ai appris à ne pas sous-estimer son cerveau plus analytique que 99 % de la population. Ma mère, donc, est née dans la région d'Aoste. Elle a perdu ses parents assez tôt. Elle a été placée chez les bonnes sœurs et y a passé toute sa jeunesse, apprenant parfaitement le latin et l'anglais en plus de ses deux langues maternelles – le français et l'italien –, et se qualifiant avant ses dix-huit ans pour devenir institutrice. Elle a finalement trouvé un petit boulot de secrétaire médicale à Milan, et c'est comme ça qu'elle a rencontré mon père, quand il était en visite en Italie pour un colloque. Coup de foudre, fiançailles, emménagement dans le sud de la France, là où mon père a eu son premier poste, et la suite, Lucas la connaît.

Et trente-cinq ans après, il la trompe sans vergogne, je pense amèrement.

Avant que je puisse l'empêcher, Lucas a déjà attrapé un autre album, un de ceux que j'avais refusé d'ouvrir hier et qui porte une étiquette « Association Perros-Guirec » écrite par ma mère, dont je reconnais l'écriture fine et précise. Ce sont des photos de groupe principalement, ou prises lors de sorties organisées par la ville. Beaucoup d'enfants qui jouent et tirent la langue à l'appareil, des spectacles de fin d'année, une ou deux expositions de peinture – en plus du piano, ma mère a donné des cours d'initiation à la peinture au pastel – et des repas de fête pris dans une salle qui m'est familière.

Je lis quelques légendes :

« *À la découverte des korrigans, avril 1999* »

« *Noël à la MJC, décembre 2001* »

« *Le port de Perros au fusain et pastel, mai 2002* »

« *Atelier sculpture sur argile, juin 2005* »

« *Sortie kayak dans la vallée des T., juillet 2006* »

« *Exposition peinture pariétale, mai 2009* »

« *Soirée crêpes festival celtique, août 2011* »

Sur la première photo de groupe, Lucas pointe du doigt ma mère en récitant son prénom, son nom et son lieu de naissance. Puis il pointe un autre visage en disant : « grain de beauté sur le menton ». Et répète cela sur plusieurs clichés. Je n'y prête que moyennement attention, la qualité des photos et la distance à laquelle elles ont été prises ne permettant pas vraiment de voir ce genre de détails. Jusqu'à ce que je réalise avec effroi que Lucas n'a pas repéré ledit grain de beauté sur le menton, mais reconnu quelqu'un qu'il a déjà vu de près.

2001, 2005, 2011. Je sors de leur pochette les trois photos de ces années-là. En plus de ma mère, parmi la demi-douzaine d'animateurs, principalement des femmes, un homme aux lunettes teintées mais dont je devine le regard déviant. Stéphane Berléand.

Retranscription des séances de thérapie,
Dr Schreiber.

Séance 14, jeudi 2 avril, 11 heures.

DR SCHREIBER : J'ai appris que tu avais fait pleurer une petite camarade de classe hier.

L'ENFANT : Oui, docteur.

DR SCHREIBER : Tu veux bien m'expliquer ?

L'ENFANT : Si vous voulez, docteur.

Note : L'enfant hausse les épaules et continue à dessiner sur son cahier.

DR SCHREIBER : Ce que je veux, c'est t'aider, tu te souviens ?

L'ENFANT : Oui, docteur.

DR SCHREIBER : Bien. Alors, raconte-moi, s'il te plaît.

L'ENFANT : C'est Paquita.

DR SCHREIBER : Qui est Paquita ? C'est elle, la petite fille que tu as fait pleurer ?

L'ENFANT : Oui, docteur. Elle vient du Portugal. Elle n'a plus de papa.

DR SCHREIBER : Le Portugal, c'est un très beau pays. Je suis allé le visiter plusieurs fois, tu sais ? Bon, bon. Concentrons-nous. Que s'est-il passé avec Paquita ?

L'ENFANT : Je lui ai dit qu'elle est belle comme un cœur.

Note : L'enfant dessine et j'attends la suite, qui ne vient pas pendant plusieurs minutes.

DR SCHREIBER : Et ? L'infirmière m'a raconté qu'il s'était passé autre chose.

L'ENFANT : Je lui ai fait mal au zizi.

DR SCHREIBER : Pourquoi est-ce que tu as fait ça ?

L'ENFANT : Parce que.

DR SCHREIBER : À ton avis, est-ce bien ou mal de faire ça ?

L'ENFANT : La maîtresse dit que c'est mal, docteur.

DR SCHREIBER : Mais toi, qu'en penses-tu ?

L'ENFANT : Je ne sais pas. (*L'enfant hésite.*) Je pense que c'est mal.

DR SCHREIBER : Alors, pourquoi tu as fait ça, si tu penses que c'est mal ?

L'ENFANT : Parce que je n'ai pas pu m'en empêcher, docteur. Et...

DR SCHREIBER : Et ?

L'ENFANT : Parce que j'en avais envie.

Note : L'évocation de cette pulsion semble un élément concret à creuser.

Note : En annexe ce dossier, un rapport de mise en garde à destination des enseignants. L'enfant risque de multiplier ces comportements déviants, vu son incapacité actuelle à ressentir une quelconque culpabilité face à la transgression des règles et à la souffrance infligée à autrui.

Note : La séance est arrêtée à 11 h 23.

Chapitre 22

Teddy ne répond pas. Je lui laisse un message cryptique : « Rappelle-moi, s'il te plaît, dès que tu peux. Je crois que j'ai quelque chose. »

Stéphane Berléand a fait du volontariat à la MJC de 1998 à 2015 au moins, si je me fie à la date inscrite au dos des photos. Un frisson me traverse de part en part. La coïncidence est trop grande, ce type est un pervers. Je bouillonne. J'hésite à appeler la gendarmerie, mais préfère laisser Teddy gérer.

« Allô ?

— Teddy ! Enfin !

— Qu'est-ce qui se passe ? Tu me fais peur, là...

— Teddy, putain, je regardais un vieil album avec Lucas, un que je devais jeter, enfin que ma mère voulait jeter, bref, on regardait des photos, et on a vu toutes ces photos de la maison de quartier, de la fin des années 1990 jusqu'à 2015, par là, et au milieu des gosses et des animateurs... je n'ai pas pu vérifier s'il y avait des photos des petites gamines, parce que je ne me souviens plus de leur visage, mais c'est sûr qu'elles étaient là, et...

— Bon, écoute, je suis à cinq minutes de chez toi, j'arrive. Je ne pige pas un mot de ce que tu racontes. À tout de suite. »

Et il raccroche, me laissant haletante au bout du fil.

Quand je le fais entrer, il balaie le hall du regard pour vérifier que nous sommes seuls avant de m'embrasser à pleine bouche. Je me serre contre lui un court instant, puis me résous à me détacher pour pouvoir lui raconter notre découverte.

« Tu m'offres un café ?

— Bien sûr. »

Il se dirige d'un pas assuré vers la cuisine. Il connaît cette maison par cœur. Je ramasse sur la commode l'album et le tas de photos que j'ai préparées en l'attendant et le suis.

« Tes parents ne sont pas là ?

— Mon père est parti je ne sais où et ma mère est là-haut. »

Il me fait un signe de tête pour m'indiquer qu'il comprend ce que ça signifie.

Pendant que je fais couler son café, je lui explique d'une manière un peu plus structurée ce que j'ai découvert et ma suspicion à propos de Berléand.

« Putain… », répète-t-il en regardant les photos.

Je lui demande s'il a sur lui des photos des trois petites disparues pour comparer aux miennes. Il sort son téléphone et me le tend, sans lâcher Berléand des yeux.

« Le code, c'est le même que d'habitude. Dans les albums, regarde à Victoire. »

2-6-0-4. Le jour de notre premier baiser.

Je retrouve facilement les portraits épinglés sur son tableau en liège, et entreprends de rechercher les visages sur les photos.

J'en trouve quelques-uns qui ressemblent, mais entre la mauvaise qualité des clichés et les poses des enfants, difficile d'être sûr à 100 %.

Sur l'une d'elles, pourtant, je suis catégorique. C'est Émeline, au premier rang d'une photo de groupe. Elle est placée entre Berléand et ma mère et chacun d'eux a une main posée sur une épaule de la fillette. Il me donne envie de vomir.

Teddy prend une photo de la photo avec son téléphone et appelle un des gendarmes affectés à l'enquête sur la disparition de Paloma.

« Legoff, c'est Sérac. […] Non, je ne te dérange pas longtemps, promis. Je voulais te partager un nom qui pourrait t'intéresser. […] Crois-moi, tu veux vérifier son emploi du temps de lundi. […] Non, je n'ai pas de témoin, et je n'ai même pas de preuve matérielle, mais fais-moi confiance, s'il te plaît. […] Stéphane Berléand. B-e-r-l-é-a-n-d. Aucune idée de sa date de naissance, mais il est photographe dans le coin. […] Merci, Serge. Tiens-moi au courant dès que t'as fait la vérif. »

Et à partir de cet instant, les secondes s'égrènent aussi lentement que des heures et mon esprit agité dérive malgré moi sur les sévices subis par ces fillettes… abusées par Berléand, j'en suis désormais certaine.

Teddy repart avec la promesse de me tenir informée dès qu'il aura de nouvelles informations. Je ne tiens pas en place, contrairement à Lucas qui remplit paisiblement son cahier de jeux, agenouillé devant la table du salon. Je décide de l'emmener faire un tour, afin de prendre un peu l'air. Cette maison m'étouffe. Je préviens ma mère à travers la porte que je vais me promener, que je reste joignable et qu'elle peut m'appeler à tout moment. Pas de réponse.

Je sais que je ne dois pas la déranger quand elle se repose. Je le sais depuis que j'ai l'âge de comprendre qu'on ne désobéit pas à ses parents. Mais je voudrais m'assurer qu'elle va bien avant de partir.

J'entrouvre la porte. La pièce est plongée dans l'obscurité, mais la lumière du jour perce à travers les volets. Je l'aperçois couchée en position fœtale au bord de son lit. Elle me fait face. Ses yeux sont fermés, mais s'ouvrent en grand au moment où je m'apprête à refermer la porte. Elle murmure quelque chose que je n'entends pas et je m'approche d'elle.

« Maman, je dis doucement. Tu m'entends ?

— Mon petit ange… Oh, mon ange. Maman t'aime, tu sais. Et tu aimes Maman, n'est-ce pas ?

— Bien sûr, Maman. »

Sa voix semble venue d'ailleurs, elle n'est clairement pas consciente. Je ne sais même pas si elle m'a entendue. Le tiroir de sa table de nuit est entrouvert et laisse apparaître une boîte de Tercian. Un neuroleptique connu pour ses effets sédatifs. Est-ce le nouveau traitement tenté par mon père ? Garder ma mère dans un demi-coma pour lui éviter de se fatiguer ? Cette idée me semble impossible, mais je me promets de lui demander une explication.

J'embrasse ma mère sur le front et sort sans faire de bruit.

Sur le trajet, mon téléphone bipe trois fois. Chaque fois, j'espère que c'est Teddy. Mais je ne reçois qu'une pub pour des médicaments qui font maigrir, un rappel du prochain rendez-vous de Lucas chez le dentiste et un message de mon père.

Je ne serai finalement là qu'en milieu d'après-midi, chérie, je vais déjeuner avec des copains. Vous avez de quoi manger dans le frigo ? Bises, Papa

Je brûle d'envie de lui dire qu'un de ses copains est peut-être un meurtrier et que j'apprécie moyennement qu'il drogue ma mère, mais je me contente d'un :

On est allés faire un tour rapide avec Lucas, on achètera de quoi manger. À tout à l'heure, bisous

En ville, l'ambiance est finalement tout aussi délétère. Sur les terrasses des cafés comme dans les magasins, Paloma est sur toutes les lèvres, et chacun y va de sa théorie, et de son jugement. Les parents sont de mauvais parents, la délinquance a augmenté de manière exponentielle dans la région à cause du laxisme du gouvernement, l'enfant est probablement déjà mariée de force quelque part au Maghreb. Je ne veux pas que Lucas en entende davantage. Nous déambulons au hasard des rues, j'achète un cornet de frites pour lui et un sandwich pour moi, que nous mangeons assis sur un banc au milieu d'une petite place sans intérêt.

« Chéri, tu veux bien me dire maintenant où tu as retrouvé le bracelet avec le demi-cœur ? Tu vois, j'ai l'autre moitié de ce cœur. Je te l'ai montrée hier. Ce bracelet a beaucoup de valeur pour moi, parce qu'il appartenait à une petite fille que j'aimais beaucoup. C'était mon amie, tu comprends ? »

Je lui souris et serre mes deux mains l'une contre l'autre pour lui illustrer mon amitié en langue des signes. Lucas me regarde, l'air vaguement concerné, mais ne répond rien. Il joue avec ses doigts, sans pour autant former de signe compréhensible. Il fallait que je réessaie. Je sens les larmes me gagner et j'abandonne en me répétant que ce bracelet n'a finalement pas d'importance et qu'il aurait pu être n'importe où.

Nous rentrons en silence. Je ne suis ni aérée ni requinquée par cette sortie.

Retranscription des séances de thérapie, Dr Schreiber.

Séance 17, mercredi 22 avril, 11 heures.

DR SCHREIBER : Il paraît que je dois te féliciter.
L'ENFANT : Pourquoi, docteur ?
DR SCHREIBER : Parce que ton comportement est exemplaire. La maîtresse m'a dit que tu avais été particulièrement sage ces trois dernières semaines.
Note : L'enfant hausse les épaules.
DR SCHREIBER : Elle m'a indiqué que tu respectais les règles et que tu avais apporté une attention toute particulière à tes devoirs. C'est très bien. J'espère que tu as compris que c'était important d'avoir une bonne attitude en classe.
L'ENFANT : Oui, docteur.
DR SCHREIBER : Oui, quoi ?
L'ENFANT : Oui, j'ai bien compris, docteur.
DR SCHREIBER : Très bien. Je voudrais qu'on reparle de Galilée. Tu te souviens de Galilée le poisson, n'est-ce pas ?

L'ENFANT : Oui, docteur.

DR SCHREIBER : Pourrais-tu me décrire à nouveau ce qui s'est passé ce jour-là ?

L'ENFANT : J'ai fait une vilaine chose. J'ai tué Galilée, alors que c'était seulement un gentil poisson. Je regrette.

Note : L'enfant garde la tête baissée, ce qui m'empêche d'observer quel hémisphère cérébral est sollicité lors de cette réponse.

DR SCHREIBER : Tu regrettes vraiment ?

L'ENFANT : Oui, docteur. C'était méchant. Il ne faut pas tuer les animaux.

Note : Je suis incapable d'évaluer si l'enfant est sincère.

DR SCHREIBER : Pourrait-on maintenant parler du mensonge ?

L'ENFANT : Le mensonge, c'est très mal, docteur. Après, les gens ne nous croient plus. Il ne faut pas mentir.

DR SCHREIBER : Tu as raison, il ne faut pas mentir. Je vois que tu as bien retenu nos leçons. Ne pas faire de mal aux autres – y compris aux animaux –, respecter les règles, ne pas mentir. J'ai envie de te croire, bien sûr. Mais comment pourrais-je m'assurer que tu me dis bien la vérité ?

L'ENFANT : Je ne sais pas, docteur. Mais l'infirmière m'a dit que vous étiez un bon docteur.

DR SCHREIBER : Et ?

L'ENFANT : Si vous êtes un bon docteur, vous avez dû réussir à me guérir, non ?

Note : L'enfant lève les yeux et sourit.

Note : Je suis perplexe, mais ai tendance à penser que les séances lui ont permis de comprendre quelques notions qui lui faisaient défaut. Si cette tendance à l'amélioration se poursuit, nous pourrons bientôt aborder et traiter les raisons de sa présence ici.

Note : L'enfant est d'une intelligence très au-dessus de la norme et je voudrais lui faire passer un test de QI.

Note : La séance est arrêtée à 11 h 28.

Chapitre 23

Mon père nous attend dans le hall avec sa tête des mauvais jours. Je suggère à Lucas d'aller se laver les mains, puis de continuer son cahier de jeux au salon.

« Tu as laissé ta mère toute seule ! Alice, bon sang ! J'ai été obligé d'écourter mon déjeuner pour rentrer !

— Oui, ben… Avec la quantité de médocs que tu lui fais avaler, elle ne risque pas d'aller loin, Maman !

— De quoi tu parles ?

— Du Tercian, Papa, je l'ai vu dans sa table de nuit. T'avais rien de moins fort ?

— Tu as fouillé dans ses affaires en plus ? »

On dirait qu'il va exploser. Je suis à deux doigts de tout lui balancer pour son Adriana et pour Berléand, mais je sais que ça n'est pas le moment.

« Je suis passée la voir avant de partir faire un tour, pour vérifier que tout allait bien. Et tout allait bien, d'ailleurs, en dehors de son état semi-comateux. Tu vois, je ne suis pas aussi irresponsable que ça ! »

Je lui dis ça d'un air de défi. Un air qui veut dire : *Vas-y, Papa, ose m'en rajouter une couche, toi qui es si parfait.*

« Tu ne comprends rien. Laisse tomber », lâche-t-il.

Il baisse les yeux et part dans la cuisine. Et moi, je me mets à nouveau à pleurer. Malgré ce que j'ai dit, je me sens totalement irresponsable au contraire, je ne m'occupe pas bien de mon fils, je n'ai pas pris soin de ma mère, et l'absurde déroulement de cette semaine de congé me fait prendre conscience de l'erreur que j'ai commise en venant ici.

Lucas, qui m'a sans doute entendue sangloter, me rejoint et me prend la main. Je le serre dans mes bras, incapable de contrôler le flot de larmes qui se déverse sur mes joues puis dans ses cheveux.

Nous montons tous les deux dans ma chambre et Lucas s'installe sur le carrelage de la salle de bains avec son cahier. Je l'observe dessiner des motifs géométriques dans les marges avant de compléter les exercices.

Le dossier d'enquête de Victoire attend sur mon bureau ; je n'ai pas très envie de me plonger dedans, mais la perspective d'y trouver un élément la reliant à Berléand me motive. J'installe le gros classeur sur mon lit et, avant d'entamer sa lecture, vérifie une dernière fois sur mon téléphone si Teddy ne m'a pas laissé un message.

Huit centimètres d'épaisseur de papiers et deux pages de garde avec une cinquantaine de documents référencés : photos, rapports d'analyses, expertises, contre-expertises, comptes rendus de recherches, retranscriptions d'interrogatoires, résultats d'enquête de voisinage, rapport d'autopsie, antécédents médicaux de la victime et du suspect, relevés téléphoniques et j'en passe. Le tout, daté de 1995 et tapé à la machine à écrire. Un bond en arrière. Je ne sais pas par où commencer, je n'ai jamais eu entre les mains de rapport d'enquête criminelle et ne sais même pas si le dossier est classé dans un certain ordre.

Le lieu du « kidnapping » a été photographié sous toutes les coutures. Des marqueurs jaunes numérotés sont placés à côté d'un mégot de cigarette, d'un papier de chewing-gum, d'une branche cassée sur le bas-côté. Je ne m'attarde pas dessus.

Le dossier contient également une multitude de photos de Victoire, probablement fournies par ses parents. Les revoir me plonge dans des souvenirs heureux, et je les serre un instant contre ma poitrine. Sur aucune des photos on ne voit Berléand.

Je réalise en lisant le PV récapitulatif d'audition des témoins que Berléand n'a pas été entendu. Du moins, son nom ne figure pas sur la liste. Je le note sur mon téléphone pour en parler à Teddy, et continue à parcourir méthodiquement chaque page dans l'ordre. Je revis, la boule au ventre, les dernières heures de Victoire, par le témoignage des parents, celui de Teddy, la description par Marie-Louise du déroulement de la matinée des enfants jusqu'à leur départ pour l'école. La dernière fois qu'ils l'ont vue. Ma bouche est sèche et je déglutis difficilement. Je repense à la détresse de Teddy et au poids de sa culpabilité.

Je fronce les sourcils en constatant que l'enquête de voisinage n'a absolument rien donné : aucun des cinquante habitants interrogés à proximité de l'arrêt de bus n'a rien vu, rien entendu, « une fin de journée ordinaire ». Seule une riveraine est convaincue d'avoir entendu la petite chanter une comptine en espagnol cet après-midi-là, une chanson qui parlait de *piñata*. Ce qui n'a évidemment pu être confirmé par personne. Il est indiqué plus loin que la riveraine en question vit seule et souffre de troubles mentaux. L'esprit de la campagne : chacun chez soi et tout le monde sera bien gardé. Ou pas, en l'occurrence.

Le coup de fil anonyme a été reçu par une certaine Marine Leclerc, gendarme adjointe volontaire assurant la permanence à l'accueil de la gendarmerie ce lundi 17 avril 1995. Sa transcription est précise : « Vous devriez aller perquisitionner chez les Daraud, à Kermaria. Le fils Daraud a une camionnette blanche exactement comme celle que vous cherchez et je ne serais pas étonné que vous trouviez dans le garage quelque chose qui prouve qu'il a à voir avec votre affaire, voire pire. Le fils Daraud ne sait pas s'exprimer, donc, c'est sûr qu'il ne vous dira rien sur la petite, mais il faut faire confiance aux preuves matérielles. » Mme Leclerc précise que son interlocuteur a refusé de décliner son identité, a raccroché dans la foulée et n'avait aucun accent. Elle sait juste dire que c'était un homme et ajoute dans son rapport qu'elle pense que la voix est celle d'un jeune adulte, mais sans certitude.

Le message me met mal à l'aise. Le dénonciateur non identifié parle un langage judiciaire,

« perquisition », « preuves matérielles » ; il oriente directement la police vers le garage, ce qui est très précis, et établit d'avance que Daraud ne passera sans doute pas aux aveux faute de moyens d'expression. Je mets le document de côté. Il n'y a rien d'autre dans cette pochette, mais je suppose que la gendarmerie a tenté de remonter la trace du coup de fil.

La pochette suivante concerne justement Jean-Marc Daraud. Des photos en noir et blanc de lui jeune enfant, souriant, tenant la main de sa mère, font place à une photo d'adolescent sous respirateur sur un lit d'hôpital. Le cliché suivant le représente adulte, devant sa ferme, s'appuyant sur une fourche. Dans le fond de l'image, posé à côté de la porte d'entrée, un appareil que je reconnais comme étant un kit d'assistance respiratoire typique de la fin des années 1980.

Je fais glisser les autres photos entre mes doigts. Il en reste trois. La première est celle, en gros plan, de la petite culotte rose que portait Victoire ce mardi. On voit qu'elle est sale et souillée, sans plus. La seconde est un gros plan également, celui du mot qu'il a laissé, gribouillé sur une feuille de journal : « *Pardon* ». Et le dernier cliché est celui de son corps décharné, pendu à un ventilateur de plafond dans une pièce encombrée de cartons et d'un établi sale sur lequel sont entassés des outils.

Je lis ensuite l'interrogatoire de sa mère, recueilli après sa mort. La pauvre femme s'exprime visiblement dans un français approximatif et je me demande comment elle a signé son PV. Il n'est question, sur des pages entières, que de l'innocence de son fils, un pauvre garçon malade qui n'aurait « même pas fait de mal à un poulet ». Pour justifier la plainte d'attouchement sur mineure qui avait été déposée contre son fils quelques années avant le crime, elle explique qu'il a juste soulevé sa chemise parce qu'il avait chaud et que la « petite bonne femme à côté a eu les jetons pour rien ». Comme elle avait douze ans, ses parents avaient été directement au commissariat, mais eux-mêmes avaient fini par admettre qu'il n'y avait rien eu du tout. Son interrogatoire se termine par : « Mon fils, il allait mourir bientôt de toute façon de cette saloperie de mucoviscidose. Il avait prévenu qu'il préférait choisir la date de sa mort, tout le monde le savait. Ça ne fait pas de lui un meurtrier ! Mon pauvre gosse a passé la moitié de sa vie dans un hôpital et l'autre tranquille chez lui, à embêter personne, et il a quand même fallu que vous pourrissiez sa mémoire. Je vous déteste, vous les flics, je vous maudis tous ! »

Agrafé au PV, le certificat de décès de Marie-Agnès Daraud en janvier 1996, de mort naturelle.

Malgré la culpabilité de Daraud, je suis bouleversée par ce plaidoyer d'une mère pour son fils. Il me reste toute la partie médico-légale à étudier, mais j'ai besoin de sortir faire une pause.

Lucas et moi descendons ensemble au salon. Il a rendez-vous avec son grand-père pour aller planter je ne sais quelles boutures préparées la veille et il regarde sa montre fébrilement pour ne pas être en retard. Je souris. Il me ramène dans le monde des vivants. J'attrape une canette de Perrier dans la cuisine et passe par la salle télé pour allumer BFM TV. « Un suspect a été placé en garde à vue il y a quelques instants », indique le reporter précédemment envoyé au laboratoire d'analyses médicales et désormais planté devant un commissariat.

Mon cœur s'accélère. « Nous ignorons son identité, mais il pourrait s'agir d'un proche de la famille. Les forces de l'ordre ont travaillé sans relâche depuis l'annonce de la disparition de la petite Paloma Lanchas, et un porte-parole de la famille nous a indiqué qu'ils étaient soulagés, je cite ses mots, que l'enquête progresse et qu'ils ont toujours espoir de retrouver Paloma saine et sauve. »

J'envoie un message à Teddy en prenant une capture d'écran du bandeau bleu de BFM :

C'est Berléand ? Ils ont trouvé qqchose ?

Il me répond :

J'aurai confirmation ce soir.

Tout à coup, je n'ai plus envie de lire quoi que ce soit sur Jean-Marc Daraud. Je voudrais être dans les bras de Teddy.

Tu es dispo ?

19 h 30, pas avant. À tt à l'heure. T.

J'en conclus que c'est une invitation à passer chez lui, et je décide de m'octroyer un break en attendant. Le poids qui oppresse ma poitrine depuis lundi a sensiblement diminué à l'annonce de cette arrestation, et une petite flamme d'espoir de retrouver

Paloma en vie s'est rallumée au fond de moi. J'enfile une paire de bottes de pêche trop grandes trouvée dans le meuble de l'entrée et descends jusqu'au fond du jardin aider Lucas et mon père. J'ai presque envie de faire la paix avec ce dernier.

Chapitre 24

Après quelques minutes passées à triturer inutilement de petits monticules de terreau, je me lasse de l'exercice.

« Papa, je vais y aller. Au fait, ça t'embête si je rentre un peu tard, ce soir ? »

Je lui indique Lucas du coin de l'œil. Il lève un pouce ganté vers le ciel.

« Pas de problème. Amuse-toi ! Et puis, honnêtement, tu es inefficace au possible dans un jardin, alors, on peut vraiment se passer de toi... »

Il me tire la langue. Je retrouve l'espace d'un instant un peu de complicité avec mon père. Et je sais ce qu'il lui en coûte de m'encourager à passer du temps avec Teddy.

« Et... je peux te piquer une bouteille ? »

Je lui souris d'un air faussement angélique, et il fait semblant de protester, mais acquiesce avant de se remettre à arroser la terre, suivi de près par Lucas.

Je prends le temps de me faire belle. Je veux que nous profitions pleinement de notre soirée. J'en ai besoin.

Teddy a fait le même effort, pour mon plus grand plaisir. Il a enfilé une chemise sombre et un jean, mais me reçoit pieds nus et cheveux mouillés, ce que je trouve particulièrement sexy. Il m'embrasse longuement et attrape la bouteille que je lui tends.

« Un gevrey-chambertin premier cru ? On fête quelque chose ? demande-t-il d'un air entendu en allant déboucher et carafer le vin.

— Nos retrouvailles ? » je tente en souriant innocemment.

L'air embaume les herbes de Provence, un plat en sauce mijote en frémissant dans une sauteuse, le couvert est déjà mis sur le bar de sa cuisine à l'américaine et je remarque qu'il a retiré des murs les tableaux de liège. Ces attentions me touchent, surtout la dernière. Je connais l'importance pour lui de rester concentré sur ces affaires.

Je me place derrière lui et l'enlace, le contact de son corps électrisant le mien et rendant mon bas-ventre à nouveau douloureux. Mes mains se baladent le long de son torse, puis descendent vers la boutonnière de son jean. En m'y attardant un peu, je sens son désir gonfler et c'est sans grande difficulté que je l'entraîne dans la chambre, non sans qu'il ait auparavant coupé le feu sous la casserole et servi deux verres de vin qu'il apporte.

Je le déshabille lentement, et j'entends sa respiration s'accélérer à chaque bouton. Quand je fais glisser son jean et son caleçon sur ses chevilles et que je m'agenouille devant lui, il pousse un soupir rauque et passe les mains dans mes cheveux. Il finit par m'attraper pour me remonter à sa hauteur et me jette sur le lit.

Nous y passons à nouveau des heures, nos corps entrelacés s'acharnant à oublier le monde extérieur dans des étreintes et des jouissances quasi animales.

Le dîner est divin, et ce, d'autant plus que nous parvenons à discuter d'un million de sujets qui n'ont rien à voir avec Victoire, Paloma ou l'infidélité de mon père.

« Tu as vachement progressé en cuisine en dix ans !

— Et pas qu'en cuisine, si je me fie à tes cris de lionne tout à l'heure… »

Je rougis.

« L'alchimie sexuelle est un phénomène qui intéresse de plus en plus de médecins, tu le savais ?

— Quoi, tu veux dire qu'en faisant l'amour, on peut guérir les maladies ? »

Nous rions tous les deux et il nous ressert deux verres qui terminent la bouteille. Teddy en sort une autre d'une petite cave électrique.

« Pas aussi bonne que celle qu'on vient de boire, précise-t-il comme pour s'excuser.

— Je suis sûre qu'elle sera parfaite, je le rassure. Tu te souviens quand on était capables de prendre des cuites avec du vin de cuisine type La Villageoise ? On buvait ça avant de partir en soirée avec… comment s'appelait ton pote de la fac de droit, déjà ?

— Cédric.

— Oui ! Cédric ! »

Le vin me monte un peu à la tête et je m'égaie d'un rien. L'avantage d'avoir l'alcool joyeux.

« Il devient quoi, ce Cédric, d'ailleurs ?

— Crois-le ou non, il est avocat.

— Impossible ! La dernière fois que je l'ai vu, il fumait plusieurs joints par jour.

— L'un n'empêche visiblement pas l'autre », ironise Teddy.

Il prépare deux assiettes de gâteau chocolat-banane-noix de coco. Il s'est souvenu de ma pâtisserie préférée. Je n'ose pas lui dire que j'en ai déjà mangé pendant trois jours à la maison, ma mère en ayant également préparé un énorme, et que j'aurais préféré une salade de fruits.

« Tu te souviens de comment était Charlie quand on était petits ? » je demande à Teddy, lovée contre lui dans son canapé.

Il lève un sourcil.

« Bien sûr. La petite terreur de la cour de récré. Aujourd'hui, c'est juste un looser. Il n'est pas méchant, j'en suis sûr.

— Tu crois vraiment qu'il est inoffensif ? Son sourire me file la chair de poule.

— Il fait plus pitié que peur, tu ne trouves pas ? Cela dit, je ne me souviens plus vraiment de ce qu'il avait fait, juste que c'était un gamin un peu dérangé.

— Il était odieux, toujours à nous persécuter. Le genre de garçon qui arrache les ailes des abeilles ou qui jette des cailloux aux chats pour s'amuser. Les filles étaient terrorisées, il n'y a que Victoire qui lui tenait tête !

— Ça ne m'étonne pas. Quand tu vois qu'elle était capable de se planter devant ma mère, bras croisés, en attendant ses punitions… Une vraie guerrière !

— C'est vrai ! » Puis j'enchaîne : « Sérieusement, j'ai un mauvais pressentiment à propos de Charlie. Bien sûr, 99 % du temps, ces gamins perturbés expriment seulement un gros mal-être intérieur et un besoin d'attention…

— Et le pour cent qui reste ?

— Des sociopathes. Aujourd'hui, on dit "atteints d'un trouble de la personnalité antisociale". Mais ça veut dire la même chose. Ils peuvent outrepasser la loi et commettre les pires méfaits sans jamais ressentir de remords. Un trouble inguérissable. »

Je m'arrête et j'éclate de rire, un fou rire nerveux que je n'arrive pas à contrôler.

« Non, mais Teddy… » Je halète dans ma crise de rire. « Arrête-moi quand je me mets à plomber l'ambiance comme ça ! »

Il m'attire plus près de lui et me susurre à l'oreille :

« Moi, je te trouve super sexy quand tu parles comme un docteur… D'ailleurs, je crois que je me sens fiévreux. Tu ne voudrais pas venir m'ausculter dans la chambre ?

— Mmh, c'est vrai que j'ai prêté serment ; si je ne faisais pas d'examen approfondi (j'appuie volontairement sur ce dernier mot), je pourrais être accusée de non-assistance à personne en danger... »

Teddy se redresse, me soulève et m'emporte tel un objet jusque sur son lit, tandis que je proteste en riant.

À 2 heures du matin, nous nous endormons épuisés dans les bras l'un de l'autre et aucun de nous n'a même pensé à vérifier sur nos téléphones si la garde à vue de Berléand avait rapproché les enquêteurs de la petite Paloma.

« Café ? Toujours noir et sans sucre ? »

Une main attrape la mèche de cheveux qui me tombe sur les yeux et la déplace délicatement derrière mon oreille.

« Mmh-mmh...

— Je prends ça pour un oui. »

L'odeur du café achève de me réveiller et je me redresse tant bien que mal sur l'oreiller.

« Quelle heure est-il ? » je demande, soudain angoissée à l'idée que Lucas soit déjà réveillé et ait demandé après moi.

Je me souviens que mon téléphone est resté dans le salon.

« Ne t'inquiète pas, ma beauté. Il est 5 h 45. Je dois partir bosser, c'est pour ça que je t'ai réveillée. Tu peux rester là autant que tu veux. Je te laisse un trousseau de clefs sur le bar. »

Il se penche pour m'embrasser et imprègne ma peau de son after-shave. Je voudrais le retenir au lit, mais je sais qu'il est très sérieux à propos de son travail et je ne veux pas le mettre en retard.

Je l'entends mettre ses chaussures et, enroulée dans un drap, le rattrape in extremis au moment où il passe la porte.

« Attends, Teddy ! Tu as des nouvelles de Berléand ?

— Pas encore. Mon contact m'a dit qu'ils avaient trouvé de quoi le mettre en cabane, mais pas encore de quoi le lier à Paloma.

— Quoi ? Je ne comprends pas.

— Alice, je ne peux pas t'en dire plus.

— Teddy, tu plaisantes ? »

Je me sens soudain très bête. Il ne me fait pas confiance. Je fais demi-tour et pars furieuse dans la chambre pour me rhabiller et quitter cet appartement.

« Pédopornographie. »

Il est apparu dans l'encadrement de la porte et me regarde enfiler ma robe à la hâte.

« Quoi ?

— Les cyber ont visiblement trouvé des images porno de gosses dans son PC. Plusieurs centaines d'images qui s'étalent sur deux décennies.

— Merde !

— Voilà. En revanche, rien qui le relie à Paloma, et son alibi pour lundi a l'air solide, même s'ils sont en train de double et triple-checker.

— C'est forcément lui. Ils vont trouver.

— J'espère. La gamine a disparu depuis plus de trois jours… »

Il ne m'embrasse pas quand je passe devant lui, et je ne prends pas les clefs sur le bar avant de rentrer chez mes parents.

Je retrouve mon père debout devant une chaîne d'infos.

Le nom de Stéphane Berléand n'a visiblement pas encore été révélé au public. En revanche, la description qu'en font les journalistes est transparente pour quiconque le connaît et je subodore que mon père ne fait pas exception à la liste. Il est scotché devant l'écran et ne décroche pas à mon arrivée.

« Papa ? Ça va ?

— Tu as vu les news ? »

Je ne sais pas trop ce que je peux dire, alors je me contente d'un « oui ».

« Ils ont dit qui c'était ?

— Je n'ai pas entendu de nom. »

Mon père commence à s'agiter, à marcher de long en large dans la pièce, il invective les journalistes qui ne nous donnent jamais les infos utiles et les gendarmes qui arrêtent à tort et à travers. Je ne peux m'empêcher de réagir, cette fois.

« Papa, tu sais de qui il s'agit, n'est-ce pas ?

— Je crois. En tout cas, ça ressemble trait pour trait à Steph.

— Pourquoi tu dis que les gendarmes l'ont arrêté à tort ?

— Parce qu'il est innocent, voilà pourquoi ! tonne-t-il d'une voix tremblante.

— Comment tu sais ça, toi ? Il te l'a dit ? Tu as été vérifier chez lui ?

— Enfin, chérie, ça n'a rien à voir. Je le connais depuis plus de vingt ans et je te dis que ça ne peut pas être lui, c'est tout. »

Sa voix s'est radoucie.

« Perso, je l'ai toujours trouvé louche, avec un petit air pervers… »

Il hausse le ton à nouveau.

« Non, mais tu ne vas pas t'y mettre ! Alors, ça y est, le type a été amené au poste pour être interrogé il n'y a pas vingt-quatre heures et tu me dis que tu le soupçonnes depuis vingt ans ? Chérie, je croyais t'avoir mieux élevée que ça…

— Écoute, j'ai mon avis et tu as le tien. N'en parlons plus, et on verra bien si les gendarmes trouvent quelque chose.

— Ils ne trouveront rien ! Je mettrais ma main à couper que leur perquisition ne leur apportera aucune preuve matérielle et que tout ce qu'ils auront gagné, c'est de lui faire mettre la clef sous la porte avec leurs conneries. »

À ce moment précis, comme dans un film, un des présentateurs appuie sur son oreille pour réceptionner en direct un message de sa régie et le transmet aux téléspectateurs. « Nous venons d'apprendre à l'instant que ce sont des milliers de photos à caractère pédopornographique qui ont été découvertes très tôt ce matin chez le suspect interpellé hier dans l'affaire de la petite Paloma. Avec nous en direct, Martin Foucaud, notre reporter dépêché à Perros-Guirec. » Un homme barbu et visiblement mal réveillé apparaît à l'image, devant le casino de Trestraou. Quelques badauds se sont amassés derrière lui, dont certains font des signes à la caméra comme pour saluer des proches. « Effectivement, Bruno, je me trouve actuellement en plein cœur de Perros-Guirec, cette petite ville tranquille qui est au centre d'un terrible drame depuis quelques jours. Paloma Lanchas a désormais disparu depuis plus de soixante-douze heures et les enquêteurs ont mis hier soir le doigt sur une première piste solide, celle d'un homme que nous nommerons SB, un photographe d'une soixantaine d'années installé à Perros depuis le début des années 1990. La perquisition de son domicile et de son studio photo et l'analyse de son ordinateur ont permis aux équipes spécialisées dans la cybercriminalité de mettre au jour des milliers de photos pornographiques, dont une grande partie implique des enfants de moins de seize ans. » Pendant qu'il reprend son souffle, la chaîne diffuse une série de portraits floutés dont il est impossible de deviner que ce sont des photos d'enfants, et encore moins d'enfants dénudés. Le reporter reprend : « Je vous le disais donc, ce photographe de soixante-trois ans est actuellement en garde à vue, et les enquêteurs espèrent soit des aveux, soit des éléments matériels les conduisant à une Paloma saine et sauve. » Retour aux présentateurs qui ont le très bon goût de rappeler que, statistiquement, un enfant pas encore retrouvé dans les soixante-douze heures suivant sa disparition n'a plus que 70 % de chances d'être retrouvé tout court.

Mon père s'effondre sur le canapé, la tête entre les mains. Il a l'air d'avoir été écrasé par un rouleau compresseur.

« Papa ? Papa, dis quelque chose, s'il te plaît.

— Stéphane, mais il est innocent… Impossible… Pas un monstre…

— Papa, tu t'entends un peu ? Ton pote se touche en regardant des petites filles à poil ! Évidemment que c'est un monstre ! »

Et, comme il ne répond rien, j'en rajoute sans pouvoir me contrôler. J'enrage.

« Tu sais combien il y en a chaque année de petits gamins qui sont traumatisés à la suite d'abus par un voisin, un beau-père ou un ami de la famille ?… Et tu imagines s'il avait fait du mal à Lucas ? »

Mon père se met à sangloter. Je m'assois à côté de lui et le prends dans mes bras.

« Pardon, Papa, je suis désolée, je ne voulais pas… Tu ne pouvais pas savoir. Ce genre d'individu sait extrêmement bien camoufler ses vices, tu en as conscience. »

Il me serre contre lui.

« Ma petite fille, ma fille chérie, je suis tellement désolé. Tellement désolé. »

Je ne sais pas bien de quoi il est désolé, je suppose qu'il s'en veut de son erreur de jugement sur le cas Berléand, et je lui caresse le dos pour le calmer.

Il finit par se relever et sèche ses yeux d'un revers de manche.

« Bon. Je vais appeler George. Il a peut-être déjà entendu les nouvelles, sinon j'aime autant lui apprendre moi-même. »

Il m'embrasse sur le front et part en direction de son bureau.

Chapitre 25

Vendredi 28 août

Lucas me rejoint dans la salle télé, et je fonds lorsque mon petit blondinet gracile encore à moitié endormi dans son pyjama dinosaure vient se blottir contre moi.

Je me hâte de changer de chaîne et, après un long câlin qui me fait sans doute encore plus de bien qu'à lui, je vais lui préparer une tasse de chocolat chaud.

Le temps est couvert aujourd'hui et je décide d'emmener Lucas au musée de l'Histoire et des Traditions de Bretagne. Je l'ai visité une demi-douzaine de fois et l'ai toujours trouvé barbant, mais je suis convaincue que lui va aimer.

Après des préparatifs relativement longs et conflictuels, Lucas refusant de quitter sa boîte à trésors, mais le musée risquant de la lui confisquer à l'entrée, nous réussissons finalement à monter en voiture dans le calme en direction du port de plaisance où est situé le musée, à côté d'un joli plan d'eau. Lucas se régale. Ses doigts pianotent contre ses cuisses tout du long. Il étudie chaque objet, observe attentivement les reconstitutions grandeur nature, depuis les costumes d'époque des mannequins jusqu'aux objets de décoration en arrière-plan. Il lit toutes les explications à une vitesse faramineuse et je suis parfois obligée de lui courir après tant il veut avoir les yeux partout en même temps.

Le musée n'est pas très grand, mais richement fourni et, après plus de trois heures à piétiner devant les vitrines, je siffle la fin du jeu. Lucas est contrarié. Il voudrait rester et, pour éviter une crise que je sens affleurer, je lui promets que nous reviendrons avant la fin de notre séjour pour terminer la visite.

Nous nous arrêtons pour déjeuner dans une crêperie sur le trajet retour, face à la plage de Trestrignel. Le temps s'est dégagé et Lucas a l'air heureux – impassible, mais heureux, et j'en viens à penser que nous allons finalement pouvoir entamer de vraies vacances, des vacances reposantes, en laissant loin de nous quelques jours les fantômes cachés dans les bois ou derrière les portes.

Mon téléphone vibre dans ma poche. Je réalise que je ne l'ai pas regardé depuis l'entrée au musée.

Message de Teddy :

Alibi de SB tient la route pour lundi. Ça n'est pas lui...

« Merde ! je dis à voix haute.

— Merde, répète Lucas.

— Chéri... C'est un gros mot et tu le sais parfaitement. Maman est désolée quand ça lui échappe, mais tu ne devrais pas répéter pour autant, compris ? »

Il ne dit rien et reprend une gorgée de jus d'orange.

La maison est très calme quand nous rentrons, j'entends la voix de mon père parler au téléphone dans son bureau et ma mère est toujours dans sa chambre. Je sais que mon père lui a apporté de quoi manger, car les restes d'un plateau sont posés sur le plan de travail de la cuisine. Lucas attrape un cahier dans sa chambre-bibliothèque et va s'installer sous le kiosque sans un mot.

Quand mon père sort de son bureau, il a l'air plus apaisé que ce matin.

« Ça va mieux, on dirait.

— En effet. Le choc de la nouvelle…

— Tu as eu George ?

— Oui. Il est sous le choc aussi, le pauvre. »

Sans bien savoir pourquoi, je ne lui fais pas part du message de Teddy.

« Qu'as-tu prévu cet après-midi ?

— Eh bien, sieste pour commencer, et ensuite, on verra ! Un peu de Teddy, peut-être », dis-je en faisant un clin d'œil.

Il fait la moue.

« Mouais. Il va falloir que j'instaure à nouveau un couvre-feu si tu continues à traîner avec ce délinquant ! »

Il essaie de prendre une voix dure, mais son sourire le trahit.

« Bonne sieste, ma chérie. »

Puis, au moment où je commence à monter l'escalier, il m'appelle.

« Alice ? »

Je me retourne.

« Je t'aime, ma princesse. »

Je voudrais lui répondre que moi aussi, mais les mots ne sortent pas, alors je me contente de lui sourire et de reprendre mon chemin.

En ouvrant le tiroir de mon bureau à la recherche d'une aspirine, je retombe sur le petit poème trouvé derrière le cadre, et qui à deux reprises déjà m'est sorti de l'esprit vu le contexte actuel. Pour ne pas oublier cette fois-ci, j'en prends une photo avec mon téléphone et l'envoie à Teddy avec la légende :

Trouvé ça planqué dans ma chambre. Pas sûre de savoir d'où ça vient ni comment ça a atterri ici, mais je me suis dit que ça te ferait marrer. Je fais une sieste et je termine le dossier V. Je t'embrasse. Pardon pour ce matin. Je pense à toi.

Il me répond tout de suite :

Curieux ton poème. Moi aussi je te demande pardon. T.

Puis je mets mon téléphone sur silencieux, ferme les volets et m'allonge dans l'obscurité.

« Allô ?

— Alice ? C'est Sophie. Je te dérange ?

— Non, non. » Ma voix doit être pâteuse. Je dormais déjà depuis un petit moment. « Comment vas-tu ?

— On tient le coup. C'est surtout pour Rosemarie et ses petits que c'est dur.

— J'imagine. »

Je l'entends respirer bruyamment au bout du fil.

« Soph, tu es sûre que toi ça va ? »

Elle ne dit rien, mais j'entends des sanglots étouffés.

« Paloma…

— Pardon ?

— Je n'arrive pas à me sortir cette affaire de la tête.

— Tu la connais ? »

Je me force à parler au présent.

« Oui, plutôt bien ; je la voyais tous les mercredis en emmenant Enzo à la musique. Elle était tellement mignonne et affectueuse avec tout le monde, c'était un régal. De temps en temps, je la ramenais chez elle. Ça me faisait toujours de la peine.

— Pourquoi dis-tu ça ?

— Parce que, si je la ramenais, c'est que sa propre mère avait oublié de venir la chercher. »

Je déglutis.

« Tu as déjà parlé à sa mère ?

— Chaque fois que j'ai essayé, elle m'a hurlé dessus, et je n'exagère pas. Une vraie poissonnière. Non seulement elle ne s'excusait jamais d'avoir zappé l'heure de sortie du piano, mais en plus elle me suggérait fortement de me mêler de ce qui me regarde. Je t'assure, Alice, si tu avais vu la petite, elle manquait d'amour, ça se voyait. Ce que les médias montrent sur la famille éplorée, c'est un énorme mensonge, ça me met hors de moi ! J'en viens à penser qu'ils l'ont tuée, comme la petite Fiona[1].

— Sophie, peut-être qu'on va la retrouver saine et sauve, ne dis pas ça.

---

1. Affaire Fiona : affaire d'infanticide survenue en 2013.

— Arrête, Alice, sois sérieuse. Tu sais comme moi qu'on ne la retrouvera pas vivante. Ça fait quatre jours ! »

Elle éclate à nouveau en pleurs et raccroche en s'excusant.

Je mets longtemps à me rendormir, la tête pleine d'enfants malheureux, et suis réveillée deux heures plus tard par le bruit de la pluie qui bat contre les volets. Le temps s'est brusquement couvert et le ciel est noir. La température a perdu quelques degrés en deux heures et je ne peux réprimer un frisson. Je décide de descendre chercher un thé, boisson de circonstance, avant de remonter m'enfermer avec Jean-Marc Daraud.

Mon père et Lucas ne sont nulle part, j'en déduis qu'ils sont allés se promener. Je frappe doucement à la porte de ma mère avant de l'entrouvrir. La chambre est allumée, et elle est assise sur son lit, habillée et parfaitement réveillée. Elle écrit au stylo plume dans un gros carnet relié en cuir noir. En me voyant, elle me sourit.

« Oui, *mia figlia* ?

— Tu sais où est Lucas ? Papa et lui ne sont plus dans la maison et je ne les vois pas au jardin non plus.

— Non, je ne sais pas… Attends, si, ton père m'a dit qu'il emmenait Lucas faire un tour, je crois.

— Avec ce temps ?

— Tu sais, les hommes… »

Elle me sourit à nouveau et je comprends que je dois la laisser.

J'écris un message à mon père pour savoir quand ils comptent rentrer, et pour lui préciser que, Lucas ayant vite peur de la pluie et de l'orage, le mieux est de s'abriter dans la voiture par exemple et de le laisser se boucher les oreilles le temps que ça passe. Histoire qu'il ne soit pas surpris.

Je m'installe à mon bureau pour reprendre ma lecture. Les pages suivantes sont le rapport d'autopsie de mon père, entièrement dactylographié ; sur la première feuille, mon père a daté et signé de sa main un résumé des résultats. Daraud est bien décédé des suites d'une asphyxie liée à la pendaison complète par une corde en polypropylène.

> *Examen du corps sur site* : son visage présente les signes caractéristiques : ecchymoses sous-conjonctivales, oreilles et lèvres cyanosées, conséquence d'une anse de pendaison latérale. L'examen de la région cervicale montre la présence d'un sillon creux oblique cohérent avec la position dans laquelle il a été retrouvé. Lividité au niveau des membres. Sphincters et vessie vidés post-mortem. Aucun signe de lutte.
>
> *Examen nécropsique* : les poumons fortement congestionnés confirment la fibrose kystique[1]. Emphysème souspleural. Signes évidents de vitalité pré-asphyxie. Présence d'une hémorragie méningée.

Je parcours le reste rapidement, pas passionnée par les détails médico-légaux.

---

1. Autre nom de la mucoviscidose.

Suivent les résultats d'analyse des prélèvements effectués sur son corps : le laboratoire confirme la présence de liquide séminal sur la culotte de la victime, identique à celui prélevé par mon père sur Daraud. Pareil pour les poils, et des cheveux recueillis sur l'entrejambe du suspect correspondent à ceux de Victoire Sérac.

Le dernier paquet de documents agrafés vient d'un hôpital de Guingamp. Le dossier médical de Jean-Marc Daraud.

Il n'y a aucun antécédent psychiatrique, seulement le compte rendu des interventions que Daraud a subies, principalement en lien avec la mucoviscidose, ainsi que de vieilles radios. De la même manière que pour le rapport d'autopsie, je feuillette en diagonale l'épais dossier. À dix ans, il a passé trois mois à l'hôpital pour dénutrition, en plus de ses séances de kiné respiratoires quotidiennes. À quatorze ans, selon le rapport, le jeune Daraud a subi une chirurgie pelvienne à la suite d'une violente inflammation de la prostate appelée prostatite, extrêmement rare pour son âge. À seize ans, un diabète de type II s'est déclaré et l'a contraint à des injections régulières d'insuline.

Quelque chose que je n'arrive pas à formaliser me tracasse dans ce dossier. Je le reprends du début.

Mes yeux glissent d'une ligne à l'autre et refusent de croire ce qu'ils lisent.

J'ai trouvé ce qui me chiffonne.

Il faut que j'aille voir Teddy. Tout de suite.

Chapitre 26

« Teddy ?

— Oui, Alice ? Ça va ?

— Non, ça ne va pas du tout. Je dois te voir. Maintenant.

— Oh là, attends un peu, je suis au boulot, là.

— Teddy, j'ai trouvé quelque chose dans le dossier. Il faut que je t'en parle tout de suite.

— OK, OK. Rejoins-moi à mon boulot, je prendrai une pause. Tu as l'adresse ?

— Oui. J'arrive.

— Alice, souffle, tu as l'air paniquée…

— Je ne peux pas souffler, Teddy. Je ne peux pas. »

Tout en lui parlant, j'enfile une paire de baskets et attrape les clefs de la voiture de ma mère, qui ne lui sert pas beaucoup en ce moment.

Je ne la préviens pas que je m'en vais, et je sors en trombe sous une pluie diluvienne, serrant sous ma veste le dossier de Victoire pour éviter qu'il ne prenne la pluie.

Le trajet n'est pas très long, mais je manque avoir deux accidents ; je grille un stop et accélère devant un feu très, très orange. Mais je m'en fiche, je veux juste rejoindre Teddy, je veux qu'il me serre dans ses bras et surtout je veux qu'il trouve une explication rationnelle à la série de mots qui dansent non-stop devant mes yeux.

« Teddy ! »

Il frappe à la vitre et entre sans attendre par le côté passager dans la voiture que j'ai garée, en laissant tourner le moteur, devant l'usine dans laquelle il travaille.

Le pauvre est trempé et j'augmente le chauffage. Sa présence me rassure et me fait instantanément redescendre en pression.

« Bon, Alice, dis-moi. Je dois y retourner dans cinq minutes, dix grand maximum.

— Écoute, je... j'étais en train de lire le dossier comme je te l'avais promis. Pas grand-chose d'intéressant, je...

— Attends, pause. On va prendre dix secondes pour respirer avant, d'accord ? Parce que, sinon, je ne vais encore une fois rien comprendre à ce que tu me racontes ! »

Il essaie de me faire sourire, mais, cette fois, je n'y arrive pas. La terre s'est ouverte sous mes pieds il y a une demi-heure et je tombe dans un précipice sans fin.

Je m'oblige toutefois à calmer ma respiration.

« Allez, je pense que c'est bon. » Il place la main sur mon cou. « Tu me disais que tu as lu le dossier ?

— Oui, et j'avais noté que Berléand n'avait pas été interrogé, même pas comme témoin ou voisin, au moment des faits...

— OK. On garde ça en tête, même s'il va falloir vérifier s'il était dans le coin au moment de la disparition de Victoire. Plus le temps passe, plus je pense que ce mec est un pauvre voyeur, pas un meurtrier. »

Meurtrier. Le mot me fait trembler de tout mon corps. Tout à coup, je n'ai plus envie d'en parler. Peut-être que, si je ne dis rien, tout ça disparaîtra, Peut-être que j'ai tout imaginé, après tout : ce dossier, Paloma, et même la pluie qui martèle violemment la carrosserie et résonne à l'intérieur de mon crâne confus.

Teddy effectue de petites pressions sur mon cou pour me ramener dans le réel. Il doit voir à quel point je suis perturbée. Je me demande s'il pense que je suis folle.

« Alice ? Tu veux bien m'expliquer ce que tu as trouvé ? »

Je prends une grande inspiration, et j'attrape le classeur sur la banquette arrière.

J'allume la petite lampe au-dessus de l'habitacle et étale devant nous sur le tableau de bord trois séries de documents : le rapport d'analyse des prélèvements effectués, le dossier médical de Daraud ouvert sur une échographie jaunie et la série de photos prises au moment de l'enquête avec en haut de la pile une petite culotte rose souillée.

Teddy reste immobile, mais je sais qu'il serre les dents chaque fois qu'il voit cette photo. Je voudrais pouvoir le réconforter, mais, si je ne vais pas au bout maintenant, je risque de perdre le peu de courage qui me reste.

« Bon, dis-je. Je vais essayer d'être précise. Je comprends que la culpabilité de Daraud a été confortée par trois éléments : primo, ton témoignage. » Teddy s'enfonce légèrement sur son siège. « Secundo, la pseudo-confession écrite sur un morceau de journal mais qui, on le sait, ne vaut pas grand-chose. Et surtout tertio, la présence du sperme de Daraud sur les sous-vêtements de Victoire et de poils et cheveux de Victoire sur le corps de Daraud.

— Je confirme. »

Je sens que Teddy s'oblige à rester tranquille, mais qu'il meurt d'envie de me secouer pour que j'accélère. J'ai bien conscience de jouer la montre, mais la monstruosité de ce que je m'apprête à lui révéler me submerge et je ne peux m'empêcher d'essayer de gagner du temps.

J'attrape le dossier médical de Daraud.

« Daraud était atteint de mucoviscidose, une maladie génétique qui…

— Abrège, je connais cette maladie !

— OK, OK. » J'inspire. « Quand il avait quatorze ans, le pauvre Daraud a dû subir une ablation de la prostate à la suite d'une infection sévère. Je suppose que son chirurgien a voulu éviter une septicémie ou autre complication, vu son état déjà fragile… » Je montre à Teddy l'échographie du bassin, et il fronce les sourcils. « Ça, c'est son bassin. On voit ici qu'il n'a plus de prostate.

— Franchement, Alice, je ne vois rien du tout sur ta radio, là !

— C'est une échographie, mais passons. » Je tourne la page et lui indique deux lignes au milieu du compte rendu postopératoire rédigé par le chirurgien. « Teddy, tout est là : le chirurgien a écrit "*absence de vésicule séminale et agénésie bilatérale des canaux déférents, très probablement liée à la mutation du gène CFTR responsable de la fibrose kystique*".

— Alice ?...

— Tu ne comprends pas ?

— Non, je ne suis pas médecin, je te rappelle, tu m'aurais parlé en chinois que ça n'aurait pas été moins compréhensible ! »

Il s'impatiente et s'agite. Je range les documents le temps de me donner du courage, puis je me tourne vers lui.

« Teddy, en d'autres termes, ça veut dire qu'il n'avait pas de "voies" pour transporter son sperme à l'extérieur de ses testicules... Tu comprends mieux maintenant ? Il n'a pas pu laisser de sperme sur la culotte de Victoire. Il n'aurait d'ailleurs pu en laisser sur aucune culotte !

— Attends, tu veux dire que...

— Je veux dire que les analyses ont forcément été trafiquées.

— Mais pourquoi elles auraient été... Bordel, qui a pu faire ça, et pourquoi ? »

Avant que je ne puisse répondre, il m'arrache le dossier des mains et tourne frénétiquement les pages jusqu'à la dernière, qu'il déchire presque. Je sais exactement la signature qu'il y trouve et, d'une voix faible, je conclus :

« Ce que je suis venue te dire, c'est que mon père n'a PAS pu prélever du sperme sur Daraud pour le comparer à quoi que ce soit, comme il l'écrit dans son putain de rapport. Je veux dire qu'il a menti. Il a menti sur tout. Et Daraud était innocent. »

Chapitre 27

Il couvre quelqu'un. C'est la première pensée qui me vient après avoir tout balancé – et la seule que mon esprit peut accepter.

Teddy et moi sommes assis côte à côte, immobiles et silencieux sous une pluie qui semble s'intensifier. Son cerveau et le mien fonctionnent à toute allure, essayant de relier des protagonistes, des incidents, des dates, des paroles, des silences, et de donner du sens à ce que je vis encore comme un coup de massue.

« Berléand ? propose Teddy. Je reviens sur ce que je t'ai dit à l'instant. Ton père apprend que c'est Berléand qui a pris ma sœur et aide son pote à camoufler le crime ?

— Il faut demander à ton collègue de la gendarmerie de vérifier l'alibi de Berléand le jour de la disparition de Victoire !

— Pas aussi simple. L'affaire Victoire Sérac est officiellement classée, je te rappelle. Et puis Alice, si on les appelle, on va devoir leur expliquer ce que tu as trouvé dans le dossier. Tu es prête à ça ? »

Je ne sais plus quoi penser. Je triture au fond de la poche de mon blouson un morceau de papier – j'espère qu'il n'était pas important.

« Et Charlie ? je sors brusquement. Et si c'est Rousseau que mon père voulait protéger ?

— Alice, putain, arrête avec ce mec. Charlie avait quoi… dix ans en 1995 ? Et tu penses qu'il a kidnappé ma sœur, qu'il l'a tuée et qu'il a transporté son corps sur des kilomètres avant d'aller le planquer ?

— Écoute-moi un peu, Teddy : Charlie est une brute et un pervers, on le sait. Il se dispute avec Vic, ça dégénère, il ne contrôle pas sa force. Bref. Il va prévenir son père de ce qu'il a fait ; tu connais Gérard, il adore son gamin et se met des œillères sur la nature détraquée de son unique enfant. Gérard cache le corps, et demande à mon père un immense service pour ne pas détruire la vie de son fils. »

Teddy ne semble pas convaincu du tout, mais je poursuis.

« La mort de Daraud est une aubaine. Mon père – ou Rousseau – apprend qu'il s'est suicidé, et passe le coup de fil anonyme à la gendarmerie pour orienter l'enquête. Le médecin légiste et le journaliste qui couvre le dossier, quoi de mieux pour envoyer la gendarmerie et le reste du monde sur une fausse piste ? »

Il serre les poings.

« Charlie… putain de bordel de merde. J'ai vraiment du mal à y croire. Si c'est lui… » Il secoue la tête. « Combien de fois je suis allé lui filer un coup de main quand il avait des ennuis à la sortie des boîtes de nuit ?

— Teddy…

— Quoi ? »

Il respire bruyamment. Mes mains sont crispées sur le volant.

« C'est bien lundi après-midi qu'on devait se retrouver au café ? Quand Paloma a disparu ?

— Oui, et… ? »

Il cherche le rapport avec notre conversation en cours.

« Tu m'as bien dit que Charlie n'était finalement pas venu, sans prévenir ? »

Tout à coup, comme monté sur ressort, il sort de la voiture en claquant violemment la portière, court vers le poste de garde de l'usine et revient quelques secondes plus tard frapper contre ma vitre.

Je ne la baisse que de quelques centimètres, mais c'est suffisant pour que des rafales d'eau s'engouffrent et trempent mes vêtements.

« Je prends ma voiture. On se retrouve chez toi. On va parler à ton père. Et je m'occupe de Charlie », me dit-il, avant de se diriger à grandes enjambées vers son véhicule en se tenant le front d'une main.

Les dix minutes de route jusqu'au moulin de Ploumanac'h me paraissent en durer le triple. Charlie, Papa, Victoire, Daraud, Berléand, ces noms défilent en continu dans ma tête et cognent contre mon crâne.

En me garant dans l'allée, je constate immédiatement que la voiture de mon père n'est toujours pas là.

Teddy qui m'a précédée de quelques secondes partage mon constat à voix haute. Mon cœur s'accélère.

À cette heure-ci, ils auraient dû être rentrés. Personne n'a essayé de me joindre, mon père n'a jamais répondu à mon dernier message et je n'ai aucune idée d'où ils étaient censés aller.

« Lucas ? Lucas ? je hurle en entrant dans la maison. Lucas, chéri, tu es là ? »

Mais tout est plongé dans le noir et parfaitement immobile.

Je compose le numéro de mon père sur mon portable. Répondeur.

« Putain, Teddy, on fait quoi maintenant ? »

De panique, j'en oublie la présence de ma mère, et sursaute en lâchant un cri quand elle ouvre la porte de sa chambre au premier étage. L'espace d'une seconde, je me dis que c'est Lucas, mais c'est bien la silhouette fine de ma mère que je vois descendre les marches en chancelant légèrement.

« Maman ! Papa et Lucas ne sont pas revenus ?

— Je n'ai vu personne, *figlia mia.* »

Son calme m'exaspère. Au moment où je m'apprête à lui rétorquer quelque chose qui n'aurait de toute façon eu pour but que de soulager mon angoisse montante, nous entendons trois coups virils contre la porte d'entrée et Teddy ouvre à deux officiers de gendarmerie en uniforme.

« Salut, Sérac.

— Salut, les gars. Merci d'être venus aussi vite.

— Tu nous expliques ? demande celui qui a l'air d'être le plus haut gradé, tout en essuyant ses bottes mouillées sur le paillasson de l'entrée puis en avançant vers nous. Capitaine Legoff, OPJ. »

Il tend une main que ma mère et moi saisissons tour à tour, même si je suis à des lieues d'avoir envie d'échanger des politesses. Je me tourne vers Teddy et lui jette un regard interrogateur.

« Ils sont là pour aider, explique-t-il. Fais-moi confiance. »

Même si c'était moi qui avais fait cette suggestion quelques minutes auparavant, je lui en veux d'avoir décidé d'appeler les autorités, en tout cas sans qu'on ait pu d'abord interroger mon père nous-mêmes, et qu'il ait pu s'expliquer. J'ai soudain un flash de mon père dans un parloir, vieux, affaibli, menotté, et de ma mère qui se laisse dépérir seule dans cette maison. Mais ce flash est balayé par celui de mon petit garçon de neuf ans peut-être en danger, dehors, sous l'orage, et je retrouve le sens des priorités.

Teddy entreprend d'expliquer à ses anciens collègues, sans rentrer dans trop de détails, ce que j'ai trouvé dans le dossier d'enquête de Victoire et nos soupçons sur Charlie Rousseau. Le capitaine Legoff a une réaction qui me surprend.

« La priorité, Sérac, c'est Paloma. On va regarder pour Rousseau, mais on ne peut pas arrêter quelqu'un parce qu'il a une tête de pervers, tu as été de la maison, tu devrais le savoir. Quant au Dr Leroux, s'il n'est pas suspect dans l'affaire Lanchas, tout ce qu'on peut faire pour vous en souvenir de notre collab', c'est envoyer une patrouille repérer son véhicule s'il n'est pas rentré en fin de soirée. Si on doit rouvrir le dossier de ta sœur, on le fera, mais ça va prendre une plombe et on n'a pas les autorisations pour ça, là maintenant.

— Non, mais vous plaisantez ! j'interviens, excédée. Mon fils est avec lui, on ne va pas attendre minuit pour essayer de les retrouver !

— Madame Leroux, votre père représente-t-il selon vous un danger pour votre fils ? »

Je mets une seconde de trop à répondre que non. Ma mère qui s'est assise sur les marches ne dit pas un mot.

« Bon, Teddy, allons-y, reprend Legoff. Tu as une raison de penser qu'il a pu faire quelque chose à la petite ? » Puis, se tournant vers moi : « Pourriez-vous me préciser l'emploi du temps de votre père lundi dernier, plus particulièrement dans l'après-midi ? »

Teddy le coupe, l'air dépité :

« Laisse tomber, je leur ai déjà posé la question. »

Legoff me fixe toujours droit dans les yeux.

« Madame Leroux, vous confirmez ? »

Je m'apprête à répondre oui quand deux informations, d'apparence anodine et que j'avais complètement oubliées, me reviennent en mémoire. La première : j'ai entendu mon père dire à Teddy lors de sa visite matinale qu'il était allé chez les Racic quand il nous avait laissés en ville, Lucas et moi, pour aller voir « un vieil ami ». La seconde : Daniel Racic a affirmé le matin du golf qu'il était revenu de l'île Maurice mardi après-midi. Soit après la prétendue visite de mon père. Sans que je puisse me contrôler, je suis prise d'un spasme violent et une bile amère me remonte dans la gorge.

« Alice ! » Teddy se précipite sur moi et attrape mes cheveux, comme quand on avait quinze ans. « Qu'est-ce qu'il y a ? »

Je me redresse, m'essuie la bouche d'une main et réponds finalement à Legoff :

« Je ne sais pas où il était lundi en fin d'après-midi. »

Avant de tomber dans les bras de Teddy.

Dans un état semi-conscient, j'entends que les gendarmes appellent via des radios qu'ils portent à la ceinture des collègues qui leur répondent dans un grésillement insupportable, puis je les vois interroger ma mère dans l'escalier. Teddy me soutient toujours en me murmurant des mots que je ne comprends pas.

Lucas. Mon père. Mon père. Lucas. Mes pensées ne se forment pas correctement et c'est seulement après un grand verre d'eau et une paire de claques – que j'implore Teddy de me donner – que je retrouve quelques couleurs. Quand ma crise d'angoisse se calme et que je reconstitue enfin dans ma tête le puzzle de ces dernières minutes, un flot d'adrénaline monte dans mes veines et je me jette sur ma mère.

« Tu es sûre que tu les as vus partir ensemble, Maman ? Ils ne t'ont pas dit où ils allaient ? Réponds ! »

Ma mère, pâle, fixe tour à tour les gendarmes, la porte d'entrée, le couloir, et semble hésiter. Elle répond d'une voix chevrotante :

« Euh… je ne sais pas, je ne suis plus très sûre…

— Maman, bon sang, réfléchis ! »

Teddy s'approche de nous et me jette un regard noir tout en tapotant l'épaule de ma mère. Je sais parfaitement qu'elle est fragile, mais si la vie de mon fils est en jeu, je me fous qu'elle soit shootée aux neuroleptiques, j'ai besoin qu'elle se concentre et qu'elle essaie de répondre.

Chapitre 28

Une partie de l'équipe qui s'est entre-temps agrandie est installée dans le salon avec nous, l'autre fait des allers-retours entre la maison et les voitures dont j'aperçois les lumières bleutées illuminer le jardin. Legoff écoute, impassible, le récit de Teddy sur ces derniers jours, puis le mien. Et plus je parle, plus la culpabilité de mon père semble évidente. Son irritabilité, son bureau fermé à clef, ses mensonges.

Les gendarmes ont parcouru rapidement la maison ; ils ne peuvent pas fouiller en bonne et due forme pour le moment faute d'éléments probants liant mon père à la disparition de Paloma ; le juge d'instruction refuse d'émettre un mandat contre un homme sans aucun casier judiciaire et dont les méfaits sont à confirmer. Mais je comprends que plusieurs brigades de gendarmerie mobile sont venues prêter main-forte à celle de Perros et celle de Lannion pour retrouver son Range Rover gris, sans succès pour le moment.

« Si votre fils et votre père sont quelque part sur les routes, madame, on les retrouvera très rapidement, je vous le promets. J'ai également envoyé des officiers vérifier le golf où votre père joue régulièrement, son ancien hôpital et le domicile de ses amis proches. Son signalement a aussi été envoyé aux agences de sécurité des gares et des aéroports. On va vous ramener votre enfant, d'accord ? »

L'idée que mon père puisse s'enfuir avec Lucas me paraît complètement improbable.

« Mon fils... mon fils, Lucas, il est autiste. S'il panique, il est capable de s'arrêter de respirer, et si personne n'est avec lui pour le calmer, il... »

Je me mets à sangloter et me plante les ongles dans les paumes jusqu'au sang pour ne pas craquer davantage. Je veux juste retrouver mon fils. Teddy essaie de me réconforter, mais son bras paraît glacé autour de mes épaules.

Ma mère grelotte, désormais installée dans un fauteuil du salon, et le gendarme qui essaie en vain de l'interroger vient me demander si je pourrais lui apporter un gilet ou une couverture. Je file dans la chambre d'amis la plus proche au rez-de-chaussée récupérer un plaid.

« Madame Leroux, réfléchissez à nouveau, avez-vous une idée d'où votre mari pourrait se trouver à cette heure ? » lui demande-t-il calmement.

Ma mère secoue la tête.

« Avez-vous des endroits dans lesquels vous aimez aller ensemble, dans ce cas ? Des propriétés de famille ? N'importe quoi qui pourrait nous être utile ? »

Ses yeux s'allument légèrement.

« Eh bien, nous allons régulièrement nous promener vers Trestraou, ou sur le sentier des Douaniers. Mais nous y allons à pied, d'habitude... »

Le gendarme hausse subrepticement les yeux en me regardant et continue de noter ce que dit ma mère.

Je tente encore d'appeler mon père, mais son téléphone est toujours éteint. J'ai dû essayer de l'appeler vingt fois en trente minutes. Chaque fois, j'ai espoir qu'il décroche, qu'il me dise que tout va bien et que Lucas et lui arrivent. Je ne crois plus au malentendu, mais je m'accroche à l'idée que jamais il ne ferait du mal à son petit-fils.

Un des gendarmes me demande si nous avons des membres de la famille, même éloignés, qui vivent dans la région.

« Non, nous n'avions que mes grands-parents paternels, mais ils sont décédés il y a plus de vingt ans.

— Des cousins, de la belle-famille, rien ?

— Non, vraiment. Personne chez qui mon père aurait pu aller… Oh, mon Dieu ! Attendez. L'ancienne école. »

Je me tourne vers ma mère en disant ces mots, étonnée qu'elle ne l'ait pas mentionnée dans la liste des propriétés de famille, mais elle ne réagit pas. Le gendarme me fait répéter.

« L'ancienne école ? Vous pouvez préciser ?

— Eh bien, je ne sais pas où elle est précisément, et c'est sans doute une perte de temps, mais mes grands-parents avaient racheté l'ancienne école dans laquelle ils avaient enseigné pendant des décennies, et depuis, je crois que mon père avait tout barricadé, car le bâtiment est insalubre. Je ne suis pas allée là-bas depuis ma petite enfance, elle est quelque part sur la route de Kergomar, c'est bien ça, Maman ? »

Ma mère hoche la tête. Le gendarme à ses côtés l'encourage à continuer.

« Vous avez une idée de l'adresse exacte ? »

Elle se met à fredonner en secouant la tête. Le gendarme s'approche alors de moi et me dit :

« Elle est visiblement en état de choc. Je ne suis pas sûr qu'elle arrivera à nous dire quoi que ce soit d'utile avant un moment. Vous avez un nom, quelque chose ?

— Non, je me souviens juste que ça n'était pas très loin de la grotte du Lépreux. »

À l'évocation de ce lieu, les deux hommes en uniforme se regardent et l'un d'eux saisit sa radio. La grotte du Lépreux n'est qu'à quelques centaines de mètres de l'étang où les chiens ont repéré la trace de Paloma.

Chapitre 29

« Trouvez-moi les coordonnées GPS de l'ancienne école de Kergomar, fermée dans les années 1970 », aboie dans un smartphone un homme que je n'avais pas encore repéré dans la pièce. Je suis allée chercher pleine d'espoir la photo du couloir pour la montrer aux enquêteurs, mais on ne voit vraiment que l'intérieur de la salle de classe, et rien qui pourrait indiquer où elle se trouve.

« Peut-être que je saurai retrouver le chemin une fois sur place, je leur dis. Je vais y aller. »

Teddy me suit et, avant que les gendarmes aient pu nous conseiller de rester plutôt à la maison, au cas où Lucas reviendrait, nous filons dans la nuit en direction de Kergomar.

Deux voitures de gendarmerie nous rattrapent et passent devant nous. Je ne vois presque rien avec cette pluie qui s'est pourtant calmée, seulement une route de campagne entourée de fossés et des bois à perte de vue. Difficile même de croire qu'il y ait eu une école ici et, pire, des élèves marchant le long de cette route dangereuse tous les matins et tous les soirs. Je frissonne, gelée, et Teddy pousse le chauffage à fond.

« On va le trouver, Lucas. Je te le promets. »

Je serre les poings et me mords la langue plutôt que de lui répondre : « C'est ce qu'on disait aussi de ta sœur. » Il ne mérite pas cela.

Nous parcourons plusieurs fois la route, faisons demi-tour, recommençons, ralentissant chaque fois que l'un de nous identifie ce qui pourrait être une allée, pestant tant et plus de ne rien voir. Soudain, les gendarmes nous doublent à nouveau et accélèrent, et nous comprenons qu'ils ont enfin trouvé la voie d'accès. Nous les suivons sans nous soucier des limites de vitesse et bifurquons dans un crissement de pneus dans une allée sombre recouverte d'herbes hautes qu'il était quasi impossible de repérer depuis la route.

L'allée est assez longue, bordée d'arbres, de rochers et d'un amas de morceaux de métal. L'endroit est glauque et, en dehors des phares de nos trois véhicules et des gyrophares, tout est plongé dans un noir absolu. Au bout d'une centaine de mètres, les gendarmes se garent et éclairent de puissantes lampes torches un bâtiment rectangulaire sur deux niveaux, dont les murs blancs à l'origine ont viré au gris et sont envahis de plantes grimpantes. Le toit est surmonté de deux cheminées en brique bicolore et les huit grandes fenêtres qui nous font face sont barricadées de planches de bois. Nous ne percevons aucun bruit ni aucune lumière qui pourrait filtrer de l'intérieur.

Sur la droite du bâtiment, les gendarmes éclairent une surface en terre battue sur laquelle les traces d'une marelle blanche sont encore visibles.

Un des gendarmes nous ordonne de rester dehors, près des véhicules, et les quatre hommes en uniforme entament un tour de la maison par l'extérieur, par équipes de deux dans chaque direction. Ils reviennent rapidement en faisant à Teddy un signe qu'il me chuchote vouloir dire « RAS ».

La porte d'entrée est verrouillée, mais l'un des gendarmes fait facilement sauter la serrure à l'aide d'un pied-de-biche. Les trois autres entrent derrière lui, arme au poing et lampes bloquées près du visage. J'entends l'un des officiers dire qu'il n'y a pas de courant, et un autre jurer à la suite. Puis ils se signalent en criant « Gendarmerie nationale, monsieur Leroux. Montrez-vous ».

« Je veux y aller, dis-je à Teddy. Si Lucas est à l'intérieur, il va avoir peur, et il pourrait mal réagir. Ces types sont tous armés !

— Non, Alice, tu as entendu les ordres. On reste là et on attend. Il n'y a probablement personne de toute façon. La voiture de ton père n'est même pas là. Ils en ont pour quelques minutes pour tout vérifier, pas plus, ça n'a pas l'air gigantesque.

— Si ça se trouve, il s'est garé plus loin, on n'en sait rien. Teddy, j'ai tellement peur pour Lucas… »

Hors de question que je reste là sans rien faire. Je lui demande d'aller me chercher un pull dans la voiture et, dès qu'il a tourné le dos, je cours jusqu'à la porte d'entrée. Je l'entends crier : « Alice, putain ! », mais je suis déjà à l'intérieur.

J'allume la lampe de mon téléphone et reviens cinquante ans en arrière. Tout semble avoir été conservé comme à l'époque. Devant moi, un hall étroit et tout en longueur qui aboutit à une porte en bois vitrée. Les deux pans du hall sont tapissés de patères en fer à double crochet auxquelles les élèves devaient accrocher leur manteau et leur sac. Quelques crochets sont d'ailleurs occupés par une veste, un gilet ou encore une paire de chaussures d'enfant attachées par les lacets. Au sol, contre les murs, des bancs dont le bois a moisi. L'odeur est légèrement âcre. Juste sur ma droite, un escalier, en bois également, qui permet d'accéder à l'étage aux logements de fonction réservés aux instituteurs. Fut un temps, m'avait dit mon grand-père, cette école accueillait quatre classes simultanément et je suppose donc sans avoir jamais visité les lieux que le premier étage est constitué de petites chambres de bonne, peut-être d'une kitchenette et d'une salle de bains commune.

Le long du mur de gauche, entre deux rangées de crochets, une porte entrouverte et un peu plus loin un couloir qui dessert d'autres pièces dont je ne peux distinguer le nombre. Le long du mur de droite, c'est l'inverse, d'abord un couloir puis une porte fermée au-dessus de laquelle est peint le mot « Sanitaires » dans un vert écaillé.

Je vois la lumière d'une torche éclairer le couloir à droite et entends le parquet du premier étage craquer. J'appelle doucement :

« Lucas ? Lucas ! »

Un gendarme ne tarde pas à surgir devant moi et à me crier dessus d'un ton exaspéré – mais à voix basse :

« Madame Leroux ! On vous avait dit de rester dehors ! »

Il comprend à mon regard déterminé que je n'en ferai rien et m'enjoint a minima de rester derrière lui.

Je le suis docilement dans les sanitaires de l'école, composés d'une rangée de lavabos en face desquels sont installés des W-C à la turque dont les portes de saloon ne permettaient aucune intimité. La pièce dégage une odeur nauséabonde. Je n'ose pas m'approcher des toilettes, car le côté lavabo est déjà particulièrement crasseux ; les torchons accrochés de chaque côté des vasques sont devenus marron et même les blocs muraux de savon jaune qui me rappellent ma propre enfance sont recouverts d'une pellicule grisâtre. Sur les murs, des inscriptions d'enfant au stylo noir ; des noms, des dates, quelques grossièretés. Le tout laisse planer un certain malaise, comme si le temps s'était arrêté trop brutalement ici pour qu'on y mette de l'ordre avant de tout fermer.

« Il n'y a rien », dit mon accompagnateur.

Soulagée de pouvoir respirer à nouveau, je le suis dans l'immense salle de classe à gauche de l'entrée. Je reconnais la salle dans laquelle la photo de mes grands-parents a été prise, avec son imposant poêle en fonte. La pièce est presque entièrement vide, il n'y a plus ni pupitres d'écolier ni chaises, et nos pas résonnent sur le parquet. Le bureau du maître – ou de la maîtresse – en bois massif est toujours là, en revanche. Je le caresse du bout des doigts, imaginant l'espace d'une seconde mes grands-parents faisant la classe installés pile à cet endroit, corrigeant des copies, écoutant avec patience les récitations d'histoire, de géographie ou d'enseignement moral et civique d'enfants en blouse grise.

Dans les tiroirs, je trouve une vieille plume orpheline, quelques feuilles arrachées d'un cahier à grands carreaux et une boîte de bons points.

Sur le mur du fond, au-dessus du tableau noir, une horloge dont les aiguilles sont arrêtées sur 10 h 30 et un portrait de De Gaulle encadré. Un planisphère jauni est épinglé juste à gauche du tableau et, en balayant le sol de ma lampe, je découvre une demi-douzaine de petits drapeaux qui devaient à la base y être collés.

« Madame Leroux, venez, s'il vous plaît. »

Le gendarme m'attend à l'entrée de la pièce.

Nous empruntons le couloir de gauche. Les murs, peints en jaune, sont couverts de mains enfantines multicolores aux doigts écartés, apposées sans doute par les dernières générations d'élèves ayant étudié ici. Quelques dessins banals, maisons, arbres, papillons, forêts, sont fixés au ruban adhésif à hauteur d'enfant et leur conservation tient du miracle vu l'humidité ambiante.

La première salle sur notre droite est encombrée de tableaux noirs montés sur roulettes sur lesquels subsistent quelques lignes d'écriture et quelques opérations simples non résolues, de pupitres et de chaises empilés et stockés en vrac, ainsi que de matériel de nettoyage appuyé contre un coin de mur. Le tout est recouvert d'une épaisse couche de poussière.

« On ne trouvera rien ici, on ferait mieux d'aller chercher Lucas ailleurs. »

Je m'impatiente.

Mais l'officier ne m'écoute pas. J'observe ce qu'il souligne du faisceau de sa torche. Il a remarqué des traces sur le sol, mélange d'usure et de poussière. Un des tableaux noirs a visiblement été déplacé, sans doute plus d'une fois, et certainement récemment. Tout en levant son arme, il me fait signe de me taire et de sortir de la salle.

Apeurée, je m'exécute en éteignant mon téléphone. Une fois retournée dans le hall, incapable de savoir quoi faire, je reste tétanisée et compte à voix basse les secondes jusqu'à ce qu'il revienne, je l'espère, me dire que c'était une fausse alerte.

1… 2… 3… 4… Par-dessus mon cœur qui bat bruyamment dans mes tempes, je l'entends déplacer des objets lourds, j'entends le bruit d'une poignée de porte qui résiste… 5… 6… 7… 8… 9…

À l'instant où je vais compter 10, j'entends un hurlement de terreur et n'ai pas le temps de bouger pour éviter un violent impact frontal avec le jeune gendarme qui court vers la sortie, livide, retenant un haut-le-cœur d'une main plaquée sur sa bouche.

Chapitre 30

La suite se passe au ralenti.

Mon cerveau analyse qu'il s'agit peut-être de Lucas.

Mon instinct maternel me martèle que je dois protéger mon bébé.

Mon épaule endolorie par la collision avec le gendarme m'importe peu, et mes jambes flageolantes me traînent jusqu'à la salle dans laquelle est entassé le mobilier.

Au fond de la salle, une porte que nous n'avions initialement pas repérée est grande ouverte et je peux deviner de l'autre côté les lueurs vacillantes d'un éclairage à la flamme. Je m'approche sans réfléchir. Je ne ressens étrangement aucune peur. Je dois protéger mon bébé.

La porte donne sur une petite pièce aveugle de quatre mètres sur cinq tout au plus, faiblement éclairée. Une odeur âcre me saisit au nez et à la gorge et je place ma manche devant ma bouche pour ne pas vomir.

Tout en fouillant dans ma poche à la recherche de mon téléphone pour ajouter un peu de lumière, je balaie la pièce du regard. Elle me fait d'abord penser au musée de l'Histoire et des Traditions de Bretagne, avec ses reproductions grandeur nature de scènes d'époque. Une salle de classe des années 1950 ou 1960 reproduite à l'identique et en détail.

Mais, dès que j'allume la torche de mon portable, l'horreur me fige sur place.

Les murs peints dans un beige sombre sont recouverts de dessins malsains et pervers : gibets et pendus, animaux éviscérés, hommes et femmes décapités tenant leur tête souriante dans leurs mains, églises en feu, enfants noyés. Les traits semblent indiquer qu'ils ont été dessinés par un enfant.

Au fond de la pièce, un grand cadre photo trône sur un guéridon, entouré de deux bouquets de fleurs mortes. Sur la photo, un vieux portrait de famille en noir et blanc. Une famille souriante posant autour d'un sapin richement décoré. Le père est debout, en costume-cravate, l'air légèrement pincé ; la mère est assise devant lui sur le sofa, tenant dans ses bras un nouveau-né endormi. Au pied de l'arbre de Noël, trois petites filles en blouses d'écolière sourient à l'objectif. La plus âgée entoure ses deux petites sœurs de ses bras, dans un geste protecteur. Cette photo a quelque chose de perturbant qui accroche le regard et que je mets un moment à identifier : si l'on regarde avec un peu d'attention, on voit un fin liseré rouge sombre traverser le cou des personnages et commencer à perler. Comme s'ils venaient d'être égorgés et que leur portrait avait été figé par l'objectif avant même que le sang n'ait eu le temps de commencer à couler.

Deux grosses lampes à pétrole de type lampe-tempête suspendues au plafond ajoutent à l'aspect dérangeant du décor.

Au milieu de la pièce, six pupitres en bois, installés par rangées de deux devant un tableau noir comme dans une vraie salle de classe. Sur les pupitres, des cahiers aux pages jaunies, des plumiers, des images colorées comme les élèves pouvaient en gagner à l'époque pour bonne conduite. Sur le tableau sont tracées à la craie quelques lignes d'une partition et une série de mots que je n'arrive pas à déchiffrer.

Deux des six chaises d'écolier sont vides. Sur les quatre autres, quatre petites filles sont assises. Quatre petits corps désarticulés, retenus au dossier de leur siège en bois par des cordes, dans une mise en scène macabre. Leurs bras sont placés sur le pupitre, leurs mains à plat contre le bois. Leur tête baissée pend sur le côté. Trois des corps sont décomposés à l'état de squelette décharné. Le quatrième est celui de Paloma Lanchas.

Chapitre 31

Des bras me saisissent par-derrière pour me faire sortir de la pièce. Ce sont ceux de Teddy, qui me soulève du sol et me porte jusqu'à l'extérieur, puis me fait asseoir.

« Alice ? Alice ? Parle-moi, s'il te plaît… »

Anesthésiée par le choc, je reste assise sur les marches du perron, parfaitement immobile. Teddy pose un pull sur mes épaules mais je ne ressens rien, ni froid, ni douleur à l'épaule, ni angoisse. Seule l'odeur putride reste figée dans mes narines, de même que la vision de ces petits corps mis en scène.

Teddy continue de me demander si je vais bien. Je ne sais pas répondre. Aucun son ne sort de ma bouche, aucune pensée ne se forme dans mon esprit. Je l'écoute en silence me répéter que tout va bien se passer.

Deux gendarmes nous rejoignent, encadrant un vieil homme menotté à l'air résigné. Il porte un pantalon beige taché et une chemise bleue. Ses cheveux poivre et sel sont hirsutes. Il ressemble au flash que j'ai eu plus tôt dans la soirée, à la maison.

L'un des gendarmes dit à Teddy :

« On l'a chopé au premier étage, il était en train d'arroser le plancher avec des bidons d'essence. Il allait foutre le feu à tout le bâtiment, c'était moins une. Il n'a pas dit grand-chose depuis, et demande à parler à son avocat. »

Le vieil homme me regarde fixement, tête légèrement sur le côté, sans prononcer un mot, et je vois des larmes couler le long de ses joues creusées.

Notre groupe étrange rassemblé devant l'entrée du bâtiment semble perdu, en attente d'un changement qui ne vient pas. Teddy, debout, qui ne lâche pas ma main. Deux gendarmes qui soutiennent le vieil homme et s'impatientent de ne pouvoir l'interroger. Un troisième assis à même le sol, ses bras entourant ses genoux, qui ne se remet pas d'être entré dans ce théâtre monstrueux.

Quatre petits corps.
Cinq disparues.
Six pupitres.

Le vieil homme continue de me fixer. Les larmes rendent son regard flou et viennent s'écraser sur le col de sa chemise. Il finit par m'adresser la parole.

« Je suis désolé. Ça n'est pas ce que tu crois. Fais-moi confiance. Pardonne-moi, je t'en prie. Je ne suis pas un monstre. Tout ce qui a toujours compté pour moi, c'est la famille. Je vous aime tellement. La première fois, c'était un accident… Je croyais… mais il est trop tard maintenant. Tout ce que j'ai fait, c'était par amour. Tu comprends, ma princesse ? »

Sa princesse.

Mon père.

En une microseconde, je ressens à nouveau le froid, la douleur, l'angoisse. Je me lève d'un bond et lui saute dessus. En lui griffant le visage et en le frappant de toutes mes forces, je lui hurle :

« Où est Lucas ? Qu'est-ce que tu as fait de mon fils ? Qu'est-ce que tu as fait de Lucas ? »

Puis je lui assène une gifle avant qu'un des gendarmes ne fasse signe à Teddy de me maîtriser.

Je crois lire de l'incompréhension dans les yeux de mon père.

« Lucas ? murmure-t-il, davantage pour lui que pour moi. Non, non, pas Lucas, non, pas Lucas… Non… pas un petit garçon… Oh, Alice… »

Il pousse soudain un cri glaçant qui résonne dans les bois alentour et s'écroule inconscient sur le sol.

« Papa ? Papa ! Réveille-toi ! »

Je suis agenouillée à côté de lui et lui prodigue les premiers soins comme je peux malgré la douleur lancinante de mon épaule droite, le plaçant sur le côté et tentant de lui faire reprendre connaissance. Les gendarmes ont déjà appelé des secours, mais j'ai entendu dans leur radio qu'ils ne seront pas là avant plusieurs minutes.

Je suis bouleversée par les mots qu'il a prononcés.

« Je ne suis pas un monstre. »

« Ça n'est pas ce que tu crois. »
« Il est trop tard maintenant. »
Je ne comprends rien à ce qui se passe, l'angoisse m'étreint la poitrine et m'empêche de respirer correctement. Mon cœur est déchiré entre mon amour pour le père qu'il a été et ma haine pour ce qu'il a pu faire à ces enfants. Et à mon enfant.

En quelques minutes, l'espace autour de nous s'emplit de véhicules qui arrivent sirènes hurlantes et pilent sur le gravier, des fourgonnettes de la gendarmerie aux voitures banalisées de la PJ, et même d'un camion de pompiers qui a été appelé en prévention, en raison du risque d'incendie.

Des projecteurs puissants ont été installés devant l'école, sur le terrain en terre battue ainsi qu'à l'intérieur de la bâtisse.

Une femme munie d'un épais rouleau jaune s'applique à baliser le périmètre. Elle a l'air perdue.

L'ancienne école grouille rapidement de monde qui s'affaire à relever des empreintes, à tout photographier et à tout mettre en sachets, chacun étant proprement camouflé sous une combinaison intégrale en polypropylène et portant des gants en latex. Le médecin légiste dépêché sur les lieux fait son apparition en costume-cravate, visiblement contrarié d'avoir dû sortir d'une soirée mondaine pour venir effectuer les premières constatations avant de donner le go pour qu'une équipe déplace les cadavres. Quatre brancards funéraires taille enfant attendent d'ailleurs déjà à côté de la porte d'entrée.

Deux ambulances arrivent enfin et quatre femmes en descendent, toutes vêtues de rouge. Sur un signe de tête de Legoff, trois d'entre elles se précipitent vers mon père, prennent ses constantes vitales, puis le soulèvent par les aisselles et le placent sur un brancard mobile. Pendant ce temps, la quatrième vérifie rapidement mon pouls, observe la dilatation de mes pupilles en m'aveuglant sans prévenir avec une petite lampe et, après m'avoir demandé de bouger le bras dans tous les sens, me rassure sur le fait qu'a priori je n'ai pas de luxation. Elle propose toutefois d'immobiliser mon épaule en écharpe le temps qu'un spécialiste puisse confirmer son diagnostic. Je hoche la tête sans réfléchir. Je pousse un cri de douleur lorsque la jeune femme me pose l'attelle, mais ne lâche pas mon père des yeux.

Je les vois brancher et appliquer sur son visage cireux un masque à oxygène. Il reprend connaissance quelques secondes, mais semble incapable de s'exprimer, puis il replonge. Les ambulancières penchent pour un AVC, et décident de l'emmener à l'hôpital le plus proche.

Avant qu'il ne parte, je lui demande à nouveau :

« Où est Lucas, Papa ? Où est Lucas ? »

Ma voix finit par n'être plus qu'un maigre filet presque inaudible. Je suis au bord de l'épuisement, mais je veux partir avec lui. Je veux qu'il me dise où est mon fils. Legoff m'attrape par le bras au moment où je tente de grimper de force dans l'ambulance.

« On a retrouvé Lucas, madame Leroux. Il va bien. Il est avec un de mes collègues. Il vous attend à la maison. »

Chapitre 32

Sur demande expresse de Teddy, qui est resté près de moi tout du long, Legoff m'autorise à me faire raccompagner chez moi avant de prendre ma déposition, et je l'en remercie. On ne m'a rien expliqué quant aux circonstances dans lesquelles Lucas a été retrouvé et ma seule priorité est de serrer mon fils contre moi. Teddy m'aide à m'installer dans un véhicule bleu et blanc et me promet qu'il me rejoindra vite.

Sur le trajet, bercée par la chaleur et le confort du siège passager, l'épaule bien calée contre la portière, je m'autorise à respirer à nouveau.

« Vous avez des enfants ? » je demande au conducteur en me tournant légèrement vers lui.

Il doit avoir vingt ou vingt-deux ans, un grand rouquin tout maigre qui tient le volant comme on apprend à l'auto-école et qui ne quitte pas la route des yeux. Il semble hésitant, pas certain d'avoir le droit de m'adresser la parole.

« Je ne dirai à personne qu'on s'est parlé, je vous le promets. »

Le jeune conducteur ne sourit pas.

« J'ai une fille de dix-huit mois, Margaux. C'est votre père qui a soigné sa bronchiolite. »

Je m'enfonce dans mon siège, atterrée, et me tourne à nouveau vers la fenêtre. J'attrape mon téléphone pour me donner une contenance, mais le conducteur me fait signe de l'éteindre. J'ai le temps de noter l'heure, 20 h 15. Entre le moment où je suis allée voir Teddy à son travail et cet instant, il s'est écoulé moins de trois heures. Trois heures et quatre petites vies.

Trois véhicules sont stationnés dans l'allée, moteurs allumés. Lucas est debout devant la maison, une couverture de survie sur les épaules, entouré par un médecin du SAMU et un pompier qui lui parlent calmement. Il est droit comme un I, son visage ne trahissant aucune émotion. Ses vêtements sont couverts de boue.

« Lucas ! Chéri ! » Je cours vers lui, oubliant tout le reste, et tombe à genoux devant mon enfant. « Mon amour ! Mon grand chéri ! Tu m'as fait une de ces peurs ! Tu vas bien ? »

Je pleure en le palpant de partout, pour vérifier qu'il n'a rien. Le médecin me confirme qu'il ne présente aucun signe de violence physique quelconque, pas plus que de lutte.

« Mon chéri, où tu étais ? Tu sais qu'on t'a cherché partout ? »

Un gendarme, que je n'avais pas encore croisé, m'indique qu'il l'a retrouvé à l'intérieur du moulin à marée, à quelques mètres de là. Il était seul, assis dans un coin, et gardait contre lui une boîte en métal. Il tremblait de froid et n'a accepté de quitter sa place qu'après avoir pu étudier en détail la carte d'immatriculation du représentant de l'autorité.

Lucas laisse le gendarme expliquer, me regarde, ses doigts pianotent contre sa cuisse. Il est soulagé.

Je lui demande pourquoi il était au moulin à marée et, contre toute attente, il s'approche de mon oreille et murmure :

« Je me cachais du Monstre. »

Chapitre 33

Ma mère est prostrée dans un fauteuil du salon, dans l'exacte position qu'elle avait juste avant mon départ pour Kergomar. Elle est couverte du plaid que je suis allée lui chercher et ressemble à une mère-grand de conte pour enfants. Une femme d'une cinquantaine d'années boit un thé à ses côtés et lui parle doucement. Mais ma mère n'écoute pas, elle semble ailleurs et se contente de répéter : « Il a tout détruit » et « Il a tout gâché ».

« Bonsoir…

— Bonsoir, madame Leroux. Je m'appelle Svetlana Doreïeva, je suis infirmière. On m'a demandé de venir discuter avec votre mère afin de m'assurer qu'elle n'est pas un danger pour elle-même. Ne vous inquiétez pas, je resterai là le temps qu'il faudra.

— Ah ! Très bien. Merci. »

Je ne sais pas d'où elle sort, mais je lui suis sincèrement reconnaissante de me soulager de ce poids. Lucas ne me quitte pas d'une semelle et il va me falloir parler à Legoff à un moment ou à un autre ; la perspective de devoir en plus veiller sur ma mère m'apparaît comme insurmontable ce soir.

Je fais les cent pas dans la maison, errant de pièce en pièce. Je demande à tous les présents des nouvelles de mon père, dont le pronostic vital n'est pas engagé mais qui n'est visiblement toujours pas en mesure d'être interrogé. Je propose à Lucas des boissons chaudes et fraîches toutes les deux minutes, je fais du café, je refais du thé, le tout avec un bras valide et un autre qui me fait atrocement souffrir malgré les antalgiques. Je ressens une angoisse sourde à l'idée de m'arrêter.

Si je me pose, je vais devoir réfléchir à tout ce qui vient de se produire. Je vais devoir affronter le fait que mon père est un tueur en série. Un tueur d'enfants.

Teddy, qui nous a rejoints, demande à Lucas s'il veut bien lui montrer quelques livres dans la bibliothèque. Il a déjà donné sa déposition et a bien compris que je refuserai de parler devant mon fils. Lucas m'interroge du regard, je lui rends un sourire d'encouragement et fais « oui » de la tête, je me penche pour lui dire à l'oreille que je l'aime très fort et que Teddy aussi je l'aime très fort, et qu'il est très gentil, et qu'on peut lui faire confiance, puis je m'assois face à Legoff à la table de la cuisine dont il a refermé la porte. Il y règne un silence étonnant, contrastant avec l'agitation du salon.

« Madame Leroux, je tiens à vous dire que vous êtes entendue simplement sous le régime des témoins. Nous n'avons aucune raison plausible de soupçonner que vous avez commis ces crimes, ou une quelconque infraction. Vous êtes libre de vous arrêter de parler à tout moment et, quoi qu'il arrive, nous devrons arrêter dans les quatre heures. »

Je suis fatiguée. J'ai les nerfs en vrac. J'ai mal. Ça ne durera pas quatre heures.

« C'est quoi, votre prénom, Legoff ? Moi, c'est Alice. Ça vous dérange de m'appeler Alice ?

— Serge. OK, Alice, allons-y. Il est 20 h 37. Alice, pourriez-vous me répéter les éléments qui vous ont fait soupçonner l'implication de M. Leroux dans une affaire criminelle ? »

Je réfléchis trente secondes pour organiser mes pensées et je commence à raconter. Plus je parle, plus j'ai besoin de tout recracher, de vider un sac qui en l'espace d'une semaine s'était rempli de plomb. Les mots défilent, se bousculent, je dois parfois ralentir et réexpliquer. Tout y passe. De l'absence de mon père lundi après-midi à sa falsification manifeste des prélèvements dans l'enquête sur la disparition de Victoire, découverte par hasard en relisant un compte rendu d'opération vieux de quarante ans, en passant par son mensonge sur les Racic. Je confie à Legoff la violence de ses propos quand j'ai évoqué avec lui le bracelet retrouvé dans la boîte de Lucas. Je lui avoue mon doute sur son emploi du temps le jour de la disparition de Victoire, un mercredi il y a vingt-cinq ans. Toutes les pièces d'un puzzle monstrueux s'assemblent au fil de mon récit. Je garde pour moi en revanche l'existence de sa maîtresse au prénom de top model, et mes soupçons sur la surmédication de ma mère.

Legoff enregistre tout sur un petit dictaphone, comme dans les années 1990, en ponctuant simplement la conversation de quelques « Bien », « Je vois » et « Mmh-mmh » discrets et encourageants.

J'ai besoin de faire une pause et nous allons tous les deux dans le jardin griller une cigarette. Je n'avais pas fumé depuis mes dix-huit ans et mes poumons brûlent au passage de la fumée.

« Alice, je vais maintenant devoir vous demander de raconter ce que vous avez fait, dit et vu à Kergomar. Vous êtes d'accord ? » me demande-t-il une fois que nous avons repris nos places à la cuisine et qu'il a rallumé le dictaphone.

Je hoche la tête.

« J'ai besoin que vous acceptiez verbalement, Alice, précise-t-il en montrant du menton le petit appareil.

— Oui.

— Bien. J'ai conscience du traumatisme des événements de ces dernières heures, aussi je…

— Serge, ça va, n'en faites pas trop. Je vais m'en sortir. »

En réalité, je pense au fond de moi que je ne vais pas m'en sortir du tout, mais une poussée d'orgueil m'oblige à prétendre le contraire.

« Très bien, très bien. »

Il prononce ces mots avec le ton de celui qui sait malgré tout que c'est bien plus compliqué que cela.

« Bon, je commence ? Je voudrais aller coucher mon fils après, si vous le permettez.

— Évidemment, Alice. Je vous l'ai dit, vous pouvez partir quand vous voulez. »

Je repars donc de notre trajet jusqu'à Kergomar, mon besoin impérieux d'entrer dans l'école pour retrouver mon fils – ce qui lui fait froncer les sourcils –, ma rencontre avec le jeune gendarme – qu'il m'apprend s'appeler Kerouac –, notre visite dans la pièce où les pupitres étaient entreposés, les traces au sol, mon attente angoissante dans le hall, Kerouac qui s'enfuit en vomissant.

« Et vous vous êtes dit que c'était une bonne idée d'aller voir, seule ? » ne peut s'empêcher de demander Legoff. Puis il se reprend. « Pardon, Alice, continuez. Donc, vous allez voir pourquoi Kerouac a hurlé.

— Oui, à ce moment-là, honnêtement, je ne réfléchissais plus à rien, je me suis dit que c'était peut-être Lucas, et que je devais aller le sauver.

— OK.

— La salle dans laquelle on a retrouvé les corps, vous voulez aussi que je vous la décrive, je suppose.

— Tout ce que vous pourrez me dire sera grandement utile, Alice. »

Sa manière de répéter mon prénom m'agace.

« Bon. Au début, je ne voyais pas grand-chose. En revanche, l'odeur était quasiment insoutenable. Je n'ai pas reconnu l'odeur des cadavres, pour tout vous dire. Peut-être que j'aurais dû. Je ne sais pas. Ce que j'ai vu en premier, ce sont les dessins. Vous les avez vus aussi ? »

Il hoche la tête.

« J'ai reconnu la touche d'un enfant. Des scènes morbides, des représentations de la mort et de la violence sous toutes ses formes. J'en ai étudié des similaires, en stage, il y a longtemps. C'était terrifiant. Vous aviez déjà vu quelque chose comme ça ? »

Cette fois, il secoue la tête.

« On ne rencontre pas beaucoup de tueurs en série dans notre belle région, heureusement.

— Ces dessins ne sont pas forcément l'œuvre d'un tueur en série, en théorie. Mais de quelqu'un qui n'est pas capable de ressentir du remords, de la culpabilité ou de l'anxiété à l'idée de transgresser les règles, très certainement. »

Je réalise ce que je suis en train d'impliquer, et me pince les lèvres. Legoff a l'air tout aussi mal à l'aise que moi.

« Si on revenait à la description de la pièce, s'il vous plaît, Alice ?

— D'accord. Après les dessins, j'ai vu la grande photo encadrée au fond de la pièce. Ne me demandez pas pourquoi je n'ai pas observé précisément les tables d'écolier et les enfants avant, je n'en sais rien. Je vous raconte ça comme je m'en souviens.

— Bien sûr.

— Cette famille souriante, au milieu de ce décor horrible… Ça m'a paru complètement incongru.

— Vous avez une idée de la provenance de cette photo ? »

Je ne comprends pas tout de suite pourquoi il me pose cette question.

« Aucune ! Comment je pourrais sav… »

Mon père, bien sûr. Je secoue la tête.

« Aucune, désolée.

— Ne soyez pas désolée. »

Facile à dire.

« Ce qui m'a encore plus perturbée, c'est que certains des enfants ont l'air morts. »

Il prend un air surpris.

« Vous regarderez bien. Ces gamins, ils ont l'air d'avoir été égorgés. »

Je m'arrête un instant, la tête trop pleine d'images. Je pense à Lucas, je voudrais être allongée à côté de lui, sentir sa chaleur et son cœur qui bat. Je me force à enchaîner.

« Après le tableau, j'ai vu les pupitres et, bien sûr, les enfants… C'est bizarre de les appeler comme ça.

— Vous pouvez dire les victimes, Alice.

— Oui, OK. Donc, j'ai vu ces petites victimes, quatre petites filles décomposées installées comme dans une vraie classe, les mains posées près de leur cahier d'écriture. Paloma était la pire, les autres étaient déjà décharnées, mais elle… Et c'est à ce moment-là que Teddy m'a sortie de là. »

Je souffle. Serge pose sa main sur la mienne.

« Alice, je sais combien c'est dur de revivre tout ça. Et je suis sincèrement, sincèrement désolé pour vous et votre famille.

— C'est vous qui êtes désolé, maintenant ? »

Je ne retire pas ma main, mais le contact de sa paume moite ne m'apaise pas. Je sais ce qu'il veut dire. L'enquête va continuer pendant des jours, l'horreur sans nom commise par mon père va faire la une des journaux pendant des semaines, le procès va s'étaler sur des années, et le nom de Leroux sera à jamais associé à celui d'un monstre.

Peut-être est-ce juste une étape du cheminement intellectuel qu'il va me falloir dépasser, mais je n'arrive pas à me résoudre à accepter cette vérité. Un frisson me parcourt l'échine.

À 2 heures du matin, Lucas et moi sommes enfin couchés dans mon lit. Je ne sais pas s'il dort, mais ses yeux sont fermés et sa respiration régulière. Mon épaule continue de me faire souffrir ; le médecin du SAMU a refusé d'émettre un diagnostic sans faire de radio et m'a suggéré de me rendre aux urgences, ce que j'ai promis de faire. Demain. Ce soir, je veux juste mon fils. Quand nous sommes montés, ma mère somnolait au salon.

Legoff est parti, non sans promettre de revenir le lendemain avec un mandat pour retourner la maison, et a laissé deux hommes en surveillance. « Au cas où il nous viendrait à l'idée de détruire des preuves cette nuit », j'ironise devant lui avant de lui serrer la main. Cela dit, leur présence me rassure.

Teddy aussi est resté. Je lui ai suggéré de rentrer chez lui, mais il a insisté et je l'ai installé dans la bibliothèque. Il n'a rien laissé paraître, mais je n'ose plus le regarder dans les yeux. Je n'imagine que trop bien à quoi il pense. Que mon père est peut-être le meurtrier de sa sœur, qu'il recherche depuis vingt-cinq ans.

J'ai laissé mon téléphone en mode sonnerie au cas où l'hôpital appellerait.

Les yeux fixés sur les poutres du plafond, je tourne et retourne tout ce qui s'est passé. Et plus l'émotion retombe, moins j'arrive à comprendre comment mon père aurait pu faire ce dont on l'accuse.

Chapitre 34

Samedi 29 août

La matinée se passe dans le chaos le plus total. Pas moins de dix personnes débarquent à 6 heures précisément pour perquisitionner la maison. Teddy les accueille, mais Legoff lui demande rapidement de quitter les lieux. Ma mère et moi serons les deux témoins majeurs. Lucas a le droit de rester enfermé dans la bibliothèque après le passage d'une équipe qui saisit une bonne dizaine de livres ainsi que tous les documents manuscrits ou dactylographiés entassés sous les étagères, dont la thèse de mon père. Ils lui prennent également sa boîte en métal, promettant de la lui rendre après avoir bien analysé son contenu. Je vois les yeux de Lucas s'emplir de larmes, mais il ne pleure pas et reste stoïque.

Ils forcent la serrure du bureau de mon père et trois personnes y passent au moins deux heures ; je les vois faire des allers-retours les bras chargés de dossiers, ils embarquent son ordinateur et trois clés USB trouvées dans un tiroir, emportent sa collection de cassettes vidéo. Je frémis à l'idée qu'ils y recherchent pire que de la pornographie, et repense tout à coup à Berléand.

Dans ma chambre, ils récupèrent le carton de vieilles photos. Dans celle de mes parents, quelques vêtements, des paires de chaussures. Ils prennent aussi son matériel de golf au garage.

Ma mère est dans le salon, habillée élégamment et parfaitement coiffée. Elle ne ressemble plus du tout à une mère-grand, et elle écrit calmement dans son carnet en cuir. L'infirmière m'a assuré avant de partir qu'elle n'était pas suicidaire, et qu'il faudrait simplement contrôler sa prise d'anxiolytiques. « Simplement contrôler » étant légèrement compliqué sachant que je ne peux pas rester avec elle en permanence, j'ai demandé aux gendarmes l'autorisation de réunir dans un sac plastique toutes les boîtes de médicaments dangereux de la maison, ce qu'ils ont accepté avant de changer d'avis à l'issue d'un court conciliabule et de les récupérer pour les mettre sous scellés.

« Salut. »

Je n'ai pas eu le droit de téléphoner pendant des heures avant que les gendarmes ne finissent par m'y autoriser. Mon premier coup de fil est pour Teddy.

« Comment ça se passe ?

— Écoute, ils ont embarqué l'équivalent de trois mètres cubes de papiers, son PC, et des objets aussi inattendus que notre service à thé et un vieux râteau dans le jardin. Ça pourrait être pire. Je crois qu'ils ont bientôt fini, ils n'ont plus rien à prendre de toute façon. »

Je l'imagine sourire au bout du fil.

« Et toi, Teddy, comment ça va ? »

Il soupire.

« Pour être honnête, je n'en sais rien. Je tourne en rond et je n'arrive pas à trouver du sens dans tout ça. J'ai l'impression de me repasser vingt-cinq ans de film dans la tête et rien ne colle.

— Je sais. J'ai même toujours du mal à y croire.

— Tu as des news de l'hôpital ?

— Aucune. Il ne parle toujours pas, et j'ai à peine le droit de savoir qu'il est conscient.

— Et Lucas ? Et ta mère ?

— Aussi bien que possible, Lucas a eu l'autorisation de rester dans la bibliothèque et ma mère doit écrire ses mémoires dans le salon depuis trois bonnes heures. Je ne sais pas ce que l'infirmière lui a filé hier soir, mais elle est plus zen que le dalaï-lama. Je ne sais même pas si elle réalise ce qui se passe autour d'elle. Faudrait que je lui pique des cachets, tiens. »

Il rit, puis ajoute :

« Tu me manques. Je vais aller voir Marie-Louise, cet après-midi. Que je la tienne un peu au courant avant qu'elle n'apprenne tout par la presse. Je lui parlerai du petit poème, j'y ai repensé ce matin. Elle qui nous a tous gonflés avec sa poésie, elle reconnaîtra peut-être la plume ! Je passe ce soir ?

— Je voudrais que tu sois déjà là. Je t'embrasse.

— Ah, attends ! Ne raccroche pas : j'ai vu Charlie ce matin.

— Quoi ? Et c'est maintenant que tu me le dis ? Alors ?

— Alors, il a un alibi… »

J'ai du mal à déglutir. Je crois qu'une partie de moi s'accrochait encore un peu à l'idée que mon père n'avait pas pu faire ça, et était tout bonnement victime d'une machination orchestrée par un Charlie plus machiavélique que jamais.

« C'est quoi son alibi ? Tu l'as vérifié ?

— Je l'ai vérifié et la police l'a vérifié aussi. Il était avec son mec le soir de l'enlèvement.

— Son… pardon ?

— Tu as bien entendu. Charlie est gay, Alice. Il l'a toujours été. Et il ne veut pas que ça se sache. Lundi après-midi, il était dans la famille de son copain : au moins trois personnes peuvent attester sa présence.

— Oh, OK. Je…

— N'en parle à personne, s'il te plaît. Je lui ai promis de respecter son secret.

— Bien sûr. À tout à l'heure et merci de m'avoir tenue au courant. »

Je me sens minable.

À la fin de la perquisition, Legoff nous demande à ma mère et à moi de signer un PV indiquant que tout s'est passé dans les règles.

« Vous avez trouvé quelque chose ? » je l'interroge au moment où il range les documents dans sa sacoche, ne sachant pas s'il me répondra.

Legoff réfléchit une seconde. J'insiste :

« Serge, s'il vous plaît.

— Le nom de Denise Paoli, ça vous parle ? »

Chapitre 35

Je m'assois dans la cuisine en face de Legoff, à la même place que la veille au soir. Je ne lui propose pas de café, je sens bien qu'il n'a pas l'intention de rester, et qu'il a déjà conscience qu'il ne devrait plus être là.

« L'autopsie de Paloma a été effectuée tôt ce matin. » Détail morbide, Legoff me précise que c'est celle qui pressait le plus, à cause de la décomposition. « Elle a révélé que la petite n'avait pas subi de violences sexuelles. »

Je soupire d'un soulagement viscéral, et les larmes me viennent aux yeux.

« En revanche, reprend-il, elle a aussi révélé la cause de la mort. Asphyxie. »

J'attends une suite qui ne tarde pas à arriver.

« La petite est morte étouffée, les bras attachés dans le dos, après qu'on lui a enfoncé une peluche dans la gorge. »

Je ne peux plus respirer et me lève pour me servir un verre d'eau que je bois d'une traite.

« Et le lien avec Denise Paoli ? je finis par demander pour briser un silence pesant.

— On a fait une recherche de cas similaires dans le fichier. Rien de probant, mais un de nos petits jeunes, experts en recherche sur le Web, a fini par tomber sur un dossier de 1992. La petite Denise Paoli, morte noyée à Sète en septembre. C'est juste avant que vous ne veniez vous installer à Perros, n'est-ce pas ? »

Je ne réagis pas. Je me doute qu'il sait tout ça aussi bien que moi désormais.

« Les journaux ont mentionné qu'elle serait tombée à l'eau parce qu'elle était en train de s'étouffer. On a appelé nos collègues là-bas, qui nous ont précisé un détail : on a retrouvé coincé au fond de sa gorge un morceau de son ours en peluche. Le jouet était tellement enfoncé qu'il a fallu une pince pour l'en extraire. »

Je repense à la photo de mon anniversaire.

« On a aussi passé un coup de fil à ses parents, qui nous ont confirmé que leur fille était toujours fourrée chez vous. Vous confirmez ? »

Je n'ai pas le mauvais goût de prétendre que je ne me souviens pas. J'acquiesce et une nouvelle vague de dégoût m'envahit.

Legoff m'indique que les autres autopsies seront menées entre cet après-midi et demain, mais que le légiste a d'ores et déjà affirmé que les causes de la mort de chacune des petites victimes étaient toutes identiques.

« Et on les a identifiées ? Victoire Sérac est parmi elles ?

— On ne sait pas encore, dit Legoff. L'ADN confirmera, mais ça va prendre encore quelques heures. »

Je le regarde tristement.

« C'est tout ? je demande en le voyant se lever.

— Vous attendiez quoi d'autre, Alice ?

— Je ne sais pas. Des réponses. »

BFM diffuse des vidéos volées de Kergomar, prises avec un smartphone, et titre « L'école de l'horreur ».

Les détails sordides sont révélés les uns après les autres, mais, par chance, l'identité de mon père n'a pas encore filtré. Ce n'est qu'une question de minutes, ou peut-être d'heures, avant qu'une fuite ne leur permette d'ajouter un nom à leur bandeau bleu.

J'allume et éteins la télé toutes les dix minutes. Je voudrais sortir de la maison – en réalité, je voudrais prendre mes affaires et rentrer à Paris avec Lucas, mais je ne peux pas abandonner ma mère, et la simple idée de croiser du monde en ville me terrorise.

Sophie a essayé de m'appeler trois fois, mais je suis incapable de lui répondre et lui ai seulement envoyé un laconique :

Je te rappelle dès que je peux.

Je passe l'après-midi à ressasser tout en essayant de remettre de l'ordre après la perquisition. Les tiroirs et portes de placard sont tous restés grand ouverts, les vêtements sont dépliés à même le sol, les documents qui n'ont pas été emportés sont éparpillés sur les tables et les bureaux, les draps sont défaits dans toutes les chambres, et le rez-de-chaussée est recouvert de traces de boue. Ma mère, au lieu de m'aider, continue à écrire puis à se relire, inlassablement, assise dans son fauteuil du salon. Elle ferme son journal dès que je m'approche. Son apathie m'agace, car je ne la comprends pas, mais j'essaie de me mettre à sa place et de ne pas la blâmer juste parce qu'elle ne réagit pas comme moi.

Une voiture de gendarmerie reste garée devant le portail. J'ignore pourquoi ils sont encore là. J'ai évoqué auprès de Teddy mon intention de leur demander de partir, mais il a suggéré qu'ils pourraient s'avérer utiles si des curieux s'aventuraient dans le coin une fois que le nom de mon père sera rendu public, et je sais qu'il a raison. Il a vécu cela il y a vingt-cinq ans quand Victoire a disparu, en étant du côté de la victime, et bien avant l'ère des réseaux sociaux. Je débranche d'ailleurs le téléphone fixe pour ne prendre aucun risque.

Legoff m'informe par SMS en fin de journée que mon père s'est réveillé et voudrait me voir. Le cœur battant, je lui demande si c'est autorisé. J'ai tellement besoin de lui parler, ou plutôt de l'entendre. Il me précise que ça ne sera possible que sous certaines conditions et avec présence policière, mais que ma mère et moi pourrons nous présenter à l'hôpital demain matin. Je fais suivre le message à Teddy.

« Je sors de chez Marie-Louise », m'annonce Teddy d'une voix lointaine. Il est en voiture et la qualité de son kit mains libres laisse à désirer.

« Elle va bien ?

— Compte tenu des circonstances, plutôt, oui. Tu connais sa sensibilité sur tout ce qui touche aux enfants…

— Je sais, oui. »

Je me sens coupable et désolée de porter mon nom de famille.

« Alice, Marie-Louise a reconnu le morceau de poème que tu m'as photographié. Elle est sûre d'en avoir l'autre moitié au fond d'un carton de vieilles affaires de Victoire, et elle m'a promis de la chercher et de me l'envoyer. »

J'accuse le coup. Victoire aurait écrit ça ? Mais quand, et pourquoi ? Avait-elle peur de quelqu'un ?

Je n'ai pas le temps de partager ces interrogations avec Teddy qu'il crie :

« Attends, double appel, c'est Legoff. Il avait dit qu'il me préviendrait si les résultats ADN tombaient. Je te rappelle. »

Et il raccroche, me laissant cogiter sur ce nouvel élément auquel je ne m'attendais pas.

« Un cinquième corps a été retrouvé dans les sous-sols de l'école de l'horreur », annonce d'un air sombre un journaliste qui, depuis 14 heures, rabâche les mêmes informations sur Kergomar à défaut d'un scoop qui vient enfin d'arriver.

Je me demande si l'un d'eux est celui de Victoire.

Chapitre 36

Après avoir fait la vaisselle d'un dîner rapide qu'aucun de nous trois n'a touché, je m'approche de la bibliothèque pour souhaiter bonne nuit à Lucas. Ma mère est déjà avec lui et je les observe depuis le pas de la porte.

Lucas est couché, bordé jusqu'au menton, et ses yeux sont grand ouverts. Près de lui, ma mère lui fredonne dans sa langue maternelle une comptine que j'ai sans doute déjà entendue, même si je n'en saisis pas entièrement le sens, tout en lui caressant les joues :

Mie mama mata mata
La m'ha mis dentar in t'la pignata.
Mia surela bela bela
L'ha m'ha mis in t'la ziztela…

Je les rejoins à petits pas et ma mère se relève, sourire aux lèvres, en m'indiquant qu'elle va nous préparer du thé.

Quand je m'assois auprès de Lucas, son cœur bat à tout rompre.

« Qu'est-ce qui ne va pas, chéri ? »

Ma question est idiote. Je ne sais pas ce qu'il a compris de toute cette histoire. J'ai tenté de lui épargner les médias, mais entre les policiers chez nous et les conversations qu'il a pu surprendre, je suppose qu'il en sait déjà trop.

Il sort ses bras de sous les draps et frappe deux fois sur son menton avant de se lisser une moustache imaginaire et de glisser un doigt le long de sa joue. Le symbole des grands-parents.

« Tu penses à ton grand-père, c'est ça, mon grand ? »

Pour toute réponse, il continue à dessiner ce signe encore et encore en répétant « *pignata* » et « *ziztela* », comme dans sa chanson. Impossible de le calmer.

« Mon petit cœur, je ne sais pas ce que tu as entendu exactement. Mais tu es en sécurité ici, d'accord ? Personne ne te fera de mal. On va rester un peu avec Mamie pour l'aider, un tout petit peu, juste quelques jours, puis on rentrera à Paris. On ira voir Delphine tout de suite, dès qu'on arrive. Et puis le Dr Chasseron, tu l'aimes bien, lui, non ? Eh bien, on pourrait même le faire venir à la maison. Et on inviterait aussi Mme Mure, et… »

Je le berce quelques minutes en listant tous ces noms familiers qui sont aussi loin que possible de Perros et du drame qu'il vient de vivre, et sa respiration reprend un rythme plus normal. Je sais qu'il aura du mal à trouver le sommeil, aussi, une fois qu'il est calmé, je l'autorise à lire aussi longtemps qu'il le voudra, et je l'autorise également à garder sa lampe de chevet allumée toute la nuit.

« Tu as réussi à l'endormir ? demande ma mère en nous apportant deux tasses de thé fumant dans le salon.

— Pas vraiment… Il lit, et je pense qu'il en a pour un moment. Je ne sais pas ce qui lui a pris, dès que tu es partie il a fait une crise de panique, ça faisait longtemps que je ne l'avais pas vu s'agiter comme ça. »

J'avale une gorgée de thé et le liquide brûlant m'apaise instantanément. Avec ce qu'il vient de vivre, je devrais m'estimer heureuse qu'il réagisse aussi bien.

« Il a besoin de sa *Nonna*, ce petit trésor, tout simplement ! Il n'y a que sa *Nonna* qui sait comment prendre soin de lui… »

Ma mère exagère une moue triste.

« Peut-être », je lui réponds en souriant.

En vérité, il a besoin de ses parents, de son appartement parisien, de son thérapeute et de son éducatrice, et il aurait aussi besoin d'effacer les dernières quarante-huit heures de sa mémoire. Mais ma mère a déjà suffisamment souffert et je ne veux pas commencer à protester.

Nous restons toutes les deux en silence à siroter nos boissons. J'observe ma mère, trop paisible à mon goût. Même si j'ai déjà entendu ses réponses, je brûle de lui poser à nouveau les questions de son audition. Est-ce qu'elle ne se doutait quand même pas de quelque chose ? Est-ce qu'elle a déjà vu Papa avoir un comportement étrange avec les enfants ? Et je voudrais ajouter : comment a-t-elle fait pour vivre trente-six années auprès d'un tel monstre sans jamais rien voir ?

Tout se bouscule dans ma tête, une série d'incohérences que j'ai besoin de clarifier. Je refuse toujours de croire que mon père ait été capable de telles atrocités. J'ai repensé toute la journée aux corps, aux constatations du légiste, à la mise en scène, et ça ne colle pas. Et je voudrais qu'elle le défende, je voudrais qu'elle me donne des explications, qu'elle sorte un agenda prouvant que mon père a des alibis au moment des meurtres, qu'elle me dise quelque chose, n'importe quoi – mais elle reste là à boire son thé et à feuilleter un magazine de jardinage. Je n'arrive décidément pas à être empathique ce soir, et je décide de monter me coucher, espérant que demain, ça ira mieux.

En me levant, je suis prise d'un vertige. Je manque de tomber et dois me retenir au guéridon à côté du canapé.

« Tu as l'air épuisée, ma fille, constate ma mère. Va te reposer un peu dans ta chambre. Je m'occuperai de Lucas.

— C'est bon, Maman, ça va all... »

Mais ma tête tourne trop pour que je puisse lutter contre ses bras étonnamment forts qui me saisissent et m'aident à me diriger vers le hall, puis à monter l'escalier.

Dos voûté, tête à moitié baissée, j'aperçois – flou – Lucas dans l'entrebâillement de la porte de la bibliothèque. Il se frappe le front avec son poing. Dans notre langage, cela veut dire qu'il a peur ou que quelque chose lui fait mal. Je voudrais le rejoindre ou au moins l'appeler, mais aucun son ne sort de ma bouche sèche.

Ma mère me borde dans mon lit et me souhaite une douce nuit avant de fermer la porte de ma chambre. Je crois l'entendre me dire autre chose, mais le bourdonnement dans mon crâne m'empêche d'être sûre de quoi que ce soit.

Je lutte pour ne pas sombrer. Quelque chose ne va pas.

Dans la poche de mon jean, mon téléphone vibre et j'arrive à l'attraper au prix d'un immense effort.

Mes yeux n'accommodent plus correctement et je dois placer l'écran à quelques centimètres de mon visage pour déchiffrer ce qui est écrit.

J'ai reçu deux messages.

L'un est de Greg :

J'ai trouvé une seule « vraie » Adriana Barberini. Elle vit à Aoste, elle était infirmière dans un orphelinat religieux. Mais elle a 78 ans aujourd'hui : ton père aime les cougars !?

L'autre est de Teddy :

Je sors de l'hôpital, je n'arrive pas à te joindre. J'ai parlé à ton père. Alice, prends ton fils et sortez de cette maison tous les deux, TOUT DE SUITE. J'arrive.

Chapitre 37

Je ne sais pas si j'ai perdu connaissance. S'il s'est écoulé trois secondes ou bien dix minutes depuis que j'ai lu le message de Teddy. Je suis toujours allongée, et mon corps engourdi refuse de m'aider. Je rampe littéralement jusqu'au bord du lit, centimètre par centimètre, horrifiée que mon fils soit à nouveau en danger, et je me laisse tomber au sol en serrant les dents.

Le choc n'est pas amorti par la fine couche de moquette, et la douleur dans mon épaule m'arrache un cri sourd. Je pousse sur mon bras valide pour me mettre à genoux. Des larmes de rage et de souffrance se mettent à couler quand je me lève enfin, mais je ne pense qu'à mon enfant. Je tente d'allumer pour retrouver mes repères : l'interrupteur bascule sans réaction sous mes doigts tremblants. J'ouvre la porte le plus silencieusement possible.

La maison tout entière est plongée dans le noir. Je me traîne le long du couloir jusqu'à la chambre de Lucas et atteins son lit à tâtons, mais sa place encore chaude est vide et je hurle intérieurement. Je m'apprête à faire demi-tour et à descendre vérifier s'il ne s'est pas caché au salon, comme je l'ai vu faire en début de semaine, quand je me fige brutalement. Quelqu'un chante dans la maison. Une voix familière qui me fait l'effet d'une douche glacée. Et l'horreur de ce que je réalise me donne un haut-le-cœur que je n'essaie même pas de contenir ; un mélange de bile et de vomi se répand sur mon T-shirt déjà trempé de sueur.

Jamais elle ne ferait de mal à Lucas. C'est impossible. Je me répète ces mots pour empêcher mon cerveau d'imaginer l'inimaginable.

Je palpe le mur jusqu'à la rampe d'escalier et pose mon pied sur la première marche, maudissant le grincement léger du bois sous mon poids.

Cara mamma, portè-mi in chiesa,
Sotto i piè del confessor...

Deuxième marche. Ma mère fredonne une comptine. Je la connais bien, celle-là. Elle la chantait souvent quand elle tressait les cheveux de Victoire, et nous jouions les choristes en reprenant avec entrain les dernières syllabes de chaque vers.

« Chère Maman, amène-moi à l'Église (égliiiise), sous les pieds du confesseur (fesseur)... »

Colla bocca dirò i peccati,
E cogli occhi farò l'amor...

« Avec la bouche je dirai les péchés (péchéééés), et avec les yeux je ferai l'amour (amouuuuur)... »

Mon cœur bat si fort, j'ai l'impression qu'il va sortir de ma poitrine. Plus que quelques marches. Jamais elle ne ferait de mal à Lucas. C'est impossible !

Faremo fare una cassa tonda,
Per star dentro noi altri tre.

« Nous ferons faire une caisse profonde (foooonde), pour y entrer tous les trois (ah-ah-ah). »

Je touche le carrelage froid du hall d'entrée au moment où ma mère termine sa chanson macabre.

Prima páder, poi la madre,
Poi 'l mio amor in braccio a me.

« D'abord le père, puis la mère, puis mon amour dans mes bras. »

Le silence revient.

L'obscurité m'oblige à longer les murs ; je reconnais sous mes doigts le vaisselier sur lequel sont habituellement posés le courrier ainsi que divers objets du quotidien, quelques pièces de monnaie, un paquet de mouchoirs déjà bien entamé ou encore un briquet. Le salon est sur ma gauche. Je n'y distingue rien, juste une série de formes inertes. J'allume l'écran de mon téléphone qui projette dans la pièce une lumière fantomatique. Derrière le canapé, l'armoire est grande ouverte.

« Lucas ? je murmure d'une voix que je ne reconnais pas en m'approchant. Mon cœur, tu es là ? »

Aucune réponse, seulement le tic-tac discret d'une vieille horloge. En refermant les portes, je marche dans une flaque tiède. De l'urine. La panique m'étreint la gorge. Où l'a-t-elle emmené ?

J'entends soudain un claquement qui semble provenir de la cuisine. Je me précipite vers le bruit : la porte qui donne sur l'arrière de la maison est entrouverte et bat sous l'effet d'un courant d'air. Sans réfléchir, je sors pieds nus et cours tant bien que mal vers le kiosque. Personne. Je hurle, à pleins poumons cette fois.

« Lucas ! Lucas ! »

Mes sens doivent me tromper, l'effet de ce qu'elle m'a fait avaler sans doute, car j'ai l'impression fugace d'entendre mon fils m'appeler en retour. Un « Maman » plaintif, fatigué, presque un murmure. Je ne vois rien, juste le mouvement cadencé des bateaux qui tanguent à l'ancre du port de Perros. Je m'effondre sur le banc et hurle à nouveau.

« Maman. Maman. Maman. »

Cette fois, je suis sûre de l'avoir entendu. Je suis sûre que c'est lui. Je me lève d'un bond et scrute autour de moi, essayant de repérer une anomalie dans le paysage, un mouvement humain. Et je les vois enfin, sur le quai Bellevue.

Je traverse le jardin aussi vite que je peux, escalade le mur en forçant sur mon épaule meurtrie. Je heurte en grimpant un rocher tranchant qui me déchire la cuisse. Je peux sentir le sang couler le long de ma jambe, mais je n'ai pas le temps de m'arrêter. Je serre les dents.

Je ne suis plus qu'à une dizaine de mètres d'eux. Ma mère est debout, face à Lucas qu'elle a assis sur le rebord du quai. Elle semble lui expliquer quelque chose, mais je sais qu'il n'écoute pas, car il se balance d'avant en arrière en répétant des mots que je ne parviens toutefois pas à distinguer.

« Maman ? » je l'appelle en haletant.

La femme qui se retourne vers moi, sourire aux lèvres, ne ressemble pas à ma mère. La lune donne à son visage au regard froid un éclat blafard, presque spectral. Elle se tient parfaitement droite, serrant fermement la main de Lucas. Dans son autre main, un petit ours en peluche. Je frémis. Mon instinct me pousse à courir vers eux, à lui arracher Lucas et à fuir loin d'ici, mais il suffirait d'un geste de sa part pour que mon fils bascule dans la Manche.

J'essaie de respirer. Jamais elle ne ferait de mal à Lucas.

« Alice, *cara mia. Tutto va bene. Torna a letto.* » (Retourne te coucher.)

Elle a prononcé ces mots d'une voix ferme et dénuée de chaleur.

Je ne la contredis pas, tente un compromis :

« Maman, pourquoi on ne rentrerait pas à la maison tous les trois ? »

Elle agrandit son sourire. À côté d'elle, Lucas accélère son mouvement de va-et-vient et je crains qu'il ne finisse par l'énerver.

« Ma chérie, je vais m'occuper de Lucas. Il a besoin de moi. Toi, tu as visiblement mieux à faire que de prendre soin de lui. »

Ses paroles me font l'effet d'une gifle. Nos conversations de la semaine me reviennent à l'esprit. Toutes ses remarques, proférées d'un ton moralisateur, sur le fait que Lucas était laissé livré à lui-même. J'ai tenté de lui expliquer que c'était sa manière d'être, qu'il avait besoin d'être seul et d'appréhender son environnement par lui-même et, surtout, je n'ai jamais pensé une seconde qu'elle pouvait douter de mon amour pour lui.

Je fais un pas vers elle et je la vois se raidir.

« Tu sais que c'est faux, Maman. Il est ma priorité ! »

Mon ton est plus emporté que je n'aurais voulu.

« Alice, je suis tellement déçue, si tu savais… D'abord, ton père, il a tout gâché, il n'a jamais voulu comprendre. Ce n'était pas ma faute, bien sûr. Ces petits anges avaient besoin d'amour, heureusement que MOI j'étais là pour eux. Ils sont heureux, maintenant. Et puis maintenant toi. » Elle se tourne vers Lucas. « Heureusement que je suis là pour Lucas, hein, mon ange ? »

Les yeux de mon fils s'écarquillent sous l'effet de la panique. Il bouge frénétiquement, incapable de se maîtriser. J'avance encore d'un pas et, cette fois, ma mère me fait clairement signe de m'arrêter. Elle se penche vers Lucas pour lui intimer de se calmer, sans succès.

Je me sens faiblir, la tête me tourne. Il faut pourtant que je gagne du temps, et je m'apprête à lui poser une question pour la faire parler quand j'entends des bruits de pas frapper le bitume derrière moi. Teddy s'arrête à ma hauteur, essoufflé, et ses yeux observent tour à tour Lucas, ma mère, et la flaque de sang qui s'étale à mes pieds. Il m'attrape le bras, mais je lui fais signe que ça va aller. Lucas, c'est tout ce qui compte.

« Marta, ne faites pas l'idiote ! » crie-t-il alors en avançant vers elle.

Ma mère lui décoche un regard plein de haine et de mépris. Elle lâche l'ours en peluche et attrape de sa main libre le haut de pyjama de Lucas. Teddy comprend la menace et recule lentement jusqu'à moi.

Je tente à nouveau de la raisonner.

« Maman, s'il te plaît, Lucas a besoin de moi... et il y a tellement d'autres enfants qui ont besoin de toi ! »

Je me dégoûte en prononçant ces mots, mais ses yeux vacillent une seconde sous la lune, elle paraît hésiter. Incapable d'attendre plus longtemps, Teddy en profite pour s'élancer vers elle.

« Lucas ! » je crie une dernière fois, avant de m'effondrer.

Ma tête heurte le sol dans un bruit sec. Avant de perdre connaissance, au travers d'un voile sombre qui me brouille progressivement la vue, j'aperçois ma mère basculer vers Lucas et l'entraîner dans les eaux noires du port, balayant ma certitude qu'elle n'aurait jamais fait de mal à son petit-fils. Et Teddy plonger à leur suite.

Épilogue

« Merci, Serge. On reste à ta disposition. »

Teddy raccompagne Legoff à la porte d'entrée et le suit des yeux jusqu'à ce que sa berline disparaisse au coin de la rue, avant de me rejoindre sur son canapé. Je me suis recroquevillée dans un coin, sous un plaid : l'été caniculaire a définitivement disparu.

Depuis quarante-sept jours, les recherches pour retrouver Marta restent vaines. La gendarmerie la croit morte, mais son corps n'a pas encore été rejeté par la mer. Serge Legoff venait nous prévenir que, dans une semaine, je pourrai faire une demande de déclaration judiciaire de décès au TGI de Saint-Brieuc, si je le souhaite, et que la gendarmerie appuiera cette demande.

« Qu'en penses-tu ? » me demande doucement Teddy.

Je le regarde en souriant et lui caresse la joue. Il est si gentil avec moi, je ne suis pas sûre de mériter son amour.

« Je ne sais pas trop. Il me manque encore tellement de réponses, non, il *nous* manque encore tellement de réponses… Alors, au risque de jeter à la poubelle toutes les théories que j'ai apprises pendant mes études, je ne vois pas en quoi sa "mort judiciaire" pourrait nous aider à aller de l'avant. »

J'ose à peine prononcer son prénom, et encore moins l'appeler Maman.

Le « Monstre de Kergomar » a fait les gros titres pendant quelques jours avant d'être remplacé par un séisme meurtrier en Indonésie et l'incendie d'une usine de produits chimiques à Rouen. Pour être honnête, ces catastrophes ont été un soulagement pour moi. Les journalistes, les experts judiciaires, les psychiatres, tout le monde y allait de son analyse dans les médias ; on lui a attribué des disparitions non résolues dans la France entière et, bien sûr, une enfance d'abus et de violence. Mon père, lui, a tour à tour été décrit comme victime, comme complice, ou simplement comme un malheureux dommage collatéral de la perversion narcissique de Marta. Il est toujours incarcéré à la maison d'arrêt de Saint-Brieuc, et je n'arrive pas encore à me résoudre à lui rendre visite.

Teddy insiste.

« Je ne vois pas en quoi ça peut faire du mal.

— Tu as sans doute raison, mais je ne suis pas sûre que ça aide, c'est tout. »

Je n'ai pas envie de me battre avec lui.

« Et puis (il sourit de toutes ses dents), pense à lui ! »

Il pose une main protectrice sur mon ventre pourtant pas encore arrondi.

« Teddy, il a la taille d'une petite myrtille pour l'instant, ne t'emballe pas trop ! »

J'essaie de le raisonner, mais je m'accroche autant que lui à tout ce que représente ce futur bébé.

Quand je me suis réveillée au centre hospitalier de Lannion, Teddy était à côté de moi et Lucas jouait calmement dans un coin de la pièce. J'étais incapable de me souvenir précisément de ce qui s'était passé cette nuit-là après ma chute et c'est lui qui m'a tout raconté, la main sur ma joue et des trémolos dans la voix.

« Tu t'es évanouie, tu avais perdu beaucoup de sang. J'ai cru… j'ai cru qu'on t'avait perdue pour de bon, putain !

— Je suis solide, la preuve ! »

Je lève péniblement un bras perfusé pour essayer de montrer mon biceps, mais il retombe lourdement sur le drap.

« Arrête, ça n'est pas très drôle. Comment je ferais sans toi, moi ? »

Je rougis, et appuie la tête contre sa joue.

« Et moi sans toi ? Teddy, je suis tellement désolée pour tout ça, pour mes parents, et je comprendrais que tu aies besoin de prendre tes distances, tu sais, même si…

— Tu n'es pas ta mère, Alice. » Il insiste sur chaque mot, mais prononce cette dernière phrase à voix basse en jetant un œil sur Lucas qui semble impassible. Et il ajoute : « En revanche, il faut que je te dise quelque chose. Quand tu as été admise à l'hosto, ils t'ont fait tout un tas d'examens, et… »

Je pense immédiatement à Lucas.

« Quoi ? Je suis malade ? Dis-moi !

— Non, tu n'es pas malade ! Enfin, tu risques peut-être de l'être un peu pendant les trois prochains mois, mais c'est tout… »

Et je comprends. Et je me mets à pleurer, comme c'est devenu mon habitude. Les larmes ne sont pas immédiatement des larmes de joie, ce sont des larmes de rage, de tristesse, de peur, une peur terrible de ce que l'avenir réserve à mon enfant – à *mes* enfants. Mais rapidement, devant le sourire timide de Teddy et le calme rassurant de Lucas, mon chagrin se mue en espoir, et j'attire Teddy vers moi pour l'embrasser et le serrer contre mon cœur.

Depuis, j'enchaîne les allers-retours entre Paris et Perros. Teddy voudrait que je m'installe avec lui dans le coin, mais je ne suis pas sûre d'en avoir la force. Au-delà de la violence des souvenirs de cette ville, c'est celle du regard de ses habitants que j'ai du mal à affronter.

La sonnette retentit.

« J'y vais ! » je lance d'un ton guilleret.

Lucas est parti passer l'après-midi avec Adam et Cécile, les neveux de Sophie. Ils se sont croisés il y a quelques semaines quand Sophie est venue me rendre visite à l'hôpital, et se sont à ma grande surprise très bien entendus. Les deux orphelins de Marc sont silencieux, calmes, et très patients avec Lucas ; nous avons passé plusieurs après-midi ensemble avec Rosemarie et Sophie, et elles m'ont gentiment proposé de prendre Lucas.

Quand j'ouvre la porte, une tornade blonde se jette dans mes bras et s'agrippe à moi de toutes ses forces. Derrière lui, Sophie court, l'air contrit.

« Alice, je suis navrée, je ne sais pas ce qui lui a pris. Tout se passait bien, on se baladait vers Bringuiller et, d'un coup, il est devenu super agité. »

Je devrais être inquiète pour Lucas, mais à cet instant je me sens surtout coupable qu'il ait gâché leur balade.

« Ne t'en fais pas, ça va lui passer. C'est moi qui suis désolée pour votre promenade. Tu sais s'il a été contrarié ou si quelque chose s'est passé avec les enfants ?

— Non, ils étaient chacun dans son coin à ramasser des feuilles et des petits cailloux – ils étaient à quelques dizaines de mètres de nous, tu connais l'endroit. Et puis on a… je l'ai perdu de vue, quelques minutes, et j'ai flippé, tu te doutes, alors je l'ai cherché partout. Il était accroupi derrière un arbre, il avait… enfin… (elle montre, gênée, le pantalon humide de Lucas) et il avait l'air paniqué. On est rentrés tout de suite, enfin dès qu'on a réussi à le faire monter dans la voiture.

— C'est gentil à vous de vous être si bien occupées de lui. Je suis dés…

— Ne le sois pas, me coupe Sophie. On a passé un bon moment. Je file, tiens-moi au courant quand il s'est calmé, OK ? »

Elle m'embrasse sur la joue et repart en trottinant. Je comprends qu'elle n'ait pas envie de s'attarder. J'aperçois Adam par la vitre arrière de sa voiture, qui fait de grands signes à Lucas. Sans réponse.

Après dix minutes de bercements, son cœur continue de battre à toute vitesse.

« Mon chéri, tout va bien, je lui murmure. Chut, ça va, tu es avec Maman, et avec Teddy, tout va bien… » Je ne sais pas vraiment quoi lui dire, car je ne sais pas ce qui ne va pas. Il me regarde dans les yeux, et je donnerais tout pour le faire parler. « Tu veux essayer de me dire ce qui s'est passé ? » je demande, sans grand espoir.

Lucas essaie de faire une série de signes, mais ses mains tremblent et le tout est très confus. Je ne déchiffre rien du tout.

Alors que je m'apprête à laisser tomber et à simplement attendre que sa crise passe, Lucas se met soudain à se balancer d'avant en arrière, yeux fermés, et à fredonner :

Mie mama mata mata
La m'ha mis dentar in t'la pignata
Mia surela bela bela
L'ha m'ha mis in t'la ziztela[1].

Quelque part dans la réserve naturelle de Bringuiller, Lucas a croisé Marta.

1. Traduction : « Ma mère, folle, folle / M'a écrasé dans la casserole. / Ma sœur, belle, belle, / M'a posé dans la corbeille. » La suite de cette comptine est : « Mon papa en catimini / M'a mangé d'une seule bouchée. / Par l'amour de saint Martin, / Je suis devenu un bel oiselet. / Cui cui cui ! »

Annexes

Pièce à conviction n° 12

Cher Docteur Hahnemann,

Je vous remercie pour votre courrier, même s'il a fait ressortir des souvenirs que j'aurais préféré garder enfouis.

La retraitée que je suis désormais ne regrette pas une seconde son rôle d'infirmière de l'orphelinat, malgré les décennies de bonheur apporté par tous ces enfants que j'y ai côtoyés, car cette histoire me hante encore tous les jours.

Nous avons effectivement gardé Marta Moretti chez nous de 1969 à 1978.

Marta est arrivée dans le cadre d'un placement imposé par les autorités à la suite d'une demande de déchéance des droits parentaux émise par ces derniers.

Vous m'avez bien lue, ses propres parents ne voulaient plus de lien avec elle. Des gens bien comme il faut, pourtant. Lui était vétérinaire et elle s'occupait des enfants. Dans la nuit du 10 au 11 décembre 1969, Marta a assassiné ses deux petites sœurs et son petit frère nouveau-né avant d'aller s'installer dans le lit de ses parents en leur indiquant qu'elle s'était bien occupée de ses petits anges. Lorsqu'ils se sont aperçus le lendemain matin que leurs enfants étaient tous morts, les Moretti ont instantanément su que c'était l'œuvre de Marta. Ils ont appelé la police avant les pompiers et ont demandé à ce qu'on leur retire l'enfant.

Un psychiatre très connu dans le Sud-Tyrol, le Dr Schreiber, a passé beaucoup de temps avec Marta, pour essayer de comprendre et de guérir sa pathologie. Il a cru un moment y être parvenu, nous y avons tous cru, mais, quelques semaines après que nous eûmes avec beaucoup de soulagement constaté que Marta reprenait un comportement normal et semblait enfin comprendre la portée de ses actes, elle a tué une autre petite fille et n'a exprimé aucun remords. Le Dr Schreiber a décidé d'arrêter de la suivre et a recommandé un traitement plus lourd. Elle a reçu des dizaines de séances d'électrochocs, à la suite desquelles elle est restée apathique pendant des mois et n'a plus fait parler d'elle, ce qui lui a valu une autorisation de sortie en bonne et due forme à ses dix-huit ans. Le reste de son histoire, je ne le connais pas.

Je vous joins quelques extraits des séances du Dr Schreiber avec Marta que j'ai photocopiés pour vous. Vous jugerez par vous-même. Pour moi, Marta a le diable en elle. Elle est capable de prétendre être normale, mais, croyez-moi, elle ne l'est pas. On ne guérit pas de son vice.

Si je puis me permettre de vous poser une question sur l'objet de votre requête, d'où la connaissez-vous ? L'avez-vous croisée dans le cadre de votre exercice de la médecine ? Je l'espère derrière des barreaux ou dans un hôpital de haute sécurité, sinon... Je laisserai en suspens cette phrase dont je ne doute pas que vous aurez compris le sens.

Bien à vous, cher Docteur,

Sœur Adriana Barberini
Orphelinat Notre-Dame-du-Bon-Secours
Aoste.

P-S : Voulez-vous savoir ce qui me hante le plus ? C'est la façon dont elle a tué ces pauvres petits. Elle leur a attaché les mains dans le dos, leur a enfoncé des peluches dans la gorge et les a laissés s'étouffer.

Pièce à conviction n° 13

Retranscription des séances de thérapie, Dr Schreiber.

Séance 23, mercredi 3 juin 1970, 11 heures.

Dr Schreiber : Bonjour, Marta.
L'enfant : Bonjour, docteur.
Dr Schreiber : Tu veux bien me parler de ce qui vient de se passer ?
L'enfant : Si vous voulez, docteur.
Dr Schreiber : J'aimerais bien, en effet. J'ai entendu l'histoire de la bouche de l'infirmière en chef, mais je voudrais connaître ta version.
L'enfant : Elle n'a pas voulu m'écouter.
Dr Schreiber : Qui n'a pas voulu t'écouter, dis-moi ?
L'enfant : Paquita.
Dr Schreiber : Paquita, c'est une de tes camarades de classe, n'est-ce pas ?

L'ENFANT : Non, elle n'est plus dans ma classe maintenant. Mais je la vois à la récréation.

DR SCHREIBER : Exact. Et qu'est-ce que tu voulais lui dire, à Paquita ?

L'ENFANT : Qu'elle est belle comme un ange, et que je l'aime.

DR SCHREIBER : Ça n'est pas la première fois, si je me souviens bien. On en avait parlé ensemble. Et ensuite ?

L'ENFANT : Paquita s'est moquée de moi. Elle m'a dit que c'était dégoûtant.

DR SCHREIBER : Je vois. Et qu'as-tu ressenti quand elle t'a dit ça ?

L'ENFANT : J'étais en colère. Ce n'est pas dégoûtant.

DR SCHREIBER : Effectivement, l'amour, ça n'est pas dégoûtant. Mais tu peux comprendre que Paquita ne t'aime pas en retour, non ?

L'ENFANT : Ben, non. Parce que je l'aime, donc elle doit m'aimer aussi. En plus, je l'aime comme une sœur, c'est tout.

DR SCHREIBER : Je vois. Tu peux me raconter la suite ?

L'ENFANT : Après, j'étais triste. J'ai dit à Paquita qu'elle ne pouvait pas ne pas m'aimer. Mais elle ne voulait pas se taire et arrêtait pas de répéter que j'étais moche et qu'elle ne m'aimerait jamais. Alors, je l'ai obligée à arrêter de parler.

DR SCHREIBER : Comment l'as-tu obligée ?

Note : L'enfant me sourit et me fixe quelques secondes.

L'ENFANT : Je l'ai transformée en un petit ange. Mon petit ange qui m'aime enfin.

Note : L'enfant arrête ensuite de parler et refuse de lever à nouveau les yeux de son carnet de croquis.

Note : La séance est terminée à 11 h 18.

Conclusion : L'enfant présente tous les symptômes d'un trouble de la personnalité antisociale et représente un grand danger pour son entourage, en particulier pour les enfants fragiles ou en manque d'affection sur lesquels elle projetterait des sentiments d'amour filial, maternel ou même de nature sexuelle. L'enfant ne peut supporter d'être rejetée par les objets de ses projections et cela entraîne un passage à l'acte facilité par l'absence de remords et de respect des lois.

Force est de constater que, malgré l'amélioration apparente de son comportement, liée à sa grande capacité d'adaptation et à son intelligence supérieure, les séances de thérapie cognitive n'ont pas fonctionné. Je recommande un placement en UMD[1] dans un institut spécialisé, et d'envisager une thérapie par chocs électriques.

1. Unité pour malades difficiles.

Pièce à conviction n° 14

Extraits du PV d'interrogatoire de M. Carl Leroux

S. LEGOFF : Monsieur Leroux, contrairement à ce que vous avez indiqué lors de votre arrestation ce vendredi 28 août à 19 h 37, vous avez renoncé à un avocat. Pourriez-vous nous préciser pourquoi vous avez changé d'avis ?

C. LEROUX : Parce que je n'ai plus rien à défendre.

S. LEGOFF : Monsieur Leroux, pourriez-vous nous détailler votre emploi du temps du lundi 24 août 2020 entre 15 heures et 19 heures ?

C. LEROUX : Je suis allé me balader avec ma fille et mon petit-fils…

S. LEGOFF : Pour les besoins du procès-verbal, pourriez-vous donner le nom de votre fille et de votre petit-fils ?

C. LEROUX : Alice Leroux et Lucas Paquier.

S. LEGOFF : Merci, monsieur Leroux. De quelle heure à quelle heure êtes-vous allé vous balader ?

C. LEROUX : De 14 h 30 à 17 heures, je dirais.

S. LEGOFF : Et ensuite ?

C. LEROUX : J'ai reçu un coup de fil et je suis parti.

S. LEGOFF : Qui vous a appelé ?

C. LEROUX : George Sérac.

S. LEGOFF : Et quel était le contenu de cet appel ?

C. LEROUX : George avait besoin que je le rejoigne à Trégastel.

S. LEGOFF : Pourquoi, monsieur Leroux ?

C. LEROUX : Ça n'a aucun rapport avec votre enquête.

S. LEGOFF : Permettez-moi d'en être juge, monsieur Leroux.

C. LEROUX : …

S. LEGOFF : Monsieur Leroux ?

C. LEROUX : Il voulait que j'aide une de ses amies.

S. LEGOFF : Pouvez-vous m'indiquer le nom de cette amie ?

C. LEROUX : Agathe. Je ne connais que son prénom.

S. LEGOFF : Quelle aide M. Sérac voulait-il que vous apportiez à cette amie ?

C. LEROUX : Je vous le répète, ça n'a rien à voir avec votre enquête.

S. LEGOFF : Répondez à la question, monsieur Leroux.

C. LEROUX : George et Agathe sont… intimes. Agathe a fait un malaise et a eu une série de nausées. George m'a appelé pour que je l'examine.

S. LEGOFF : Combien de temps êtes-vous resté avec M. Sérac et son amie ?

C. LEROUX : Sa femme, Catherine, elle se doute de quelque chose. Elle me fait des allusions régulièrement. Ne lui dites rien, s'il vous plaît, ça n'a rien à voir avec Marta.

S. LEGOFF : Combien de temps, monsieur Leroux ?

C. LEROUX : Environ une heure.

S. LEGOFF : Vous quittez donc Trégastel vers 18 h 15 ?

C. LEROUX : Je suppose. Je n'ai pas regardé l'heure. Vérifiez mon téléphone.

S. LEGOFF : Ce sera fait, monsieur Leroux.

S. LEGOFF : Monsieur Leroux, je voudrais que nous revenions sur la chronologie des événements de cette semaine. Vous nous avez indiqué que vous n'aviez pas prémédité l'incendie de l'école de Kergomar. Est-ce exact ?

C. LEROUX : Oui. Non. Je n'avais rien prévu. J'ai paniqué.

S. LEGOFF : Pourriez-vous nous retracer les événements qui vous ont conduit à aller à l'école de Kergomar ce vendredi 28 août après-midi ?

C. LEROUX : Je ne saurais pas par où commencer.

S. LEGOFF : Par le commencement, monsieur Leroux.

C. LEROUX : Je voudrais faire une pause.

S. LEGOFF : L'interrogatoire est suspendu à 15 h 12.

S. LEGOFF : L'interrogatoire reprend à 15 h 20.

C. LEROUX : Il faut que vous sachiez à quel point j'aime ma femme. Elle est toute ma vie.

S. LEGOFF : Ce point sera ajouté au procès-verbal, monsieur Leroux.

C. Leroux : Merci. Je précise cela pas pour excuser ce que j'ai fait, mais pour aider à comprendre. Même si j'ai eu des soupçons depuis le début, je ne pouvais pas l'abandonner, vous voyez ?

S. Legoff : Que soupçonniez-vous, monsieur Leroux ?

C. Leroux : Que la mort de Victoire n'était pas un accident.

S. Legoff : Pourriez-vous me préciser ce que vous entendez par là ?

C. Leroux : Il faut d'abord parler de Denise Paoli, et de notre déménagement.

S. Legoff : Je vous écoute.

C. Leroux : Ce samedi-là, celui de Denise, Marta est rentrée à la maison dans un état d'euphorie que je ne lui connaissais pas. On était mariés depuis huit ans et, même si je savais bien qu'elle avait souvent des sautes d'humeur et qu'elle pouvait passer du rire aux larmes avec une intensité peu commune, je ne l'avais jamais vue comme ça. Je me suis demandé ce qui pouvait provoquer cette phase quasi maniaque. Elle m'a répondu sur un ton le plus naturel du monde qu'elle s'était occupée d'un petit ange, un petit ange qui l'aimait et qui était désormais heureux.

S. Legoff : Denise Paoli.

C. Leroux : Je ne le savais pas à ce moment-là. Je n'ai compris qu'après. Je savais juste qu'elles jouaient souvent ensemble, et qu'il leur arrivait de partir en balade au bord de la mer.

S. Legoff : C'est là qu'on a retrouvé la petite Denise, noyée.

C. Leroux : J'ai voulu oublier. Puis un jour, Alice m'a confié, sans se douter de ce que ça impliquait, qu'elle avait vu sa mère partir avec Denise ce jour-là. C'en était trop. C'est là que j'ai décidé de déménager le plus loin possible.

S. Legoff : Avez-vous interrogé votre épouse au sujet de la mort de Denise Paoli ?

C. Leroux : Non. Je ne voulais pas savoir.

S. Legoff : Comment s'est passée l'arrivée à Perros ?

C. Leroux : Bien. Marta a repris un comportement plus « conforme » à la femme que je connaissais, et je lui ai fait entamer un traitement pour sa bipolarité. Je croyais que ça l'aiderait à stabiliser ses humeurs. J'ai cru que ça avait fonctionné. Jusqu'en 1995.

S. Legoff : Victoire Sérac.

C. Leroux : Ma femme adorait Victoire. Elle en parlait beaucoup. Elle et Alice étaient tellement proches, elles étaient très souvent ensemble à la maison et Marta s'occupait beaucoup d'elles.

S. Legoff : Elles au pluriel ou elle au singulier, monsieur Leroux ?

C. Leroux : Elles deux, au début. Et puis son intérêt s'est progressivement resserré sur Victoire. Alice était assez rebelle et garçon manqué, alors que Victoire était une petite fille très soignée, qui aimait être une poupée dans les mains de Marta.

S. Legoff : Que s'est-il passé ensuite, monsieur Leroux ?

C. Leroux : Le mercredi 12 avril 1995, quand je suis rentré de mon golf hebdomadaire, Marta était à nouveau dans cet état euphorique que je lui avais connu à Sète en 1992. Je n'ai pas posé de questions, mais, le soir, George m'a appelé pour me dire que Victoire n'était pas rentrée de l'école. Et là, j'ai compris.

S. Legoff : Pour le procès-verbal, pouvez-vous préciser ce que vous avez compris, monsieur Leroux ?

C. Leroux : Que Marta était impliquée dans la disparition de Victoire.

S. Legoff : Qu'avez-vous fait ensuite ?

C. Leroux : Ce que je redoutais le plus. Confronter Marta.

S. Legoff : Que vous a-t-elle dit ?

C. Leroux : Elle a commencé par nier. Je lui ai demandé où elle se trouvait dans l'après-midi après l'heure de sortie de l'école. Elle a réfléchi puis m'a finalement annoncé, très sobrement, qu'il y avait eu un accident.

S. Legoff : Un accident ?

C. Leroux : Marta m'a expliqué que Victoire était venue chez nous à la sortie de l'école. Qu'elle avait piqué une grosse colère sur le fait de n'être pas sa préférée, ou quelque chose comme ça, et qu'en essayant de la calmer, Marta l'avait poussée contre un meuble. Que Victoire s'était mortellement cognée. Je lui ai demandé si elle était sûre que Victoire était décédée. Elle a confirmé.

S. Legoff : Avez-vous eu des raisons de douter de la version de votre femme, monsieur Leroux ?

C. Leroux : Je… Pas à ce moment-là.

S. Legoff : À quel moment avez-vous douté ?

C. Leroux : Marta m'a avoué que le corps était dans le moulin à marée. Je n'ai pas réfléchi. Je voulais protéger ma famille. C'était un accident. J'ai décidé d'aller le chercher et de le cacher dans l'ancienne école de mes parents.

S. Legoff : Vous semblez hésiter, monsieur Leroux.

C. Leroux : Le corps de Victoire. Je ne l'ai pas autopsié, mais il ne présentait pas de trace de traumatisme lié à un choc. En revanche, j'ai remarqué des pétéchies, et des traces autour des poignets, comme des brûlures.

S. Legoff : Pourriez-vous préciser pour le procès-verbal ce qu'indiquent des pétéchies ?

C. Leroux : Une mort par asphyxie, et plus précisément par étouffement.

S. Legoff : Qu'avez-vous fait ensuite, monsieur Leroux ?

C. Leroux : J'ai enroulé le corps dans une couverture. Je l'ai porté jusqu'à ma voiture et l'ai amené une fois la nuit tombée à Kergomar. Je l'ai enterré dans le sous-sol. Je suis retourné à Kergomar la semaine suivante pour condamner l'école.

S. Legoff : Les planches que nous avons trouvées sur les fenêtres ?

C. Leroux : Oui. J'ai ajouté un panneau sur la porte pour prévenir de l'insalubrité du bâtiment.

S. Legoff : Y êtes-vous retourné ensuite, monsieur Leroux ?

C. Leroux : Jamais, jusqu'à vendredi dernier.

S. Legoff : Monsieur Leroux, comment avez-vous réussi à faire incriminer Daraud pour le meurtre de Victoire ?

C. Leroux : Je connaissais Jean-Marc. On avait été à l'école primaire ensemble, il était un peu plus jeune que moi. Il était dans la classe de mon frère Gildas, et c'était un des rares qui ne le maltraitaient pas.

S. Legoff : Qui ne maltraitait pas votre frère ?

C. Leroux : Oui, mon frère. Il était… différent, et vous savez combien les enfants peuvent être cruels entre eux. Jean-Marc n'était pas comme ça.

S. Legoff : Vous étiez donc amis ?

C. Leroux : On avait gardé contact, disons. Il est venu quelquefois à la maison m'aider à bâtir le kiosque pour Marta. En échange, je lui offrais des médicaments qu'il ne pouvait pas se payer.

S. Legoff : Que s'est-il passé, en avril 1995 ?

C. Leroux : Il m'a appelé. Quelques jours après la mort de la petite. Il sortait d'une hospitalisation longue qui l'avait laissé HS, et avait trouvé à son retour un courrier de son assurance maladie l'informant que ses soins n'allaient plus être remboursés. Il était désespéré, et voulait m'annoncer qu'il avait décidé d'en finir.

S. Legoff : Comme ça ? Il décide de se suicider pile au moment où vous cherchez un bouc émissaire à accuser du meurtre de Victoire Sérac ?

C. Leroux : Je ne cherchais à accuser personne, monsieur Legoff. Mais quand Jean-Marc m'a appelé et m'a parlé de son plan, j'y ai vu une manière d'aider à détourner l'attention. Je n'en suis pas fier, vous savez. Chaque fois que j'ai revu sa mère après ça, je…

S. LEGOFF : Donc, comme par hasard, Daraud met fin à ses jours.

C. LEROUX : Croyez-moi, ou ne me croyez pas. Je vous dis la vérité. Il n'en pouvait plus de sa maladie, de cette vie dans laquelle il n'avait été aimé de personne à part sa pauvre mère qui s'était crevé la santé à essayer de le soutenir. Il était à bout. Vous connaissez les symptômes de la mucoviscidose ?

S. LEGOFF : J'en connais la théorie.

C. LEROUX : Allez parler à des adultes qui en sont atteints ; vous verrez mieux ce qu'endurait Jean-Marc.

S. LEGOFF : Peut-on se concentrer sur avril 1995, monsieur Leroux ?

C. Leroux : Oui. Nous avons eu une longue conversation téléphonique. Je vois que vous êtes surpris : il m'appelait d'une cabine, il n'avait pas le téléphone chez lui. C'était le 16 avril. Nous nous sommes dit adieu, je n'ai pas essayé de le retenir.

S. LEGOFF : Et ensuite ?

C. LEROUX : Le 17 avril à l'aube, je suis passé chez lui. Je l'ai trouvé pendu dans son garage. Il avait laissé un mot, destiné à sa mère, je suppose. Je n'ai rien touché. J'ai seulement pris quelques cheveux sur son peigne et je les ai emportés. Puis je vous ai appelé.

S. LEGOFF : L'appel anonyme.

C. Leroux : Oui.

S. Legoff : Et vous avez attendu qu'on vous appelle à notre tour, pour constater son décès.

C. Leroux : Oui.

S. Legoff : Et pour les prélèvements ?

C. Leroux : Ma fille vous a déjà tout dit. J'ai falsifié les analyses. Il fallait ajouter du concret à sa culpabilité supposée.

S. Legoff : Vous ne vous êtes pas dit que vous pourriez ressortir le corps et l'enterrer chez lui ?

C. Leroux : Non, ça ne m'est pas venu à l'idée.

S. Legoff : Monsieur Leroux, étiez-vous au courant que Marta était responsable de la mort de quatre autres petites filles ?

C. Leroux : Non.

S. Legoff : Pardonnez-moi, monsieur Leroux, mais j'ai du mal à vous croire. Sachant ce que vous saviez sur la petite Paoli et la petite Sérac, il ne vous est pas venu à l'idée que votre femme pouvait être impliquée dans les disparitions de Sarah Ohayon, Émeline Ducasse et Camille Leblet ?

C. Leroux : …

S. Legoff : Vous n'aviez pas même un soupçon ?

C. Leroux : Si, bien sûr que j'ai eu des soupçons. Ça fait vingt-cinq ans que je soupçonne Marta chaque fois qu'un gosse a ne serait-ce que cinq minutes de retard pour rentrer chez ses parents, si vous voulez tout savoir. Vingt-cinq ans que je passe presque tous les soirs par le moulin à marée pour vérifier qu'il n'y a pas de corps d'enfant caché là, ça vous va ? Marta… elle me faisait culpabiliser de la soupçonner, vous savez. Je l'aime tellement. Je ne sais pas si vous pouvez comprendre. Elle n'a que moi, personne d'autre. Et dans le cas des trois petites, chaque fois, elle m'a donné un alibi.

S. LEGOFF : Vous avez vérifié ses alibis ?

C. LEROUX : Non, je n'en ai jamais eu le courage.

S. LEGOFF : Monsieur Leroux, vous êtes médecin. Vous avez prêté serment de préserver la vie humaine. Comment avez-vous pu la laisser faire ?

C. LEROUX : J'ai essayé de… de mieux contrôler ses humeurs et, à défaut, ses allées et venues. Je la laisse seule le moins possible et, si je sens qu'elle s'agite, je lui donne des médicaments pour la… comment dire ? pour la tranquilliser.

S. LEGOFF : Vous m'avez dit que vous avez soupçonné sans vraiment avoir confirmation, en ce qui concerne les disparitions des petites Ohayon, Ducasse et Leblet. En quoi le cas de Paloma Lanchas a-t-il été différent, monsieur Leroux ?

C. LEROUX : Adriana.

S. LEGOFF : Pourriez-vous préciser ?

C. LEROUX : J'aime ma femme, monsieur Legoff. Mais j'aime aussi ma fille, et mon petit-fils Lucas. Depuis quelques années, je… j'ai essayé de tenir ma femme à distance. J'ai inventé des empêchements pour ne pas aller en week-end à Paris ou pour ne pas les accueillir à la maison. Je me faisais horreur, mais…

S. LEGOFF : Le soupçon, c'est ça, monsieur Leroux ?

C. LEROUX : Oui. Je n'ai jamais vraiment cru que Marta pourrait faire du mal à Lucas, puisque j'étais convaincu que ces « accidents » étaient liés à des crises de manie incontrôlables, à des concours de circonstances dramatiques, si vous voyez ce que je veux dire. Que ces petites filles s'étaient trouvées au mauvais endroit au mauvais moment, pile quand l'humeur de Marta vrillait au point de la rendre violente. J'étais presque sûr…

S. LEGOFF : Presque.

C. LEROUX : Oui, presque. Et cette minuscule partie de moi qui se méfiait refusait de faire courir le moindre risque à mon petit-fils. Alors, quand Alice a commencé à évoquer plusieurs fois l'idée de venir cet été, et que je n'ai pas su comment dire non, je me suis lancé dans une recherche que je n'avais jamais eu le courage d'entreprendre : le passé de Marta. J'ai cherché sur Internet l'orphelinat dans lequel elle m'a toujours raconté avoir vécu, il s'avère qu'il n'existe pas. J'ai épluché la liste des lieux accueillant ou ayant accueilli des enfants dans les années 1970, et je leur ai tous envoyé des e-mails, demandant s'ils avaient connu Marta, et s'ils pouvaient me fournir son dossier médical. Je n'avais pas grand espoir d'une réponse – et, au fond, j'espérais probablement que personne ne me répondrait.

S. LEGOFF : Mais une femme a répondu à votre e-mail…

C. LEROUX : Oui, sœur Adriana Barberini. Elle vient d'un orphelinat à Aoste dont le nom est très différent de celui que Marta m'avait donné.

S. LEGOFF : Quand avez-vous reçu ce courrier, monsieur Leroux ?

C. LEROUX : Juste avant l'arrivée d'Alice.

S. LEGOFF : Pour le procès-verbal, pourriez-vous préciser la date ?

C. LEROUX : Je dirais le vendredi 21 août.

S. LEGOFF : Que contenait cette lettre, monsieur Leroux ?

C. LEROUX : Pouvons-nous faire une pause ?

S. LEGOFF : L'interrogatoire est suspendu à 20 h 13.

S. LEGOFF : L'interrogatoire reprend à 20 h 30. Monsieur Leroux, que contenait le courrier envoyé par sœur Barberini ?

C. LEROUX : Eh bien, il contenait une lettre signée de sœur Adriana, et un certain nombre de photocopies du dossier médical de Marta, comme je l'avais demandé. Sœur Adriana a connu Marta quand elle avait neuf ans. Elle m'a raconté dans quelles circonstances Marta était arrivée à l'orphelinat, mais, surtout, j'ai pu constater la véritable nature de son mal.

S. LEGOFF : Parlez, monsieur Leroux, s'il vous plaît.

C. LEROUX : J'ai compris à la lecture du dossier que Marta, contrairement à ce que j'avais cru déceler, n'était pas bipolaire, mais qu'elle avait un trouble de la personnalité antisociale. C'est… une sociopathe, si vous préférez. Elle ment de manière pathologique, elle est incapable de ressentir du remords et la plupart de ses émotions sont complètement superficielles. Elle sait charmer, manipuler et, dans le cas de Marta, elle a besoin pour nourrir sa perversion narcissique que les enfants lui renvoient une forme d'amour absolu dont ils sont bien sûr incapables, et si cette projection ne lui convient pas, elle peut devenir violente et leur faire du mal sans éprouver quoi que ce soit. Vous comprenez, monsieur Legoff, à quel point mon univers tout entier s'est écroulé quand j'ai appris ça ?

S. LEGOFF : Qu'avez-vous fait ensuite, monsieur Leroux ?

C. LEROUX : Au début, rien.

S. LEGOFF : Rien ? Vous n'aidez pas votre dossier, monsieur Leroux.

C. LEROUX : Je vous dis juste la vérité. J'étais anéanti, mais je n'ai pas su comment réagir à chaud. J'ai enfermé les papiers dans mon bureau et j'ai essayé de réfléchir à ce que je devais faire, mais j'en étais incapable. Et puis Alice et Lucas sont arrivés, Marta était charmante, et si *aimable*, au sens de quelqu'un qu'on a envie d'aimer, que j'ai pensé que je pouvais attendre encore. Mais…

S. LEGOFF : Continuez, monsieur Leroux.

C. LEROUX : Quand je suis rentré de chez Agathe lundi soir, Marta n'était pas comme d'habitude. J'ai vu que les clefs de l'ancienne école avaient été déplacées sur le tableau de l'entrée. C'est la première fois que je vois ces clefs bouger, il faut me croire. Je n'ai jamais dit à Marta que j'avais enterré Victoire dans l'ancienne école. Mais je me suis dit qu'elle l'avait peut-être découvert, et qu'elle était allée voir... le corps.

S. LEGOFF : Avez-vous confronté votre femme à ce sujet ?

C. LEROUX : Non. C'était la première fois qu'Alice revenait à la maison depuis des années, et je voulais éviter une scène à tout prix. Je lui ai donné des médicaments pour la faire dormir.

S. LEGOFF : Ensuite ?

C. LEROUX : Le lendemain matin, j'ai appris par Théodore Sérac qu'une petite fille avait disparu. Théodore nous a expliqué qu'il pourrait simplement s'agir d'une promenade au cours de laquelle elle se serait perdue, mais je savais que ça ne pouvait pas être une coïncidence. Pas après ce que j'avais lu.

S. LEGOFF : Qu'avez-vous fait ensuite, monsieur Leroux ?

C. LEROUX : J'ai suivi l'enquête.

S. LEGOFF : Et c'est tout ?

C. LEROUX : Non. J'ai augmenté les doses du traitement de Marta. J'avais besoin de temps pour réfléchir à une solution.

S. LEGOFF : Très bien. Continuez.

C. LEROUX : Vos équipes ont arrêté Berléand. J'ai cru que je m'étais trompé sur toute la ligne, que peut-être que les médicaments étaient une solution. Je m'en suis voulu d'avoir douté de Marta, malgré tout.

S. Legoff : Pour le PV, il s'agit de Stéphane Berléand ?

C. Leroux : Oui. Et puis on a appris qu'il avait un alibi pour l'enlèvement de Paloma. Je me suis remis à paniquer.

S. Legoff : Que s'est-il passé, monsieur Leroux, une fois que nous n'avons plus eu de suspect identifié ?

C. Leroux : J'ai… Je suis allé voir Marta dans notre chambre. Je l'ai trouvée en train d'écrire, elle souriait. Elle n'avait pas pris ses médicaments. Je lui ai demandé où était Paloma, et elle n'a même pas essayé de nier. Elle m'a expliqué calmement – froidement – que Paloma était avec ses petites camarades, qu'elle s'était bien occupée d'elle et que je n'avais pas à m'en faire. Elle a ajouté qu'au moins Paloma était heureuse, maintenant. Ses « petites camarades » : j'en aurais vomi.

S. Legoff : Et donc ?

C. Leroux : Et donc j'ai su où je devais aller. L'ancienne école. J'ai vu… Vous savez ce que j'ai vu.

S. Legoff : Quelle heure était-il quand vous êtes allé là-bas ?

C. Leroux : Je ne sais pas. Peut-être 16 heures.

S. Legoff : Et qu'avez-vous fait ensuite ?

C. Leroux : Je suis resté un moment sans bouger.

S. Legoff : Combien de temps ?

C. Leroux : Des heures, sans doute.

S. Legoff : Et ensuite ?

C. Leroux : Ensuite, j'ai pris une décision. J'étais responsable de tout cela. Parce que je n'avais rien dit, rien fait, alors que je savais au fond de moi qu'elle était coupable. J'ai pensé aux conséquences de dénoncer Marta à la police. Alice et Lucas n'y survivraient pas. Je devais protéger ma famille. Alors, j'ai décidé de mettre le feu.

Pièce à conviction n° 15

Référence 225-35A : Perquisition au domicile des Leroux le samedi 29 août 2020. Demi-feuille de papier rose, déchirée sur son bord inférieur :

Alice Malice, protège-moi
Avant que le Monstre ne m'attrape.
Quand il sent qu'on ne l'aime pas,
Il ne veut pas qu'on lui échappe…

Référence 247-12B : Propriété de Mme Marie-Louise de Bonneil, retrouvé le samedi 29 août au milieu d'un carton d'objets ayant appartenu à Victoire Sérac et versé au dossier le 1er septembre 2019. Demi-feuille de papier rose, déchirée sur son bord supérieur :

… Il a de longs cheveux dorés
Et de jolies robes au printemps
Personne ne pourrait se méfier
Et même toi tu l'appelles Maman.

REMERCIEMENTS

Parce que ce roman, s'il est le premier publié, est loin d'avoir été le premier écrit, un immense merci à tous ceux qui, depuis plus de vingt ans, tempèrent mes idées farfelues, lisent et commentent mes brouillons raturés, rendent plus crédibles mes personnages, et m'aident surtout à ne pas lâcher quand l'envie d'abandonner devient trop forte.

Parce que ce roman avait besoin d'un cadre authentique et incarné, merci aux villes de Perros-Guirec et de Trégastel de m'avoir prêté le plus beau des décors. Ploumanac'h, île Renote, mes yeux et mon cœur sont remplis de votre magnificence.

Et parce que ce roman voulait aborder des thèmes très éloignés de mes études et de mon métier, je sollicite votre indulgence de lecteurs sur les imprécisions, les incohérences et autres erreurs médico-légales qui jonchent sans doute les pages.

Table

UN DRAME FAMILIAL HALETANT

LA MAISON BISCORNUE

AGATHA CHRISTIE

N° 5870

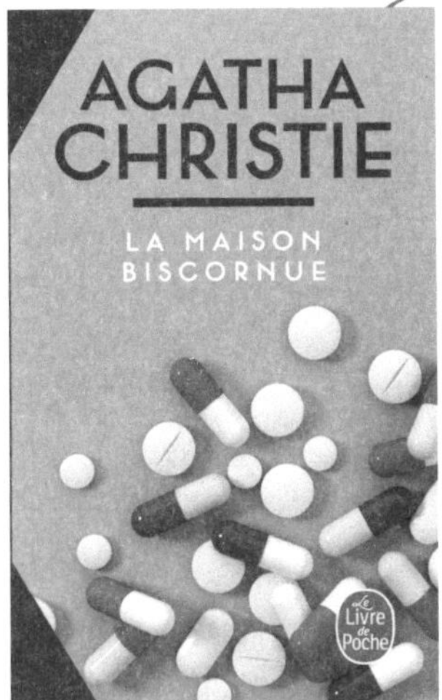

Une étrange famille, dominée par un patriarche tyrannique mais bien-aimé, habite cette maison biscornue. Lorsque l'aïeul est assassiné, seule Joséphine, douze ans, un adorable petit monstre, semble avoir une idée précise sur ce meurtre...

QUAND L'ENLÈVEMENT D'ENFANTS ENCLENCHE UN TERRIBLE ENGRENAGE

LA CHAÎNE

ADRIAN McKINTY

N° 36053

« Il faut que vous m'écoutiez très attentivement. Il faut que vous procédiez exactement comme je l'ai fait. Si vous violez une seule règle ou appelez la police, cela retombera sur vous et cela retombera sur moi. Votre fille sera tuée et mon fils sera tué. Alors notez bien tout ce que je vais vous dire. »

À l'autre bout du fil, une voix inconnue annonce à Rachel qu'on a kidnappé sa fille, Kylie. Pour qu'elle soit libérée, Rachel doit enlever l'enfant de quelqu'un d'autre. Car Kylie ne sera relâchée que quand les parents de sa cible auront à leur tour enlevé un enfant et transmis les mêmes ordres. Chacun devient victime, ravisseur, criminel. Voilà comment fonctionne et se perpétue La Chaîne indéfiniment.

PAPIER À BASE DE FIBRES CERTIFIÉES

Le Livre de Poche s'engage pour l'environnement en réduisant l'empreinte carbone de ses livres. Celle de cet exemplaire est de :
830 g éq. CO_2
Rendez-vous sur www.livredepoche-durable.fr

Composition réalisée par PCA

Achevé d'imprimer en février 2022 en Espagne par
ROTATIVAS DE ESTELLA - 31132 Villatuerta
Dépôt légal 1re publication : mars 2022
LIBRAIRIE GÉNÉRALE FRANÇAISE
21, rue du Montparnasse – 75298 Paris Cedex 06

15/8686/4